虹影长篇小说定本全编

好儿女花

虹影 著

Good Children
of
the Flower
Hong Ying

南方出版传媒
花城出版社
中国·广州

图书在版编目（ＣＩＰ）数据

好儿女花 /（英）虹影著. -- 广州：花城出版社，2022.1
（虹影长篇小说定本全编）
ISBN 978-7-5360-9465-9

Ⅰ．①好… Ⅱ．①虹… Ⅲ．①长篇小说－英国－现代 Ⅳ．①I561.45

中国版本图书馆CIP数据核字(2021)第201270号

出 版 人：肖延兵
项目统筹：许泽红　李倩倩
责任编辑：许泽红　胡百慧
营销统筹：蔡　彬
技术编辑：凌春梅
封面供图：马灵丽
装帧设计：友　雅

书　　名	好儿女花
	HAOER NÜHUA
出版发行	花城出版社
	（广州市环市东路水荫路11号）
经　　销	全国新华书店
印　　刷	恒美印务（广州）有限公司
	（广州南沙经济技术开发区环市大道南路334号）
开　　本	880毫米×1230毫米　32开
印　　张	11.5　2插页
字　　数	245,000字
版　　次	2022年1月第1版　2022年1月第1次印刷
定　　价	59.80元

如发现印装质量问题，请直接与印刷厂联系调换。
购书热线：020-37604658　37602954
花城出版社网站：http://www.fcph.com.cn

给我的女儿SYBIL

一声梧叶一声秋,一点芭蕉一点愁,三更归梦三更后。

——徐再思《水仙子·夜雨》

记着我的是比亚；生我的是西艾纳，毁我的是玛雷玛。

——但丁《神曲》

目 录

1　女子善怀，亦各有行（总序）/ 林宋瑜
19　这是读来让人心生惊悸的书 / 阿来
23　终于把内心的黑暗和爱大声说了出来 / 费勇
27　层层淤泥里的小桃红：虹影的《好儿女花》/ 沈睿
37　再版说明
39　写在前面

001　第一章
012　第二章
033　第三章
069　第四章
090　第五章
122　第六章
145　第七章
178　第八章
200　第九章
231　第十章
271　第十一章

总　序

女子善怀，亦各有行
——虹影创作的 N 面

林宋瑜

纳博科夫在他的《说吧，记忆》前言中写道："对俄国记忆的一次英语重述的一次俄语复归的这一英语的再现，首先被证明是一项恶魔般的工作，但是给予我某种安慰的是想到这样一种为蝴蝶所熟知的多次蜕变，以前还从没有任何人尝试过。"[①]这里有几个关键词让我记忆犹新，一是语言，涉及母语及客语；二是重述与复归，涉及文化与经验；还有，就是"多次蜕变"。在我读到这个中文版本的《说吧，记忆》时，我差不多也与虹影的创作相遇了。当时的虹影，客居英国伦敦，她用中文写作，追述中国往事，重构记忆中的中国。

2021年3月，大部分地区正是春寒料峭，广州却已经一片姹紫嫣红。在生机盎然的气象中，我收到虹影发来的最新长篇小说

---

① 纳博科夫《说吧，记忆》，杨青译，花城出版社：1992年，第4页。

《月光武士》的电子稿,文件名显示是3月8日修订的。3月8日这一天,是国际妇女节。《月光武士》书名很"异文化",有玄幻小说的色彩。书名来自作为小说隐线的一则日本民谣故事:一身红衣的小小武士,骑着枣红色骏马闯荡四方。路见不平,拔刀相助,替天行道。他救了一个落难小姑娘,小姑娘不想活,小武士带她看月光下盛开的花,月色中长流的江水,人间美景皆是活泼的生命。小姑娘因此得到活下去的鼓励和力量……多么诗意和富有童话色彩!每个女孩心底都有一个"月光武士",都有一种被呵护、被珍惜的渴望。虹影将这个情结置于残酷叙述之间,并让我们看见"月光武士"化身在人间,非常巧妙地化解了现实层面的悲惨、戾气、压抑和绝望的状态,让人有活下去的勇气。这种叙述方式,在虹影以往的长篇小说中是罕见的。

整个小说所呈现的生命情状,与广州这个季节的气息相呼应,是非常饱满、不断流动变化的生命方式。尘世的欲望与激情,色彩驳杂而灿烂;回首故乡的那种悲伤、审察和谅解的复杂心路,是对来路的回溯或追寻,潜蕴着对所爱之人刻骨铭心的依恋与怀念。小说通过真实与虚构的场景与人性解读,构造出一个强大的精神气场,生机盎然。而书名虽为"武士",但我知道虹影的小说,主角必有奇女子。

这个一闪而过的猜想,大概来自对虹影数十年创作的理解。虹影在中国大陆发表的第一篇小说,标题我还记得:《岔路上消失的女人》(《花城》杂志1993年第5期),距今将近30年。虹影是多产的,长篇、中篇、短篇小说,以及诗歌和散文,甚至童话作品,其创作迄今运用了多种不同体裁,当然最重要的体裁是小说。她的叙事风格、她藏在作品里的思想情感，也一直在微妙地变化着，然后渐渐形成了她丰富而独特的文学世界。"岔路上消失的女人"似乎成为一个隐喻，或者一个预言。虹影的作品，总会让我想起女人，她们的性格、命运、生活的道路……女人的面孔是在雾中的，但身影的轮廓清晰，风一样的女人，不走直路，不在主流路线上。她随时可能拐进前方的岔路，探出自己小径分岔的莫名远方，消失又出现，或者转身是另一个神秘女子……

读《月光武士》，在阅读中升起感慨。30年的创作，对于一个作家，意味着什么？《说吧，记忆》就是在这个时候浮现出来的。我从书柜里把泛黄的书找出来，重温纳博科夫的话。如果说，虹影创作的基石，也即叙事的出发点，来自她出生以来所遭遇的伤害、苦难及困扰，来自她昏天暗地的生活记忆，那么，这种记忆究竟发生多少次蜕变，才成就当下的言说？

我读《月光武士》，走进一个少年的青春期故事里。"成长"，是虹影小说最重要的元素之一。这一次的成长，是一个少年的形象，那个愣头青小子窦小明，他的成长过程同样充满艰难曲折、迷失与回归。在他身上，既可以看见虹影的影子，也可以看见虹影的梦想。通过窦小明，她再次讲述了记忆中生活的粗鄙、凉薄与悲情，却也书写了一种刻骨铭心的、无法完成的爱情，心灵的热切追求，如梦如幻，义无反顾，至善至爱。因此让小说的底色突破灰暗岁月，很自然地呈现出一种明亮和纯粹，让阅读获得一种怦然心动和飞翔之感。

叛逆、自由、勇敢、好奇、侠气、专情……窦小明这个人物承载着理想和纯真，自带光芒，熠熠闪亮。他的生活背景是烟火气浓重的重庆市民社会。隔着纸页，我都闻得到二十世纪七八十年代"老妈小面馆"的麻辣香气，听得到江边码头汉子们粗野的吆喝。这也是一个重情有义的世界。所有的人，难以分好坏和正邪，他们是凡夫俗子，世俗的欲望与烦恼，不比你、我、他多，或者少。爱中有恨，恨里有爱，纠缠与分离，告别与重逢，剪不断的恩怨情仇，犹如那滔滔不绝的嘉陵江水，抽刀断水水更流。

当"大粉子秦佳惠"出现时，"整个身影罩着一层光，跟做梦似的"，让少年窦小明的"心飞快地跳动"。不是女主角会是谁？我还是不懂"粉子"的确切意思。专门查了一下词语解释："粉子，形容漂亮女性。'粉'就是漂亮的意思。对漂亮女人的赞美依次可以为：粉子、很粉、巨粉。在成都，大凡有点文化的人，把可能成为性对象的女人，都称为'粉子'，算是对女性的一种尊称。""粉子"是川方言。川方言在《月光武士》里并不少见，比如"哈巴""水打棒"，诸如此类，非常醒目。对于我这个在另一种方言中长大的岭南人来讲，这种阅读获得奇妙的陌生化效果。

秦佳惠是一位中日混血儿，她就是少年窦小明心中的女神。她美丽、温柔、神秘，有特殊的感染力；她身上没有虹影早期小说那些女性的凌厉、剑拔弩张，没有如《康乃馨俱乐部》那种深怀大恨绝处反击颠覆反攻的复仇心态。秦佳惠是温婉的、隐忍的、顺从的，甚至低到尘埃的，同样也是情深义重的。因为秦佳惠，《月光武士》有一种柔韧绵美的力量。秦佳惠是小说人物关系的联结点，她的父亲、落难的大学教授秦源，黑社会混混头子、出于报恩所嫁的丈夫钢哥，曾经生活在中国的日本女子、母亲千惠子，粗野泼辣而又顽强的窦小明母亲……这些人物着墨并不太多，却个性传神，留下很多想象的空间。虹影的写作，到了现在，已经张弛有度，不煽情，不文艺腔。爱恨情仇，分寸拿捏得恰到好处。叙事时间跨越几十年的一部作品，故事经历了时代天翻地覆的变化，但叙述节奏把握得很稳。物事、场景和人物关系随着情节一层层展开，读到最后，让人有一种"过尽千帆皆不是，斜晖脉脉水悠悠"的唏嘘怅然，却也可以波澜不惊气定神闲了。

结尾写道："人只有忘掉旧痛，才可重新开始，但旧痛仍在，噬人骨髓，他将如何重新开始？"这一段是写窦小明的，也是虹影的独白。

无论是救苏滟，还是救秦佳惠，"英雄救美"都只是故事的外壳，是引子。《月光武士》的核心，有关一座城的精神变迁史，一个人的精神成长史。这种精神成长，不仅仅是窦小明的，也是虹影自己的，更是属于经历大时代动荡转折的一代人。所以，这部小说，尽管题材与《饥饿的女儿》《好儿女花》的自传色彩有很明显的不同，但究其内核，却有一脉相传的联系。因其呈现出新的叙事角度和价值取向，以及对前两部自传体小说的呼应与突破，《月光武士》应该是虹影创作的重要节点，甚至可以视之为虹影新的精神自传。

窦小明是具有双重视角的角色。一个是显性的视角，虚构的小说人物、当事者少年窦小明、男性窦小明；另一个是隐性的视角，言说者虹影、目击者虹影、旁观者虹影、女性主义者虹影。

多线叙事和双重视角，使《月光武士》具有一种复调效果和变奏曲般的音乐感。小说人物繁多，内部有着多声部对话，不同人物有各自的立场与表述。欢乐与苦痛，都在对话里或暗藏或显现。也正是这种显隐结合的叙事方式，让我们读到了扎根于虹影心中最有生命的东西，即是她关于世界及复杂人性的解读中那种真实有力的心理现实。这部小说，从个人写到群体，从家庭写到社会，横跨大半个世纪，是最普通的山城重庆百姓在历史滚滚洪流中命运沉浮、悲欢离合的深情记录和歌哭，包含她的痛与爱。这是一种叙述的转向，虹影不再执着于追寻真相与辨认某种界定。甚至，作为叙述者的女性主体、女性视角是隐蔽的，历史与记忆，虚构与想象，基于她当下的情感形态和心理认同，她从而呈现了超越性别的写作方式。

只有回顾虹影的创作历程，才能明了她当下的言说。

童年时代插入胸膛的那根刺，还在那里。拔出来，伤口还在。虹影通过她的写作，一次次晾晒内心的伤痛，那些不堪回首的往事、那些歇斯底里的喊叫，暴力的场面、践踏尊严的羞辱，都让读者产生压抑、揪心的感受。

在心理学精神分析疗法中，有一项"修通"技术。就是通过打破强迫性重复，实现满足现实需要，最终发展出满足自己愿望的能力。而一个人的现实需要一旦得到满足，强迫性重复就会被终止。更进一步，一个人能发展出满足自己愿望的能力，能做自己喜欢的、自己追求的事，愿望达成，他的身心就会放松、自如，内外世界和谐。这就是创伤记忆与心理修通的关系。这个过程，有点类似禅宗的"悟"，而且是渐悟的过程。渐悟就是多重创伤愈合的过程，它是漫长而且曲折的修炼。虹影正是通过她一次次坦率大胆，甚至冒犯的书写，她的私人性故事与公众化表达，她看见了自己，接纳了自己，最终修通自己，活出自己缺少且一直追寻的那一部分。

这个最重要的蜕变契机,是女儿的诞生。"写完自传小说,是和过去的自己真实对视,在有了女儿后,才真正和过去的生活做了和解。"[①]虹影如是说。

成为母亲与书写母亲,是虹影最重要的生命经历。生命因母亲而来,18岁前在山城重庆南岸长大,也因此成为虹影生命的基阶。从《饥饿的女儿》到《好儿女花》,读者与虹影一起经历着边缘女性沉重的生存危机(底层的)、身份危机(私生女)、性别危机(受侮辱并损害的女性),以及自我审视、挣扎的艰难过程。这个因创伤记忆造成的巨大心灵黑洞,需要一生的时间去不停填充。那是一种多么巨大的饥饿!虹影曾经谈及心灵的伤痛:"我的内心一直住着一个困兽,我无法倾诉,我无法寻求救赎,我濒临窒息。我想一个女人为什么活着,男人、欲望、金钱和名誉?不,都不是,而是基本的生存中,那最寻常的安宁之乐,父母双全,一家人在一起相守。而现实总不会给我们。"

残缺之痛,被社会压到最低的弱者之痛,边缘性地位饱受偏见与侮辱之痛,被虹影赋予到小说女性命运遭遇中。女性,成为虹影无法回避也不回避的话题,"她是谁?""她从何而来?往何处去?"成为她无法停歇的追问。虹影写了多少部小说,就有多少个处境不同、形象各异、生命既复杂又丰富、或纯粹或妖娆的女性形象。她更多的书写了女性的受难与抗争,比如母亲,比如六六。她们好像萧红笔下的女性,卑微,隐忍,抗命。虹影也写了一些以

---

① 《虹影:不再饥饿的女儿》,《三联生活周刊》2019年第41期。

男性为主角的作品，比如《鹤止步》，还有最新完成的《月光武士》。但是她写男性，是试图以跨性别视角理解男性世界、审察性别关系。是站在"她"的立场发声。

评论家陈晓明曾经在《女性白日梦与历史寓言——虹影的小说叙事》一文中剖析虹影的小说《康乃馨俱乐部：女子有行三部曲》，称之为"文化幻想小说"。所谓文化是指被漠视的文化冲突、文明冲突等问题，比如关于性与欲、财与权、肤色与信仰这些我们必须面临的现实处境中的危机与矛盾冲突，虹影通过带着芒刺和尖锐棱角的叙事话语，大胆质疑勇敢挑衅。而幻想，则是《康乃馨俱乐部：女子有行三部曲》的三个独立篇章，由一个中国女子贯串起来，在未来时间里，在三个世界著名城市—上海、纽约、布拉格的奇特经历。事实上，《康乃馨俱乐部：女子有行三部曲》从体裁来看，也可以视为科幻文化小说，或者称之未来小说。关于《康乃馨俱乐部：女子有行三部曲》中这位中国女子的名字"蝃蝀"，虹影在自序中诠释，典出《诗经·国风》"蝃蝀篇"。从诗中得解，包含这样复杂的意义：女人是水，水气升发得虹，女人成精；女人是祸，色彩艳丽更是祸。于是"不敢指"，可能有些人"莫敢视"也。这个时期的女主角，是为爱而生，也为爱敢恨的，富有破坏力、反叛力和抗争性。这也是虹影当时写作的内心经验、情感经验。而当第76届威尼斯国际电影节上，娄烨的新片《兰心大剧院》入选主竞赛单元时，作为该电影原著小说《上海之死》作者的虹影，接受采访解读自己创作的女性人物时，她说："我认为原谅、宽容以及自我审判才是文学更强大的力量，这种力量是女儿唤醒了我，只不过转换了一种方式去书写，我依然是一个女战士，在文本中书写女性的反叛。"①

《上海之死》是虹影一系列历史虚构小说之一。虹影已经陆续创作了不少历史虚构小说，如《K：中国情人》、《阿难：走出印度》、上海三部曲（《上海王》《上海之死》《上海花开落》），都是借历史的碎片，抒写奇女子的命运故事及情感关系，其中包含着虹影强烈的女性观和生命观。虹影是一个很会讲故事的作家，但她如果停留在讲故事的层面，她会容易被指认为通俗作家。虹影说过："关于小说创作，我以为只有一条规则，'好故事，说得妙'。"②这个"妙"，包含了创作的各种玄机。一部作品，故事不是作为经验的表达，它还包括了精神的探索，生命意义的呼喊。它包括并呈现了人性的复杂、心灵的复杂，还有灵与肉的冲突、搏斗、交融。所以，真正的小说创作，我们称之为叙事艺术，因为它通过叙事话语所体现的故事，其境界是一般讲故事所不可比拟的。这就是小说的人文价值、审美价值。也是创作的玄机所在。

关于女性的话题，《好儿女花》可以说是一条分界线。在此之前，尤其是《康乃馨俱乐部：女子有行三部曲》（《康乃馨俱乐部》《逃出纽约》《千年之末布拉格》），在二十世纪九十年代后期，世界女性主义理论登陆中国，各种相关概念、术语为理论界所热烈讨论、广泛使用，虹影的作品被视为最激进、张狂的女权主义文本。她笔下的女性，抗争的方式往往是对抗的、造反的、运动式的，有破坏力的。"女权主义"这个标签，贴在虹影的作品上久矣。不仅是《康乃馨俱乐部：女子有行三部曲》，还有上海三部

---

① 《虹影：不再饥饿的女儿》，《三联生活周刊》2019年，第41期。
② 虹影公众号，虹影：《我为爱写作》2020年2月14日。

曲——《上海王》《上海之死》《上海花开落》，虹影以她的方式演绎并塑造了筱月桂——一个小女孩变成一个黑帮女王的过程，也虚构创造一个女明星同时也是情报人员，如何面对爱恨生死的人生大问题……我认为，中国当代女作家中，没有谁比虹影更熟悉世界女权主义的理论及发生的现实演变，她也曾经很认可这样的标签。

  《好儿女花》，是我初读时很震惊的小说。小说中涉及的暗黑而沉重的家族历史、怪诞而挑战人伦禁忌的婚姻生活，极端的、超常规的，都是我的想象力所不逮的世界。我与虹影，是在不同文化传统和家庭环境中长大的两类人。我自以为很了解现实生活中的虹影，但我还是无法判断小说里有多少成分是来自真实的原型真实的生活，有多少是虚构。而且面对这部作品，阅读也是需要勇气的。这部小说的动因，来自母亲的去世和破碎了的婚姻。同时，这部小说的扉页，写明"给我的女儿SYBIL"。虹影站在人生的重要转折点，一道门关上了，另一道门已打开。她追述、追寻半生的母亲走了，她自己成为母亲，女儿SYBIL诞生了。命运的改变，人生轨道的改弦易辙，同时成为虹影重建自我、确认自我的新起点。在《好儿女花》里的《写在前面》，虹影写了一段话："我没有想到，也未敢想，有一天我会再写一本关于母亲和自己的书，但我知道，只有写完这书，才不再迷失自己，并找到答案，即使部分答案也好。"

  那么，《好儿女花》之后，虹影还是女权主义者吗？

  2016年9月在广州的1200书店，虹影与评论家谢有顺、龙扬志和我的一场对话讨论中，"女权主义"是其中一个重要的话题。

虹影认为她已经不是一个女权主义者了。谢有顺当时说了这么一段话："我认为最伟大的女性主义者绝不仅仅是反叛男性，或者对男性勇敢地抗议，我觉得这还不是伟大的女性主义者。最伟大的女性主义者肯定是包含了对男性的爱，其实最终还是希望改变两性对立的关系，而不是说要把男性从女性的世界摘除出去。恨不能改变一个人，也许爱才能改变。"①以此为标准，可以确定，虹影迄今依然是一个女性主义者，而且是当代中国女性作家中最彻底的女性主义者。"女权主义"与"女性主义"均是英文Feminism的不同译法，但我认为"女性主义"更为确切。"女权主义"让我们联想到的是"妇女的权利"（Women's rights），联想到西方曾经轰轰烈烈的女权运动。以此区分，《好儿女花》之前，虹影是女权主义者，《好儿女花》之后，甚至可以说，自始至今，虹影就是一个彻底的女性主义者。这个定义，来自她全部作品最热切的关注，最热情的抒写，是关于女性生命成长的各种可能，关于女人的苦难、忍辱负重、反抗与努力，关于女人的蜕变与重生，关于女人与男人的爱恨、宽容与和解。而她的性别视角、女性主义观念，在创作过程中，是不断演变的。

我重读《好儿女花》，再次走进这部争议不休的小说里。外婆与母亲之间的恩怨，成为理解这部小说叙述转向的切入点。从起源处重新审视自己的人生，以母亲为镜，看见自己尚未充分呈现的另一部分人格，给自己整合、重塑、新生的机会，我以为，这是《好儿女花》的书写意义之所在。"外婆的心眼儿诚，她种小桃红，朝

---

① 花城出版社公众号，《虹影〈康乃馨俱乐部〉与中国女性书写蜕变》，2016年9月14日。

夕祝福。母女之间长年存有的芥蒂之坝冲垮,母亲的心彻底向外婆投降。母亲泪水流个不断,悔呀恨呀,可是也没用,外婆不能死里复生……"①这是一部多线叙事的作品。除了母亲去世这条引线,还有婚姻崩溃这条线,还有"我"与兄弟姐妹之间的亲情关系这条线……每条线既清晰又相交叉纠缠,是一团越扯越紧的人间乱麻。更重要的是,在这貌似纪实、裸露、传记体的显性叙述中,却有一种小说氛围被精心营造出来,把读者引进内在隐秘、紧张、险象环生的中心。越过了相互关联的人与事,穿过整个关系蛛网,我看见虹影在描叙"小姐姐"的小唐,又换一套笔墨在讲述"我"的丈夫。然后"小唐"与"丈夫"合二为一,那些伤害、屈辱、压抑、恐惧、危机感……与对母亲的追述交织在一起,五味杂陈,伤痕累累。"我"和母亲作为典型的女性边缘人物,一生贯串着被嫌弃、被嘲笑、被误读、被羞辱的命运,但也以不同的方式相似的勇敢顽强,忍受着来自世界的恶意,经历跨越创伤、自我疗愈、忏悔、和解、包容并重建的艰难过程。

而对于这部小说中"我"与小唐、小姐姐的三人行关系,我曾经目瞪口呆,找不到如何评述的词。但这次重读,我清楚地看见虹影笔下一个PUA(Pick-up Artust)高手形象。"丈夫"形象可作如是观。我不知道虹影在写《好儿女花》时是否意识到这一点,但至少,她大概知道心理学中的"煤气灯效应",即认知否定,一种通过"扭曲"受害者眼中的真实,而进行的心理操控和精神洗脑。在创作《好儿女花》时的虹影,以强烈的女性身体意识和直觉在书

---

① 《好儿女花》江苏人民出版社:2009年9月版,第25页。

写创伤，小说中大量的短句子，那种紧迫节奏，像是沉重的喘气，给人一种窒息感。压抑的痛苦、深藏的悲伤和耻辱感，构成文本的隐性层面。其基底，有心碎、怨怒、依恋与矛盾的爱。虹影带着武器和盔甲。也就是说，她一手握矛，一手持盾，她的攻击与防护都是有爆发力的。《好儿女花》的开头写着："温柔而暴烈，是女子远行之必要。"这可作为解读这部小说所有扭结不清的情感及复杂人性表现的钥匙。母亲葬礼结束不久，女儿诞生了，新的生命开启了新的未来，意味着各种可能。外婆—母亲—我—女儿，虹影循序抒写了女人的命运、身份蜕变与重生。它既意味着生命的轮回，同时构成一个极有张力的生命之环。无私的母爱，是其中触及灵魂的救赎力量。

而关于母亲的叙事，从《饥饿的女儿》开始，就执拗地贯串在虹影大多数的小说中，这是她难以释怀的心结。这部为虹影带来极大创作声誉的自传体小说，同时也是饱受争议和误读的作品。因为身世之谜及身份危机所带来的困扰，虹影闯进兵荒马乱之年母亲的爱情与婚姻历史之中。"我是谁？""生命从何而来？""什么是爱？""母爱是什么？"这些看似终极追问的困惑，在敞开裸露的家族历史追寻中，一步步逼近真相，难以直面。这让一个18岁少女的情感变得复杂、矛盾而纠结，几近崩溃。而它所引发的争议，恰恰是这种言说的方式触及当时作为叙事禁区的身体伦理与情感越轨。今天重新读《饥饿的女儿》，会发现，这种看起来极其胆大妄为的叙述，其实是老实坦白的手法。迫不及待地直白倾诉，甚至滔滔不绝，让虹影顾不上修饰、隐匿、曲笔、善巧。正如汉学家葛浩文的评价："许多此类书，我看有个共同点，就是想要宽恕自身劣行,或呼喊受冤,或自我标榜,或有意卖弄……《饥饿的女儿》贯串的特点是坦率诚挚,不隐不瞒,它就是为什么连续三天时间我一直在读这本相当长的书稿。"①

写女性的命运道路,写两性关系,脱离不了性爱描写。而性描写,也是虹影小说被议论纷纷的一个方面。但不得不承认,虹影是描写情色的高手。性爱几乎是她小说的贯串性旋律,1999年写成的长篇小说《K:英国情人》,是其性爱主题的登峰造极。也因其惊世骇俗、颠覆传统引发更激烈的争论,甚至惹来官司。这部小说的内容,通过东方知识女性林与西方登徒子、青年教授朱利安的性爱传奇,将女性的主动性、自主性、自由精神写得淋漓尽致,无法无天。这显然是对男性中心主义的挑战。中国没有哪一个女作家敢如此写,也没有哪一个男作家会这样写。而最新完成的《月光武士》,荷尔蒙气息和肾上腺素同样弥漫纸页之间,写得血脉偾张。细节,非常考验创作功力,它是小说坚实而永恒的支点。正是通过细腻而奇妙的性爱细节,画面感极强、激情洋溢、狂野浪漫,使虹影小说中的性爱描写场面,被关注,也被读者津津乐道、褒贬不一。虹影写性,不是欲望化叙事,也不在于猎艳、宣泄。"性"是其风月宝鉴,以此照见人性与人心,照见性别文化的历史与演变。也是从写"性"的态度上,虹影小说显示出极大的文化张力:性别文化、中西文化、传统与现代的文化碰撞……

好小说除了好故事,还应该在其话语方式中包括作家对世界、对生命、对生存的看法和态度,以及价值取向。创作技巧是融入作

---

① 葛浩文《〈饥饿的女儿〉——一个使人难以安枕的故事》,《饥饿的女儿》,知识出版社:2003年,第234页。

家的洞察力、评判力和思想观念的。

很难说虹影的话语方式是传统写实还是后现代颠覆，是女性主义还是新历史主义，是海外流散文学还是乡土文学。似乎都包含了，界限不清。更准确地说，她的创作，从形式到内容，往往是跨界的。

创作达到成熟的阶段，跨界是自然而然的，体裁只是借来表述的工具。就好比武林高手，不按套路不拘拳法，该出手时就出手。萨尔曼·拉什迪给儿子写过《哈龙和故事海》，智利女作家、《幽灵之家》的作者伊莎贝尔·阿连德给自己的孩子写过少年探险奇幻三部曲《怪兽之城》《金龙王国》《矮人森林》，英国大作家吉普林写过《丛林里故事》。而成为母亲的虹影，是否也会为她的孩子写书呢？

虹影果然写了《神奇少女米米朵拉系列》《神奇少年桑桑系列》九本小说。《米米朵拉》讲述了10岁主人公米米朵拉怎样在"丢失母亲"之后走遍世界的寻母冒险记，是一次对童话、神话、奇幻、民间故事等多体裁的混搭，讲未来世界人类会面对的种种困惑和危险。这是她对女儿爱的启迪与教育，她自己也在成长。成长是生命不断变化，从一种境遇走向另一种境遇的过程。小说所要表达的，正是这种变化着的生命哲学。她从对女性欲望叙事、两性关系探寻，到对母爱、友谊、亲情等普遍人性光辉的呈现，把自己生命中寻找到的重要意义表达出来。而这个核心，是关于女性身份与生命道路，关于女性命运的各种可能性，关于女性心灵的深刻体验。在这个意义上，虹影是真正的、彻底的女性主义者。

《好儿女花》之后，虹影关于性别关系及女性的生命观，有明显的转变。如果之前的女性形象面对男权中心世界的方式是呈现创伤、控诉呐喊、对峙复仇的，在《罗马》《月光武士》中，她赋予女性人物更鲜明的现代性，独立、自主、圆融洒脱。比如《罗马》里的燕燕和露露，以及《月光武士》里的苏沥，还有秦佳惠最后的人生抉择……她更多强调女性的自我意识，自我觉醒，女性必须成为一个吹笛者，才能得到拯救。

转变的力量来自虹影心灵上生长起来的爱。小说虽是虚构，但它的情感、表现出来的生命情状都是真实的，活生生的。所以说，小说也可以视为作家的个人史、心灵史。虹影的小说人物，总在反复提出这样的问题并试图去解答：什么是爱？什么是生命？你是谁？我是谁？什么是现实？什么是幻象？

神秘的幻象也是虹影小说中无法忽略的写作元素。她以此呈现另一类生命景象，另一种声音的存在。她看见不同的能量。《月光武士》中总在江边赤裸出没、不断被性诱怀孕的黑姑，她面貌丑陋、疯癫狂野，却也叛逆强悍、肆无忌惮。这个角色，在《饥饿的女儿》中曾以花痴的面目出现。无论是黑姑还是花痴，这个形象都给作品带来怪异的气氛，有一种冲击力。我设想，这个疯疯癫癫的女人是虹影的童年记忆之一，她的叛逆强悍是虹影在屈辱无助的年代内心渴望拥有的力量。如今她既是窦小明的性启蒙角色（有点类似《红楼梦》里贾宝玉梦遇秦可卿），也充当了秦佳惠形象的反衬，以一种非常态的出场，释放出被压抑的最原始的生命能量，挑衅强权的男性世界。这是虹影一以贯之的女性主义立场。

而出现在《月光武士》中的另一个神秘人物是黑衣黑帽的宾

爷。来无影去无踪，神出鬼没，似在非在，似人非人，却牵着会算命的神鹅，"会算命，代写信"。他出没于窦小明走投无路之时，犹如路标或先知。宾爷与其说是一个人物，不如说是一个作者设置的隐喻性符号。宾爷让人想起写于1996年的《饥饿的女儿》中那个在"我"走过的路上若隐若现、一闪而过的神秘男子。究竟意味着什么？这是一个困扰"我"的问题，也意味着前方有未知的各种可能，让"我"好奇，也让读者好奇。他仿佛是灵魂的秘密，而"我"的身世之谜已揭开，这个秘密却没有答案。20多年后，《月光武士》里的宾爷与之呼应，宾爷特立独行，走过混乱嘈杂的俗世，走过方向不明的暗夜，他是魂，是秘响，是叫醒的力量，他照见尚不为人知的精神内面。

这就是虹影的无界书写，也是她创作的N面。也借用《诗经》的诗句"女子善怀，亦各有行"，典出《诗经·鄘风》"载驰"篇。这里的"女子"是诗中咏叹的远嫁许国的卫国女子许穆夫人。所谓"女子善怀，亦各有行"，指的是许穆夫人要回卫国吊唁卫侯失国，却遭许穆公等人阻拦，夫人被迫折回，路上抒发自己的不满情绪。身为女子，虽多愁善感，但亦有她的做人准则……这大概是中国最早的女权思想表达了，许穆夫人道出了多少善怀女子的共同心声。虹影的叙事风格，已经发生很大的变化，在《月光武士》中，我读到平静淡定与开阔，她的写作进入一种新的境界。而且她的跨界写作已经很自如，不仅是历史与虚构融为一体，私人话语与公共表达也熔为一炉。诗意和散文化，也作为动人的抒情碎片镶嵌其中。而最根本的内核，悲伤之中对生命微光与暖意的珍惜，绝望中的信心与心怀希望，越来越彰显。

  归去来兮，永远的长江水。从18岁知道"私生女"身世出走山城，到走遍世界之后，认定自己的灵感源泉依然在长江两岸。重庆，成为虹影写作的原点，流动的长江上游至中下游（武汉、上海），成为她最根本的文学地理。每个人心中，都有回不去的欢愉或伤痛的过去，生命一直在流动中变化。说吧，记忆。重新发现，重新看待，重新获得新的视角与领悟，这是精神与心灵的转世重生。这个过程充满内在的艰难，却意味着脱胎换骨，意味着无限想象的各种可能。

2021年5月26日

这是读来让人心生惊悸的书

阿来

这些日子，读了两本听说过很多年的书：《饥饿的女儿》与《好儿女花》。

这是两本读来让人心生惊悸的书，本来我以为是小说，有很强自传性质的小说。但作者自己的说法——至少在《好儿女花》中，她不止一次明确指认《饥饿的女儿》是一部自传。那么，《好儿女花》也可以被视为自传了。前一本书的人物都在这本书里悉数登场，围绕着最主要角色的母亲的去世，与一场中国城市下层社会常见的葬仪，以沉痛的追思的方式延续了、丰满了母亲和与她一生密切相连的那些人物的故事。作者说，她是用这两本书写出内心深处的"黑暗与爱"。在我看来，前一本书更多是黑暗，和对黑暗的反抗。后一本书，则是爱，以及通过这种人类伟大的情感达成的宽恕。

锋利的解剖，勇敢的坦陈，因为深挚的爱恋，因为无论对自己还是对世界还怀有美好的期待。

作者写第二本书时，已经有了自己的女儿，所以她说，写这样的书，既是为了母亲，也是为了女儿。作者没有说出来的话，也许是希望自己不要再像书中的母亲，女儿也不会再是书中的那个女儿。

其实，所有这些，作者在这两本书前的寄语中都有充分的说明。而这两本书，母亲之外，另一个主人公正是那个既为女儿，如今已成为母亲的作者自己。女儿与母亲两个形象相互映照，才是这本书开启情感之门的锁钥之所在。

此时，在一个清晨结束了漫长的阅读过后，我一边写下这些文字，一边强烈地感觉到这在我可能是一次错误。

对于如此坦率真诚的写作，如此勇敢的写作还有什么可说的？

我说自己可能犯错还有另一个理由。

这两本书的作者是虹影，在我还是一个文学上籍籍无名的初学者时，她就已经很有名了。在已经变得相当遥远的二十世纪八十年代，我就常从半地下状态的四川诗人圈子里频繁听说她的名字。虽然，那时我只从民间刊物上读过她几首尖锐的诗，但她的确是很有名了。当她把叙事性的作品也写得很有名的时候，我还在似乎毫无前景的黑暗中摸索。而且，依然没有读过她的书。那时，虹影在媒体上常常是一个话题，或者某个事件，我总是对成为话题与事件的人物抱有某种警惕。

如果不是之前和她见了迄今为止的唯一一面——这次见面的机缘还非关文学，是在一次推广牙健康概念的公益活动上。我们一起吃了主办方请的一顿午饭，除了互相认识，也没有深入交谈。晚上，再见面，是在一个地方喝德国啤酒，吃德式香肠。她和出版社社长商量三本书的重版事宜。我在旁边和别人聊天。记不得我是怎么加入他们谈话的。那时，酒已经有些上头了。酒会让身体和脑袋都变得轻飘起来，这种感觉会让人暂时摆脱了现实的压力与拘束。也许就是在那样一种情形下，我居然应承要为这三本书中文版的再版写这些文字。

后来，我一边后悔这个贸然至极的承诺，一面还是找了她的书来读。

在这个过程中，真的为作者表现出如此的勇气感到震惊与佩服。当下，我们大多数的文学早已学会用一套娴熟的技术掩去现实的残酷，用中庸的温情遮掩着放弃了对人性弱点与黑暗的开掘，也正因为此，当我们试图从正面表达爱意时，也总是显得虚伪而孱弱。但虹影在涉笔于中国当代史密不可分的家族经历时，不回避，不躲藏，从家庭成员复杂的关系入手，坦率而直接地写出了时代，写出了一个城市被长期遮掩的一个残酷的角落。更为难得的是，作者意图并不止于暴露和控诉，而是专注于幽暗的同时也有闪光的人性开掘，专注于曾经的青春所经历的中国式的残酷挣扎与成长，以及更多生命从坚韧充沛走向衰竭与消亡，专注于这些生命如何在这个过程动植物般生存却进行着人的自我救赎。

救赎——不能通向哲学，但至少通过亲情、爱情，达至中国人朴素的宗教感。虽然宗教感中也充满宿命，但这就是人，出身脏污现实中的人，挣扎求生，作孽而又向善，身行丑陋却心向美好。

三天后的本周六，我要去一个图书馆讲讲非虚构文学。我将试图回答一个问题，非虚构文学为何开始越来越多被有思想的读者喜欢。我想，其间最重要的原因，也许是因为虚构的文学正在大面积地从现实撤退，尚未撤离者也正以中庸的温情和精致的美学遮掩了我们共同经历过的生活的残酷与艰难。

那次答应写这篇序文的地方，是一个非常能代表今天城市光明繁荣那一面的场合，可以用来证明我们终于过上了中产生活。那样的场合适宜谈论风花雪月，适宜大家共同憧憬即将到来的更为丰裕的物质生活。但是，这两本书让我回到了我们这一代人程度不同地经历过的真实生活，共同置身其间的残酷现实——从肉体到精神。我们跟书中那些人物一样，有着黑暗的记忆，我们都需要情感与灵魂的救赎。如果我们没有勇气与能力自我实现，而且这个社会也没有人提供这种灵魂的指引，那么，我以为这两本书，尤其是《饥饿的女儿》与《好儿女花》，也是一种间接的启示。

终于把内心的黑暗和爱大声说了出来

费勇

我特别注意虹影的小说，大约是在2000年，那时她因为小说《K：英国情人》而陷入一场官司。那场官司好像和凌叔华有关，而我当时正在写一篇论文，讨论凌叔华的《绣枕》和严歌苓的《红罗裙》。我顺便读了《K：英国情人》，也读了她先前的《饥饿的女儿》，感觉十分震撼。《绣枕》和《红罗裙》引起我的注意，是因为相隔了差不多六十年，中国女性在欲望表达的方式上有一种潜在的轨迹耐人寻味，虽然凌叔华的女主人公是在军阀时代禁闭在幽暗的宅子里，严歌苓的女主人公在二十世纪八十年代走到了时尚的美国，却都同样困在了某个狭窄的界域，只能依靠衣饰来曲折表达隐秘的欲望。

虹影的《饥饿的女儿》让我想起了中国现代文学的另一条传统，就是庐隐《海滨故人》到丁玲《沙菲女士的日记》的传统，这个传统就是女性以"自传"的方式率真地表达自己的欲望。然而，这个传统也无法说明虹影小说的意义。女性欲望在庐隐、丁玲那里，虽然率真，但还是被包装成了一种比较情调式的东西，转化成了某种流荡的情绪。而在虹影的笔下，再也没有扭捏、含蓄，而是直接、自然，是人性深渊里的一股瀑布，奔流不息。从庐隐《海滨故人》、凌叔华《绣枕》，到丁玲《沙菲女士的日记》，再到虹影《饥饿的女儿》，可以清晰地读到关于女性欲望叙述的中国谱系。

当然，虹影小说的价值，不只是比丁玲们更直接而已，更在于她的视角不是停留在自己情绪的表达，而是涌动着身份迷失的焦虑。虹影小说里对于女性欲望的表达，读者几乎感觉不到任何情色的挑逗，在于虹影的欲望，不是一种简单的身心悸动，而是她作为一个现实中的私生女，一直萦绕不去的身份迷失的焦虑。有人指出"私生女"是虹影作品中一个重要的情结，虹影是这样回应的：

我想这可以用来解释所有我的作品，因为这就是我到这个世界上来的使命，我被命运指定成为这么一个人，或者是成为这样一种类型的作家，或者是成为这样一个类型的女子。我走过的路，其实都是跟我母亲最后决定要把我生下来，我的成长背景连在一起，由此可以解释我所有的行为、言谈，包括写作，甚至我要找什么样的男人跟这个身份相关，我要走什么样的路，我要写什么样的书，包括女性主义的"上海三部曲"那样的书，也像《好儿女花》《饥饿的女儿》这样跟自身相关的书，都跟"私生女"这个身份相关。

所以，虹影从早期写诗，到二十世纪九十年代定居英国后，陆续爆发出《饥饿的女儿》《好儿女花》等小说，一直到最近的《奥当女孩》等一系列"童书"，在我看来，显现的都是一个失去了现实身份的女性孜孜不倦地寻找自我的旅程，这个旅程从早期的诗的迷茫、到小说的狂暴、再到童话般的沉静。恰恰是一段精神觉醒的旅程。所以，在虹影小说里，欲望只是一个表面的东西，藏在深处的是她对于自我身份的焦虑。在中国文学史上，还找不出像《饥饿的女儿》《好儿女花》那样的如此深入如此痛楚地追寻女性自我的小说。

我之所以用了"震撼"形容我当初读《饥饿的女儿》的感受，是因为虹影的小说不仅写了女性的自我追寻，还把角度聚焦在"母亲"身上。虹影说她写《好儿女花》是因为自己做了母亲，是写给女儿看的。虹影后来对记者谈道：

"没有女儿之前，我的生活目的，如同博尔赫斯《失明》里谈到的一样：我总是感觉到自己的命运首先就是文学。他还说，将会有许多不好的事情和一些好的事情发生在身上。所有这一切都将变成文字，特别是那些坏事，因为幸福是不需要转变的，幸福就是其最终目的。一个把文学当作生命的作家，恐怕皆是如此。可是我有了女儿，一切都改变了。尘埃落地，菩萨低眉含笑。我首先是一个母亲，然后才是一个作家。一个母亲，她可以承受的东西是无限的，远远超过一个失败者，就像我的母亲生前一样。"

虹影的小说指涉到母亲、自己、女儿，透过女性宿命的社会角色，虹影创造了汉语写作里母亲叙述的另一种范式。冰心的慈母形象，一直深入人心，成为一种文学套话；而一些男性作家笔下受难的母亲，则是另一种文学套话。张爱玲可能是汉语写作里第一个触及母女之间隐秘情感的作家，但写得十分隐晦。虹影则把张爱玲隐隐触及的议题写得淋漓尽致，惊世骇俗，彻底颠覆了关于母亲叙述的既定话语，呈现了一个人性深渊里的母亲。这个母亲形象，不论是流言蜚语里的坏女人，不论是有很多情人，不论是坚强地生下婚姻外的孩子，还是晚年的捡垃圾等细节，都震撼我们的心灵，是中国文学史上从未有过的一个母亲形象：受难，爱，以及尘世的残酷、情欲与道德的波澜，都在这个形象里清晰地折射。

虹影把母亲的历史置于大时代里，既是个人的史诗，也是时代的史诗。1949年前后到二十世纪八十年代的中国历史，在一对母女的个人历史里充分展开，再一次显现了文学的记忆力量。她把这个时代个人的饥饿感上升为时代的饥饿感，确实抓住了这个时代的核心精神。

《饥饿的女儿》《好儿女花》之后，虹影开始了另一个童书系列，第一部是《奥当女孩》。这个系列表面看是写给孩子看的童话，但在我看来，都是成人作品，是虹影关于母亲故事的继续。《奥当女孩》的主角变成了一个男孩子，叫桑桑，地点还是在重庆。桑桑在一个废弃的兵营遇到了一个女孩子。关于水手的爱。故事充满灵异的气息，悲伤但是优美。当一切的苦难经过时间的洗礼，当一切的欲望经过时间的磨炼，倾诉、呼喊都变得没有什么意义，剩下的是平静，是对于不可知的敬畏。人世间的一切都曾经经历，一切都在消逝，唯一抱持的，是对于爱对于美的永不疲倦的期待。

读完《奥当女孩》，我的感受是：虹影终于把她内心的黑暗和爱都说了出来。当然，永远不可能都说出来。永远在等待着某种光亮，划过我们幽暗的内心。

层层淤泥里的小桃红：虹影的《好儿女花》

沈睿

1991年冬春之交虹影离开中国去英国，到位于西单十字路口西北的白庙胡同我们家与我们告别。那个中午，已经被《诗刊》解雇的丈夫不在家，我接待虹影，听她谈即将的旅行，未来，包括她在英国的男朋友。她显得疲惫，但还是漂亮得惊人——虹影是长得漂亮的女人，但那天，她有种疲惫得让人动心的柔弱，办护照签证等的手续如此之烦填，她在出生的城市和北京来回跑，现在一切办妥，就要走了。

那天大风，北京冬春的大风总是刮得呼呼地响，大风敲着窗子的玻璃，风高天蓝，我们那时住在一个大四合院的中院里的两间东房，院中大槐树参天，树枝的影子在窗子上剧烈地摇动，让我觉得外面的世界十分严酷。我一生都讨厌风，刮风，因为风让我觉得世界险恶，那天就是这样的大风，虽然天蓝风高。

虹影坐在沙发上，那是我们认识后第一次单独有机会聊天，虹影来过多次，但都是来跟我那时的丈夫谈诗歌，他们是诗人，我是一个家庭主妇，我基本不参与。可那天丈夫不在家，我们有机会单独聊一聊。不知为什么，虹影的柔弱感动了我，这个比我年轻的女孩那刻显得那么柔弱，让我有一种想把她拥抱在怀里的冲动。她对未来的描绘，听起来并不是一个要走向幸福的女孩子，而是破釜沉舟的女勇士。我不知道她的身世，不知道她的打算，不知道她的反叛，甚至也不知道她的才华，她毕竟才二十八岁，我比她大四五岁，她的一切还没开始，而我那时已经是一个七八岁的孩子的母亲了。我是一个传统的女性，不懂得反叛，我一辈子也没有反叛过，因为没想象过反叛。面对这即将跨海过千山万水去异国的女孩子，我的感觉是她豁出去了，她自己也说："反正是豁出去了。"这句话让我惊异，这不是要与男友生活在一起的女孩子说的话。

我们谈了有一个多钟头，我送她走，从家一直送到电报大楼，两个其实是陌生的女性，通过一个多钟头的谈话，在那一刻我们都觉得依依不舍。没有外部理由的依依不舍，而是此情此景和一种突然的理解，而是风萧萧兮易水寒的大风让我们觉得未来并不是那么确定。我拥抱了她，她个子娇小，我把她搂在怀里，在电报大楼前的大树下，她穿着短大衣，裙子，显得很冷，她也拥抱我，阳光照在她的头发上，她的头发有一片金色，闪闪发光，白皙的皮肤，没有化妆的面容，大眼睛眯成了缝，因为大风里的阳光非常强烈。我们紧紧地拥抱，是对彼此的祝福。

虹影穿过马路，坐车走了。我反身往家的方向走，内心里全是伤感，莫名其妙的伤感。那个时代，那个时刻，那是二十五年前，出国是多么让人羡慕的事情，好像是走向天堂，虹影没有理由不充满信心，我没有理由觉得她是义无反顾，可是我就是这样觉得的。

回到家，丈夫已经回来了，我向他汇报这件事，他似乎也没有多说什么。

我再见到虹影是1992年底，不过一年多的工夫，她和男友已结婚，我的丈夫已经在他们的帮助下去了英国，她跟丈夫回到北京度假。我们突然有了交集，当然不是很多，见了两三次面，谈论了很多，谈她对一些人的认识，我们同仇敌忾般地谈论某个我们都熟悉的人，因为有共识。虹影表达了很多不解，对这个人，我却完全理解，因为我太知道这个人。我们一起在我家做饭，吃饭，我们包北京饺子，做四川饭，在我的冬天的厨房里，烧大炉子的煤，屋里暖洋洋。我们一起在他们借住的朋友宿舍里庆祝1993年新年的到来，就着简易桌子喝酒。虹影快言快语，单纯，爽快，有股江湖义气的侠女之气，没有上次见的柔弱了，我发现了虹影性格的另一面。

她送我她的第一本诗集，我不记得诗集的名字了，但记得诗集里面的照片。我的好朋友诗人莫非到我家来，谈论这本诗集，他也收到了赠送的诗集，他对那些照片震惊不已，非常不解，我也不解，我不明白虹影为什么把这些照片放在这本薄薄的诗集前。我从来没有问过她，当时没问，后来也没问，我只是觉得不可思议。在《好儿女花》里我找到了对这些照片的解释，原来如此。

那时虹影还没有出版她的任何小说。不久虹影就开始出版她的小说，而我离开中国去美国留学，沉在学习里，我跟过去的世界失去联系。虹影的书《饥饿的女儿》1997年出英文版。1999年秋我在比较文学系讲授"中美女性自传比较"一课，给我的课选书，中国女性自传部分我选了五本，包括虹影的新书。记得那年英国某汉学家与我讨论1997年在西方出版的两本中国女性自传，一本是杨瑞的书《Spider Eaters》，一本是虹影的《Daughter of the River》。她说，她更喜欢杨瑞的书，因为没有那么多对肮脏的底层描述。我说，我更喜欢虹影的书，因为写出了真生活，而且是从一个被欺辱的女孩子的角度写的。杨瑞的父母是红色中国的外交官，他们的苦难怎么能跟虹影的苦难比？《大河的女儿》(《饥饿的女儿》英文版题目)的故事让我的学生很震惊，其实我也震惊，我才知道虹影的身世，我才知道这个有才华的女孩子怎样从淤泥里爬起来，站起来，站得更高：勇敢地面对这淤泥的世界，并写出来给世界，做这淤泥的见证人，没有自艾自怜，只有勇敢，甚至是粗粝的勇敢。

我主动给虹影写了一封信，告诉她我在教她的书。虹影回了一封没有称谓的短信，也许她是太忙，也许她对我的八九年后不联系的突然的来信有些不知所措，也许她觉得我们之间距离遥远。虹影已经成知名作家，面对没有称谓的信，我就没回信，没再联系。

直到上个月，虹影突然看到我十年前写的《走向女权主义》一文，在微信上通过朋友找到了我。她说："从这文章我重新认识了你。"并要我为她的书《好儿女花》写序。我被她全然的信任打动了。

我家中有这本书，我从书架上取下来，给虹影看封面，我的这本书是朋友送的，我把书从中国带到美国来，是为了在飞机上看——我喜欢在飞机上看小说。记得当时看这本书，因为是写虹影母亲的葬礼，我没有过多的感触，那时我的母亲还健在，书没看完我就到家了，书也就放下了。虹影现在要我写序，我必须重读这本书，于是我躺在床上，把书从头到尾读了一遍，要讨她的修订本，我又再读了一遍。读的时候，我多次把书放下，泣不成声，因为现在我也失去了母亲，理解书中虹影丧母的无助与痛苦。

重读这本书，我坦白地承认，我很震惊。在这本书里，她把她离开中国到英国后和再次回中国的感情故事全盘地托出来，全然地给世界看，她到英国后婚姻的伤痛，她的言辞无法表达的绝望，她对爱的渴望——对母亲的爱和对男人的爱的渴望，虹影毫无保留。这是虹影给世界的自白，独语自白，坦率地谈出一切，好像谁在命令她交出她的所有秘密，她是一个赤身裸体的女人，在世界面前暴露一切。

世界怎样倾听？2009年书刚出版时网络上有各种抓人眼球的评论，那些评论显示出这个世界倾听的角度，比如什么二女侍一夫之类的，甚至记者的访谈，我都觉得问题问得极为低级。我也看了学者的讨论，有各种角度，最好的一次讨论是荒林教授主持的。张红萍教授在讨论时评论说："写女性时是现实的、赤裸裸的。对于女人的情爱，虹影是有感触的，也是在批判的，因为她看到了女人的一生。女人的一生是什么，围绕着男人？男人只要变心，女人就要伤心，就要自杀。这实际上是一种误区。虹影实际上也在批判这一点。作者选择的男性是多种多样的、底层的，对于男性的批判，本书是非常有力量的。"我觉得张红萍教授看到了这部作品的深度。虹影在这部作品里毫不留情批判了自觉与不自觉地建立起来的传统中国文化的性别概念：女性必须贞洁，男女是生命唯一值得的关系，家中兄弟姐妹侄女孩子男女关系都以男人为中心，这个淤泥的世界，男人中心的世界，让人厌恶又让人摆脱不掉，让人同情也让人绝望。

在这肮脏的淤泥里，大家在淤泥里搅拌着，爱与恨，情与仇，钱与性，死亡与生命的挣扎。虹影用同情与批判的眼睛观察生命的原生态，其实这个原生态绝不是重庆南岸的底层社会的原生态，而是人类生存的原生态，无论你是什么社会阶级，你生存的原生态都是基本的这几点：金钱，情与欲，爱与恨——感情、欲望、金钱，这是生命的推动力。虹影通过对一个特殊的家庭，一个让读者有点眼花缭乱来自三个父亲的六个成年孩子之家，写出来的是人类生存的故事，揭示的是人的欲望、爱情、梦想、金钱、死亡的复杂纠缠。

虹影观察这个淤泥世界的眼光包含着无法言说的同情，手足般的理解，一种对人和世界复杂性有透彻觉悟的清醒的距离。因为沧桑而觉悟——她走过了一段爱得义无反顾却彻底失败的婚姻。虹影在1991年的冬春之交与我在电报大楼前告别走向英国的时候，一定是抱着走向"天堂"不归路的决心的——那天堂是我们在被隔绝多年的中国里想象的一切都美好的西方。虹影那时对丈夫的爱真诚而充满幻想，但丈夫却并不是那个虹影想象的爱人，而是一个比她年长二十岁的复杂的男人——这个男人不是一般意义上的"坏人"，他根本不是坏人，而是一个给了虹影环境并帮助她改变命运的谦谦儒雅的君子。他给了虹影一个安静的空间，他也帮助虹影在写作上成功，因为他懂她的才华。但是在西方受过教育的中国男人许多并没有走出男权文化的淤泥，而人的性欲望又是如此多重与复杂，与文化和社会密切相连却又不那么简单。你很难说书中的小唐是衣冠禽兽，因为小唐的性欲望性幻想不符合学者的形象，或不符合一夫一妻制的理想，因为欲望与幻想本身就是多重的，很难用道德的尺度衡量。虹影为了自己心目中的爱情，用让自己爱人高兴的性行为取悦他，但本质执着而浪漫的她，本质上有强烈的传统道德观的虹影，却不能在内心里彻底找到平衡。她，无论怎样反叛，说到底，还是一个传统的女性，相信爱情与婚姻，可是这场婚姻中的复杂的性伤害了她。当"小姐姐"也介入这场婚姻的时候，内心里执拗地相信爱情与婚姻的虹影，一方面是忍辱负重，一方面是爱情与婚姻理想的彻底崩溃。

虹影回到了北京，阔别了近十年的北京，买了房子，重新开始生活。这撕心裂肺的经历，让她对人性有了更深的理解，对小姐姐，以及书中的每个人都有了更深的同情和理解，但并不乏冷视的距离。书中小姐姐以及其他姐妹对小唐的捉弄，更像是荒诞的具有喜剧色彩的恶作剧，不是真正的报复。她们对男权具化的个人有仇恨，她们对男权毫无意识，她们身陷淤泥，不能自拔，甚至没有意识到他们只是在搅和淤泥，这淤泥把他们全都溅了一身、一生、一世。

"六号院"以及所处的贫民窟的环境，在虹影的笔下到处都是黑乎乎的危房，歪斜破烂，要倒塌或已经半塌，不远处既看得见长江，也看得到江边上的垃圾山。书中描述："腐烂的烂菜叶烂菜帮，加上狗尿猫尿，各色塑料袋，碎玻璃，灰土旧衣物，臭气熏天。"在这个贫民窟背景的淤泥里，虹影怀着丧母后的无助，对母亲无法再表达爱的痛苦，试图发掘母亲的历史，希望找到自己和母亲的精神联系。书中描写母亲对"我"的爱，比如母亲把"我"发表文章的消息和剪报都存起来，母亲对"我"的理解和对"我"的婚姻不加询问等爱的细节，以及"我"对母亲的爱——给母亲买房子，回来庆祝母亲的生日，等等，书中描述一对深爱的母女，但却被不善表达而隔绝。虹影试图塑造一个完美的母亲，但是这完美的母亲形象终于没有树立起来。相反，虹影描绘了一个坚韧、无私、宽宏大量的女人，但也是一个叛逆的、与男人有多种关系的女人，晚年是一个孤苦伶仃的被欺负的女人。

虹影在书中对母亲的描写是多重的，虹影的感情在爱中痛苦着，她爱母亲，她想象着一个爱她的理想的母亲，她试图描述母爱，可是母爱显得那么笨拙。母亲以自己的方式爱她，她知道这点，她想把这母爱描述出来，但却怎么也无法精确地表达出来。隔在这母女之间的距离，其实比作者试图在书中说出来的还要宽阔得多，但作者力图缩短这个距离，书中描写的复杂的母女感情，多次写到母亲拉着她的小手，牵着她的手，走在磕磕碰碰的路上。虹影试图把母女的爱写出来，但是母女之间的隔膜，母女之间距离的宽阔却在不经意的地方显露出来，这个宽阔，就是母亲晚年靠捡垃圾为生这样让作者愤怒而绝望的她并不知道的故事的宽度。虹影一直被蒙在鼓里，直到心怀恶意的王眼镜对"我"直说，"我"才逐渐调查出母亲晚年生活的真实状态，进而明白母亲的苦难从没有完结。

苦难的母亲形象在现当代中国文学中是一个类型，多得不可胜数，虹影的"苦难的母亲"在这个类型里的新维度是这个母亲在性关系上的离经叛道以及母亲感情的丰富。虽说在现实里，特别是在底层社会，母亲的性经历也许算不上过于离经叛道，根本的原因是中国的正统意识形态，比如贞节之类其实是中国传统中产阶级（乡村地主/小自耕农民）的意识形态，与城市底层社会，特别是二十世纪战乱和农村经济破产造成的城市底层性意识形态有相当的距离。

母亲十七岁从家出走，一直在底层生存，就是嫁给黑帮头子，生活可能优渥，但精神世界仍是底层。底层社会一方面野蛮原始，但也心胸宽阔，讲理容人，母亲感情丰富，她不仅是个母亲，也是个历经磨难和感情丰富的女人。在这点上，虹影写出了只有女儿才写出的一个母亲——一个作为女人的母亲。这个母亲有多个情人或与男人有暧昧关系，也曾经为了拯救自己的男性朋友而"献身"，母亲对他人的苦难和人情的复杂表现出独特的理解，比如五嫂跟别人跑了，再回来，母亲对女人艰难的路比别人都包容。母亲不加以道德判断，也不用那些正统的道德判断，那些判断她的人其实并不比她高尚到哪里，比如她的儿女们，她的邻居们。

母亲的磊落、承担、宽广，对苦难的承受与自立的个性，在这些品质上，通过层层发现的母亲，虹影最终跟母亲建立了精神的联系，她似乎找到了自己反叛的根源，自己起伏不平的男女关系的根源，好像轮回，甚至自己软弱的根源，因为自己跟母亲一样爱过，容忍过。她和母亲都是在男女关系上走过不同一般的路的人，她们都强烈地爱过，她们也都磊落与宽广；她们对苦难都有敢做敢当的承担和对人世复杂的宽容与理解，虹影容忍小姐姐与小唐的关系，这种容忍不是一般的容忍。虹影不愿看到小唐被惩罚，因为她理解人的欲望的复杂，并对小唐有感遇之心。母亲和虹影都乐于助人却被世界曲解或误解，她们在精神上达到的是那些对她们加以判断的人不能达到的高度。

写母亲，虹影也是写自己，从母亲的身上她看到自己的影子，她跟母亲的联系是"小桃红"这个名字所象征的精神——虹影和母亲都是小桃红："小桃红，人的鲜血染红，凶运吉运，得看人心眼儿多诚。"如外婆骂的："你这小桃红背弃我，你对不住妈妈我呀，我当初唧个生了你这害人精无孝女？"虹影和母亲都是被骂成"害人精无孝女"的女儿，母亲被外婆骂，虹影在内心里也觉得自己是一个这样的女儿。书中的"我"不停地责备自己，好像自己是一切厄运的源头，而实际上她们又都是最善良与最孝顺的女儿。她们背弃了正统的道德规范，但又被这个规范压得喘不过气；母亲内心敏感，细腻，外表温柔沉静，虹影何尝不是如此？母亲泼辣野性，好像是一头不肯被驯服的烈马，虹影何尝不是如此？母亲最后与外婆和解，虹影通过这本书与母亲和解，并在精神上成为一体。

层层男权世界里逃不出的女性，是层层淤泥里的小桃红，这既是母亲的象征，也是虹影的自我精神画像。她们都出在淤泥里，在男人中心的世界里艰难幸存，但她们都美丽、脆弱、善良、顽强。

这也是那个在1991年的冬春之交北京的大风中阳光下头发一片金色的向我挥手告别的虹影。

于厂房
美国亚特兰大

再版说明

意大利的夏天早晚皆凉,窗外山顶覆盖着闪亮的白雪,远处海平线清晰可见,好些叫不出名字的鸟在天上飞来飞去。我的女儿不时跑到书房来看我,每次带来几页她画的画,说是送给我的礼物。

她画的全是女人,有时是她自己,一个小女孩,披着长发戴着野花;有时是我,穿着有褶的长裙,手里有支笔;有时是小姨,住在一个高高的城堡里;有时是外婆,戴了顶黑帽子,我看不到她的眼睛。女儿不止一次问我,外婆死了,对吧?

我点点头。

她是去天堂吗?我们坐飞机经过的高高的天上?

我说,是的,孩子。

天真无邪的孩子,是这个世界的一块净土。我们这些大人因为生活的沉重和可怕,畏惧犹豫到无法朝前迈步,这时我们看到孩子,才有了力量,继续朝前走。

以前,我的母亲,恐怕也是如此。她因为我们这些儿女,才朝前走,直到生命结束。

从《饥饿的女儿》到《好儿女花》，我主要写了母亲的一生，她对亲人是爱和给予，对世界呢，是宽容和原谅。这也是她留给我的最大一笔财富。

这更是《好儿女花》的内核。

最后要谢谢所有看过这本书的读者，我曾在网上读到你们长短不一的各种感想和评论，加起来有十几万字。没有比这个更让一个作家感到欣慰的。谢谢你们的文字。

于意大利福祈

写在前面

这本书是关于我自己的记忆,是关于我母亲的故事,那些长年堆积在我心里的黑暗和爱。

在写这本书的过程中,我看见了母亲身上的印记,我自己身上的印记,你也可以认为是悲剧的源头。

整个童年,我几乎都在和阁楼斜屋顶上的污渍形成的图案对话,倾听堂屋那些黑暗中的蝙蝠拍打墙瓦的声响,我找不到未来的出路,看不见光,好像有人把上阁楼的梯子移走,我下不了地,悬在半空,除了担心,就是害怕,我长久地迷失自己。

母亲是盐,当母亲不在这个世界上后,我感受到这点。母亲说,父亲死后,她经常在江边看到父亲驾驶着船,有时是父亲追船,船在前面,父亲在水面上跑。她叫他,他从未回过头来。

现在想母亲的话时,我才发现自己也跑在水面上,想追随父母的身影。我没有想到,也未敢想,有一天我会再写一本关于母亲和自己的书,但我知道,只有写完这书,才不再迷失自己,并找到答案,即使部分答案也好。

罗厄尔说，当我离开你，世界的心跳停了。为什么我非得离开你，在夜的利刃上劈伤自己？

不，上帝，人怎么做才能获得赎罪呢？

第一章

1

谁见过流泪的曼陀罗？没见过没关系，只要见过我。母亲说我前世在爪哇国逛荡时学会了梵语，母亲说我也正也邪，是良药也是毒剂。母亲还对我说过："六妹你这辈子既来到我身边，就不必浑身长着那野蛮国度犀利的尖刺，面对令你恐惧的世界，若一旦失去我，就索性怀携利刃吧。"

温柔而暴烈，是女子远行之必要。

我偏爱曼陀罗，更酷爱猩红色。窗外花神经过，他头上的曼陀罗花瓣纷纷坠落。我脑门心滚烫，这时母亲的声音响起，可我听不清她在说什么。

她站在一个院子门口向我招手。

我走过去，她牵着我的手去吊唁同街的祖婆。祖婆的尸体盖了一层白布停在一个木板上，就在门前，周围挂了好些挽幛，像床单一样，围了好些人。有个黑衣女人分开人群，对着停着的尸体扑通跪下，大哭起来。她全身都因悲伤而抖动，边哭边伸出手去揭开白布，摸着祖婆的脸和头发，声音嘶哑，一唱三咏：

"祖婆婆，你好好走西南，不要劳心劳肠，谅我过错我道个不是。小辈子我一日省一寸布，够祖婆婆整年薄衫薄裤，小辈子我一餐省三碗饭，造祖婆婆下一生福。"

周围的人无不动容，祖婆的亲人尤其感动，两家为芝麻小事结怨，好些年不往来，黑衣女人胸襟大，有伟丈夫气概，倒来追念。

母亲一直脸阴沉着。回家路上母亲才说："那女人的手摸了煤油，摸了祖婆的脸，祖婆下辈子无法投胎成人，只能待在阴间。"

我听了吓坏了。

那时，我快满四岁了，也许过了四岁。早就忘了，但在这个下午清晰地想起，尤其是那蒙着白布的尸体，宛如重见，肯定是一个不好的征兆，虽然我的额头特别奇烫，可无论如何，我都没有想到这是母亲向我传递的信息。

2

在重庆长江南岸半山腰的一个房间里，母亲躺在床上，呼吸困难，说不出话来。她被死神追赶，正在去地府的途中。五嬸第一个发现母亲不对劲，敲了好几次门，也没应，本以为母亲还在睡觉。过了一些时候，五嫂又叫母亲，还是不应，进屋一看，母亲脸色铁青，嘴唇发紫。五嫂知道母亲快不行了，急忙打电话叫我的姐姐哥哥回家。母亲不转眼地看着墙上的钟：时针指到3，分针指到12。时间似乎永远停在这一刻：

2006年10月25日，星期三。

3

我在北京的家里，坐在电脑前写作，电话响了，是小姐姐的声音："六妹哪，妈妈出事了！"

我倒吸口凉气，天哪，难怪我的额头奇烫，还听到母亲的声音。小姐姐在母亲的卧室，还有二姐三哥。他们让我和躺在床上的母亲说话，母亲说不出话来，不过眼睛动了动。他们不敢送医院，也不敢叫医生来抢救，因为母亲听到"医生"两字，头直摇，不同意。

我想哭，鼻子酸酸的。

我放下电话，瞄了一眼手表，下午四点一刻。

抓了几件衣服，塞进背包，往机场赶。

安检后，找到登机口。旅客开始登机。我掏出手机，给小姐姐打过去。她正和二姐一人拉着母亲的一只手，母亲的眼睛费力地睁着，像是在找什么东西，茫然无助，嘴唇发青，胸口的气直往下坠。母亲双手掐着二姐和小姐姐的手,竭力在挣扎,异常难受。她们顾不上痛,直叫妈妈,二姐一只手给母亲喂水,母亲摇头。

"六妹,妈在等你呀,你到哪里了?买到机票了吧?!"小姐姐在电话那端焦急地叫道。

我让她把电话放在母亲的耳旁,我说:"妈妈,我正在上飞机,你等着我。"电话那边夹有小姐姐的哭泣声,小姐姐的声音:"妈,你听到了,你不要走,坚持呀。"

我大叫了起来:"妈妈,千万等着我!就等我两个半小时,我就到了你身边!"

空中小姐在看着我,周边的旅客在看着我。我全然不顾,继续说:"妈妈呀,你一定要等着我!"机舱很空,飞机开始滑动,空中小姐要我就空位坐下,系好安全带。我一边照做,一边叫:"妈妈等着我,一定要等着我呀!"飞机腾空而起,向1000英尺的高度爬去,穿越云层,我双眼湿透,感觉母亲顺着机舱过道向我一步步走来。

我赶快用力地擦眼睛:母亲走近了,停在我身边,用从未有过的眼神看着我,伸出手来,摸了摸我湿湿的脸。我伸出手想抱住她,她也想抱住我,可是在我与她拥抱之际,突然有一股力量把我们分开,她痛苦地往后退,渐渐退出我的视线。

"妈妈呀,你不要走!"我大叫,"我不要你走!"

"女士,请安静。"空姐冷冷地说。她一手端托盘,一手用夹子,依座位顺序发给乘客热毛巾。

晚上十点半了，飞机到达重庆江北机场。

从江北机场到南岸七公里半路程，路灯昏暗，高速公路上车辆非常少。偶尔，山峦映入江水，灯光也多起来，闪闪烁烁。

出租车驶过长江大桥，插入南滨路，没一会儿就看见老家旁的重庆卷烟厂。朝前开了不到十分钟，我就叫停车。下车后，我摸黑在陡峭的坡上小心地走。

这一带全是贫民窟，没有路灯，虽不是一片漆黑，却只能瞧个糊里糊涂。溪沟里流着脏水，烂房拆了差不多，碎瓦垃圾堆成小山丘，臭气熏天，盖住原来的石块砌的小路。杂草飞长，老鼠贼着眼窜来窜去，不时弄出动静。

得用手捂着鼻子，才能忍受那臭气。我好不容易爬上来，面前又是一大坡石阶。喘着气爬上去，绕过黑乎乎的小破屋，我看见六号院子院门外白炽灯泡高照，搭了篷，脱口大叫："天哪，我晚也！"

我飞快地朝院子大门走去。院内空坝里十来人坐着，一口灵柩已在白花之中，母亲的大黑白照片镶上镜框，绕上黑纱，挂在墙上，正注视着我。

我呆住了。

院门两侧猛然闪出两个黑衣人，各拿一大串鞭炮，噼噼啪啪炸响，纸花四溅，震耳欲聋。

4

三哥厉声说:"还不快些给妈跪下?"

我赶紧跪下,后面有人递我一束香。"叩头呀,快叩!"

我连连叩头,身后是大姐的声音:"唧个香举在左手,换右手!"

烧完了,我又要了六炷香,分成两束,我轻轻地对母亲说,这束香为谁而烧,这第二束香又为谁烧,那声音只有我一个人听得见。

"哎呀,烧这些多?"身后有个粗嗓门疑惑地说。我回转了身,家里五服内亲戚差不多都来了,甚至八辈子够不着边的人也来了,他们坐在桌前嗑瓜子喝茶。我认不出谁是谁,但张张脸熟。

临时成立的治丧小组,由专门办丧事的大肚猫、三哥五哥组成。姐姐们担心嫂子们多言,表示不参加这小组,听从家里男子汉们的吩咐。

三哥说大肚猫是一条龙服务,搭灵棚、租花圈、请乐队请歌星、送葬开路。三哥说,母亲还没落气时,住在中学街的大肚猫闻讯而来,二姐和小姐姐握着母亲的手,呼吸困难。大肚猫坚持要把母亲移到外屋,放在一张竹板上,他担心母亲会死在卧室床上,若那样,对后人不利。这个忌讳,绝对不能打破。

母亲被抬到了竹板上,大肚猫要换寿衣寿鞋,还要二姐给母亲用清水擦身。

这么一折腾,母亲不难为大家,一口气上不来,干脆遂了大肚猫的愿。

大肚猫和手下两个伙计帮着三哥布置灵棚设牌位,在牌位前放倒头饭,用一个装着小米饭的土碗,上面插一双竹筷。吩咐三哥每天早中晚饭前三次到土地庙送浆水。那浆水用生水、面粉、小米混合而成。在弹子石江边就有一个土地庙。本来浆水、扎纸车纸马费时，但是大肚猫有现成的，就省事了，他还备有黑面烙制打狗饼、打狗棒。母亲行西天路途遥远，必有恶狗拦路，一旦遇恶狗，用棍子打，同时扔出打狗饼喂狗，可以脱身。

大肚猫要三哥站在板凳上，手举扁担，面朝西高呼："妈妈，上西方大路朝佛！"连喊四次。五哥烧纸车纸马，送母亲归西。

最后大肚猫才让三哥五哥在冰棺里铺香表垫褥，让二姐小姐姐们用棉絮蘸酒为母亲擦脸净面，之后入棺。在母亲身旁放香表、草木灰和母亲生前供拜的观音瓷像，盖棺后铺上黄丝绒布，摆上花。

大肚猫看上去五十开外，头顶露白，脖颈略有些细长，肚子超大，虽是眯缝眼，不过五官倒也配得恰如其分，显得忠厚。他看到我，体贴地说："是六妹吧，要不要看你妈妈？"

我点头。

大肚猫走到灵柩前，先移去花束，再撩去黄丝绒布。我在他身后，心跳急速。他揭开冰棺的盖，我看到母亲：她的脸紧绷，嘴唇也一样，不过样子安详。母亲瘦了几轮，脸小小的，戴着黑帽，像个道姑，身子也异常瘦小，胳膊和腿全是骨头，感觉整个身体缩短。脚上一双黑布白边鞋，却是38码。她的手布满了老年斑，手指多节和青筋突出。我去拉她的手，大肚猫比我快，把我的手抓住。"六妹，不要。"

我甩掉他的手，一把握住母亲格外冰冷的手。"妈，妈妈，你怎么就走了？不等我。我在机场要你等我，可是你没有。妈妈，我来迟了，晚了，我好恨自己呀！"我忍住直往外奔涌的泪水，声音呜咽地说："妈妈呀，我叫不应你了，妈妈呀，我从此就是一个没娘的人，妈妈说过，没娘的人，是天底下最最可怜的人！现在我就是这样一个人了，妈妈呀，你为什么要离开我！"眼前金花直冒，站不住，我什么也看不见，浑身发软，往下滑去。

三哥赶快把我扶住。

5

坐下后，我发现姐姐哥哥的脸色和气多了，五哥端了一杯茶水给我。

二姐告诉我，母亲听到我的声音，落下最后一口气，闭上了眼睛。"你一说上了飞机，她的手就不再狠狠地掐着我。"

算来，我晚了整整两个半小时，没能给母亲送终。妈妈，这是我的错。你早就告诫我："亲人离别时，千万不要哭，否则，死时就不能再见。"每每与你离别，我都未忍住，也从未信你的话。

如今你的话果然灵验。

这阵子家里人围着桌子在说母亲傍晚离去的情景，母亲死得不痛苦，她眼睛闭得严，嘴也合得上，脸也未变形，手脚都不软，是好兆头，对后人好；说母亲对儿子亲，两个儿子都到跟前了，有儿子送终，是好福气；说母亲啥话也不愿留下，连一个手势也没暗示，就是对生前的一切满意，没遗憾；说母亲尽给后人留想头，不让后人累；有的老年人，落下个半身不遂、植物人或癌症什么怪疾的，折磨后人三五年甚至十余载的，淘尽后人所有的家当，耗掉后人的精力，还天天怨声连天。母亲不这样，乖巧地拍拍屁股上的灰尘，潇洒地走了。

他们的说话声没完没了，像一群苍蝇在耳旁嗡嗡叫。

"二姐讲得没错，六妹一说来，感觉妈胸口的气就朝下落。"小姐姐声音有点嘶哑。"妈该望着她来，可哪个不在跟阎王爷争时间？有点搞不清楚。还有一件事，也怪糟糟的。"

"啥子事？"大姐好奇地问。

小姐姐说："妈自己早几年就选好遗像的底片，放成二十寸大，加黑框。好像嫌我们这些儿女做不好这种事。是啊，我们做事，哪有半分干劲能赶得上妈呢。可是，她做啥子要准备自己的后事？"

"妈妈从来都爱美，她自个儿选照片，自个儿满意。"我想也未想就说。

母亲的遗像，齐耳短发，一件最普通的灰色外套，里面一件白衬衣，纽扣系得规规矩矩。看上去四十岁上下，眉眼秀丽，嘴角微露笑意，眼睛亮堂，整个人平和，却有一种不认命的执拗，甚至带点反抗的意味。

算起来，那是她在船厂做抬工和烧锅炉的时候。

"才不是呢。哼，刚才你们说六妹说要来，妈就安静了。这里就有问题。说白了，六妹你听着，不要不高兴，妈根本不想你送终。"大姐毫不客气地看着我，以一副轻描淡写的口吻说，"因为你根本就不属于这个家里的人。"

"妈妈不会嫌弃我，我当然是这家里人。"

我虽是这么回答大姐，在心里却觉得委屈。母亲为何不等我，让我与她告别再离去？被大姐击中要害，我灰心丧气。在飞机里见到母亲，是由于我太焦急想见她，心神儿集中，像道光，神速抵达重庆。那时母亲在去黄泉路上，上帝怜悯我，让我最后一次看到母亲。

棺材里母亲的模样，反复出现在我眼前。不错，她是安详的，但她骨瘦如柴，一口假牙，配得有些不整齐，使嘴唇合得不够紧。整张脸安详得过分，安详得无条件，让人忐忑不安。先前我只是注意到她死的样子，并未多想。她躺在那冰棺里，可怜巴巴的样子，我脑子里转来转去，怎么抹也抹不掉，总停在这问题上面：

母亲怎么会变成这样子？

母亲为何要事先准备好遗像，她带着底片去照相馆的路上，是什么样的心境？她死前经过了什么事？

我这么想时，心里就难过。

那个长得慈眉善眼的大肚猫，他该让我看到活灵活现的母亲。他急什么？人死是有个时辰的，一生都艰难地挨过来，千急万急，就差那么一两个小时吗？母亲不要死，不能死。我在世上本孤单，母亲死了，我在世上就更孤单！我在世上本无依靠，母亲死了，我在世上就更无依靠！是呀，母亲死了，没有了她，天地粉碎，我还能幸免？

大姐隔着桌子坐在对面，她伸过手来，拉拉我的胳膊："六妹，你莫自以为是。我在他们眼里都不属于这个家，你我和他们不是同一个父亲。你看我住得最近，他们也不及时通知我。我赶到时妈刚落气，大肚猫正在放'开头炮',向周遭报丧。这是个阴谋!"她哭了起来,转过身去,对着棺材:"妈妈呀,你都看见了,他们欺负你最喜欢的大姑娘。哪是一家子人啊!只有我最爱妈,可是妈就是看不到了。"

"大姐,你说清楚。我是先找你找不到。"小姐姐还想说什么,被二姐用眼神止住。

"当面是神,背面是鬼。"大姐拿出手绢抹眼泪。

我突然想到母亲的鞋子来,便对二姐说:"妈妈的鞋子该是37码,我刚才看到她穿了一双38码……"

二姐打断我的话:"你认为我们给她穿大鞋了,是不是?穿小鞋是错,穿大鞋是大错。告诉你,六妹儿,不懂就不要装懂。不要怪我们当姐姐的。过世的人,就该穿大鞋,否则到阴间,迈不开步脱不开身。"她眼里对我充满不屑,"你以为你是一个作家,大作家,啥都懂,告诉你,单凭这点不懂,你还得跟姐姐多缴点人生学费。"

这种时候,我能争辩什么?不能。小时是,长大成人了依然是,尤其是在母亲的棺材边上,不想有一丝儿姐妹不和之气。二姐的话,我只当没听见。

第二章

1

  这六号院子空坝,算是老院子的一部分。以前的六号院子,也只剩有这个空坝、一截院墙和大门,其他全坍塌成废墟,在十三年前修成一幢六层高的小白楼房。六号院子、七号院子、八号院子,当然包括一些零星搭建的平房,是野猫溪副街上最主要的房子。这幢楼房在整个贫民区歪斜破烂尚存的黑乎乎的吊脚楼、泥砖和木房中间,非常醒目。

  那时父亲尚在。修建小白楼房时,原住户都各自想办法搬离。父母说人老了,去新地方两眼一抹黑,不好。他们不肯离开老地方,就租了七号院子一间房。

  楼建好后,为尽孝心,我给他们买了五层楼临江的两室一厅,带厨房和卫生间。内销房,价格比外销房便宜好多倍。但是原住户凭可怜的工资大都无钱买房,只有彻底搬走,只有程光头和妓女张妈的儿子两户搬了回来,前者是几个儿女把积蓄拿出来,凑齐钱,后者是儿子借了银行货款。其他住户都是新面孔。不过十三年住下来,陌生邻居也皆成了老熟人。母亲的丧事,他们倒是很给面子,凑个份子,人前人后递个水,移个凳子。

看见幺舅坐在一张桌子前,我朝他走过去。

我握着幺舅的手,问好。几年没见,他头发几乎全白。他接到电话,就带着三个孩子过江来。说是就这么一个亲姐姐,他的一家子得给她守灵。他明显哭过,眼睛还红肿着,神情很哀伤。我说:"幺舅,你是我们的长辈,丧事办得有不对的地方,请千万指点!"

他说:"三娃子很能干,灵堂设得不错。"

这下我才仔细打量:紧靠老院子残墙,扎了四米多长的花牌,深绿色底,配有黄色花朵图案,挂着驾鹤西去横幛,花牌正前方放灵柩,后方正中央墙上是母亲遗像,扎了黑纱,周围放黄白鲜花。花牌上挂挽联挽幛,楼房墙上也挂着挽联挽幛,花圈则放在院子大门内两侧。

灵柩周遭扎着白绸带白花,有好些新鲜马蹄莲满天星衬托的花篮、成打白玫瑰混合百合和白菊,插在盛水的塑料底座里,以保新鲜。

我附和幺舅说:"妈妈生前最爱鲜花,三哥倒是细心。"

"他哪肯舍得这钱?是我打电话从城中心花店订来,要了一个快递。"小姐姐不屑地说。她给我们三人倒了茶水,在桌子另侧坐下。

这时三嫂走过来,她拉幺舅到另一桌上去打麻将,那儿三缺一。

我想问幺舅,母亲怎么会自己事先准备遗像?

母亲与幺舅最亲,但深知这个小弟弟的性格,一向老实,又怕事,即使有什么,也不会告诉他。我便止住了嘴。母亲躺在装有冰的棺材里,而不是坐在这桌子边,听我或别人说话。她活着时,常常会插几句言,会让我笑起来甚至捧腹大笑。母亲是懂得幽默的人,她知道如何说话,少一个音,间隔一个字,提高或降低一个词,效果完全不同,从这一点讲,母亲是个语言艺术家,而且有表演天才,模仿力强,绘声绘色。可是母亲死了,她不能呼吸,不能听见我说话,也不能跟我说话,她再也不能拉着我的手。我朝她笑,她再也看不见了,她就像一个狠心人,一眨眼工夫,就躲起来,躲到我怎么够也够不着的地方,我怎么想她,她都不会出现。我摸着自己的手,还留有一股她手上的凉气。我必须接受母亲死了这现实。

但是不能。母亲怎么可以抛下我,独自走了?在那种年代,连口水都会把人淹死的时期,她居然敢把我这个私生子生下来,敢把我养大,独自忍受屈辱和各种可怕的压力不吭声,这样的母亲,不会不跟她的这个孩子告别就走的。

母亲当然不会离开我。

我像一个生有双脑袋的怪物,一个脑袋承认母亲死,一个脑袋拒绝承认。两个脑袋互相打架,分不清输赢。

母亲蹲在地上给我洗衣的形象,从记忆深处透出,逐渐清晰。那时我还没上小学，是一个大年三十晚上，吃过团圆饭，母亲得当夜回白沙坨造船厂，运输队大年初一加班。我非要跟着母亲去，母亲不同意，我抱住她的腿不放。母亲只得点头同意。没有船，我们只得走山路。突然下起雨来，雷声阵阵。

我紧紧抓着母亲的手，怕滑下山崖去。母亲走到半路，开始埋怨我，说根本不想带上我，我却非要跟着，不听话，给她添事，真是麻烦！我一生气，甩开母亲的手，走出不到五步就滑倒了，一身都是泥。母亲来拉我，我不理会，自己站起来往前走，马上又跌倒了。

母亲一把抓住我，叹了一口气说："这辈子莫非妈妈当真欠你？你生生成了我的小冤家！"

那是我第一次与母亲那么近。母亲带着我风里雨里不知走了多久，最后精疲力竭地站在山坳上，终于看到船厂稀微的亮光。工人的集体宿舍在半山腰上，一共六幢，五十年代的红砖简易楼房，三四层高。我们走进第三幢，楼梯上全是灰，墙灰剥落，露出涂了一层覆盖一层斑驳不均的油漆，新标语遮住旧标语，门窗破破烂烂。在二层靠左端里的一个房间，母亲拿出钥匙，开了暗锁。这是一间不大的房间，靠右墙有两张单人木床，挂着发黄的粗布蚊帐，左墙只有一张单人床，搁着旧木箱，边上还有一个小桌子，铺了塑料布，搁了些杯子筷子之类的东西，依墙有一根铁丝，挂了几条毛巾和洗的衣服。母亲的床靠窗，被子叠得整整齐齐。我睁开眼到处看，想把母亲离家在外睡觉的地方记在心里。母亲倒了暖水瓶的水，把我周身上下擦干净，换上她的一件干净衣服，把我塞进被窝里，顺手关掉头顶扎眼的日光灯。她把我的脏毛衣裤子袜子放在盆子里，蹲在地上洗起来，窗外路灯余光打在她脸上，母亲看上去很美，很温柔。

我马上就睡着了。

睡得很香。爬起来一看，母亲没在床上，我找遍船厂，也没她的影子。我大哭着叫妈妈，醒来，发现是一个梦。可是母亲不在房间里，月亮透过乌云堆，孱弱地从窗外照耀下来，这小房间变得阴惨惨，更加冷飕飕。我躺在母亲的床上，害怕极了，关严蚊帐，不敢拉亮灯，也不敢叫。旁边的单人床，罩着蚊帐，却始终没动静。没一会儿，母亲提着两瓶开水进来，她走过来，掀开蚊帐看看我，用手把我脸上的泪痕擦掉。我马上放心地闭上眼睛继续睡。

那是母亲吗？母亲一向对我蛮横、出奇冷淡，似乎她脸上总挂着一串冰柱子，与我隔阂，是前世后生都不可改变的，像一个后妈，不像别人的母亲那么宠爱孩子，呵护有加，表示亲热。

面对母亲的关爱温柔，我反倒不习惯了，认为自己在梦里。

果然母亲第二天早上对我冷冰冰，她把已干的衣服放在我面前，埋怨地说："要不是昨夜妈把衣服拿到锅炉房烘干，哪有你穿的，真是尽给妈添麻烦！"她显得急躁，一副随时要发脾气的样子。

我在心里对自己说，就算那是一个梦，不管母亲之后对我如何不像母亲，我也该满足。

2

我坐在六号院子的空坝里,给母亲守灵。

院门外,没有路人,天光暗黑发紫,看不到星星,也看不到月亮。云层变得又低又厚,铺压下来。我说:"但愿不下雨,一下雨不晓得搭的篷漏不漏?"

大肚猫一听,赶快说:"我去查看一下。"

突然一个鬼祟的身影在大门外闪了一下,就不见了。

我整个神经束都竖起来,陡然站起,跑到大门前,看清楚:那是老邻居王眼镜。她比记忆中更胖,背倒伸得直直,下着石阶,步伐不太灵便,算起来她也该有七十岁了。

她来干什么?

王眼镜住在同街的八号院子,灾荒年在一个厂子修建队管秤,将母亲抬的河沙故意倒掉,还压扁箩筐,欺负母亲,没收母亲的临时工证。王眼镜后来调到地段居委会当主任,不时把母亲当成一个道德败坏的分子处理,给母亲小鞋子穿,拿捏母亲,因此年年得先进。我们一家子见着她都怕怕的,尽可能绕道或躲远,生怕她找碴儿。若她找到碴儿,母亲就得到居委会和派出所背书、写检查,遭到好些人训斥。母亲最怕派出所那个年轻户籍警,他惩罚母亲与众不同,他在母亲的档案里添文章,说是要和母亲做临时工的单位领导一起来做母亲的思想工作,母亲为此掉了好几次工作。王眼镜常常出现在我小时的噩梦里,甚至我长大成人,照旧做她惩罚我站在雨中被淋得一身湿透牙齿打战的梦。哪怕我出国,回家探望母亲,经过八号院子,王眼镜瞧见我,也一样开骂:"烂丝袜子!你这破鞋养的家什,成了作家,得啥子哈巴意!"骂一声往地上吐一下口水。

有一次国外一家电视台拍我回家探亲的电视片,整条小街都得扫入镜头。王眼镜坐在八号院子天井矮木凳上吃饭,她松掉铁链,唆使她的大黄狗来咬我们,阻止拍片。导演看不惯,出来打抱不平,被她一碗稀饭扣在头上,义正词严道:"历史的经验值得注意,不是西风压倒东风,而是东风压倒西风,你再来几个洋威风,我王母娘娘照样不信玄!"

电视片里留下了王眼镜的一个形象:她灰白头发,戴一个棕色镜框的近视眼镜,手举着筷子,嘴角挂着笑说:"拍吧,龟儿子,我就还不信这包药,烂货生的小烂货,出息了,在我这革命群众眼里还是一样!"

不错,就是一样。

当天我在电视拍摄时说,任何时候拿起笔来写作,我都是长江南岸那个贫民窟的小女孩。

多少人会理解这话呢?谁能真正听懂呢?

母亲能明白。她几乎年年都去庙里,点上七星灯,虔诚地对着蒲团跪下来,口里念叨:"菩萨保佑六妹,给她百合曼陀罗,给她利剑长江水,给她巫山云和雾,给她我的心、我的命,保佑她逢凶化吉,杆子到头路百条,事事通顺。"

院门口两侧全是花圈,越堆越多,放不下了,靠墙叠放。花圈上的姓名,多半陌生,再看一眼,又似乎相识。母亲生前没什么朋友,死了，一下子钻出这么多朋友，令我吃惊。我打量着花圈上的落款，我们六个儿女都给母亲送了花圈；大部分亲友们也送了，一人一个花圈或两人一个花圈；好些陌生的人，似乎是母亲船厂做临时工的工友；邻居们都送了，一个大花圈，密密麻麻用小楷毛笔写了一长串名字，奇怪王眼镜也在内。

于是我问一旁的邻居马妈妈，她瞧着我满脸疑惑，说，"一条街一人两元钱，啥人想赖过不给，没门，我非收不可。"

世上有这样送花圈的？恐怕也只能发生在野猫溪副街上。

1976年"四人帮"倒台后，每隔几年，政策一变，每个人关心自己的出路，街上也出现了开火锅店起家的万元户，有了钱，赶快离开这贫民窟，搬到对岸市中区；也有靠卖自己的血为生的老血号，收紧裤带过日子；也有跑到外地做小本生意的人，从此再也不肯和这儿有一点儿联系；也有不少姑娘家往深圳海南跑，混得好的，回来时周身上下穿金戴玉，给父母买一台黑白电视，混得不好的，就消失掉了。打个比方，马妈妈，以前住同院，有一只眼睛生来瞎，丈夫在船上工作，自己做塑料厂搬运工，后来儿子挣了点钱，买了中学街街尾的一幢两层楼的小房子。那儿是一个十字路口，什么人经过，都得过她的门，她就在此开了一家杂货铺，安了收费电话，生意兴隆。

不管日子照常不照常，都说邓小平好，让人盯着钱转悠，不搞阶级斗争，人少和人斗，耳根清净，眼根更清净。王眼镜这个一向拿捏着居民言行的先进街道主任，威风陡减。

那时六号院子还耸立在脚下这块地上，邻居石妈的丈夫得脑溢血死了，王眼镜搬来与她同住。石妈的房子就一间，在大厨房里左边端头，窗子朝西，长江中的乌龟石和弹子石渡轮依稀可见。王眼镜的丈夫和三个儿子先后得羊癫疯，一个接一个握着拳头、扭过头去走路，眼睛格外恐怖，喉咙堵住，憋气而死。小儿子幸运，长到十五岁也没有遗传父亲的病，他躲瘟神似的逃走了，再也没有回家过。王眼镜与石妈住在一起，惺惺相惜，天天邀人来赌长条牌，咒骂男人。两人手气好，赚小钱可维持平日开支。输了，她们会喝几两五加皮酒，靠江的那个小房间里会传出一段川剧。

王眼镜学妙龄尼姑："他把眼儿瞧着咱，咱把眼儿觑着他。他与咱，咱与他，两下里多牵挂。"

石妈声音提高："冤家！怎能够成就了姻缘？就死在阎王殿前，由他把那碓来舂，锯来拉，把磨来挨，放在油锅里去炸。"

两人合："哎呀，由他。哎呀，由他。"

可是没有多久，两人翻脸，石妈让王眼镜滚。王眼镜抱着自己的铺盖卷昂着头走了。屋里传出石妈的哭声："我的命是落汤鸡，是半根稻草。"她哭诉到伤心处，说儿子要带着儿媳回来住，她应该高兴，可就是高兴不起来，这么鸡巴小的一间房，冬天寒心寒骨，夏天当头晒成死老虎，日子看不到头。

母亲听着，眼泪唰唰往下淌，手里正在往灶上添煤球，一个掉在地上摔个碎，又一个掉在地上摔个碎。

"妈妈，给你。"我递上一块手绢。

母亲接了过来："看妈妈没出息，哭啥子呢？妈妈不哭。"可她眼泪掉得更厉害了。

母亲不喜欢那个臭婆娘,却要为她哭,为什么?十八岁的我成天跟母亲赌气,一心想考上大学,离家远远,哪会愿意去弄懂母亲的心。

3

我一个人上到五层楼。

推开家门,我大口喘气。客厅里乱乱地堆了客人们的衣物,也没人。我推开右边第一个房间,走了进去。

这是母亲的卧室:右边是三门双开衣柜,左边是老式五屉柜,柜上有一台十八寸电视,搭着蓝布罩子。平柜边上是父亲做的两条凳子,上面放了三口旧木箱,遮着红麻布。双人床正对着门,档头黑桃心形,在白墙衬托下发亮。床边有把旧藤椅,堆满了被子床单。以前母亲总坐在这儿等我,目不转睛地盯着门口,回回看见我进来,都说:

"哎呀,是我的六姑娘回来了。快,乖女儿,快坐到妈妈身边来。"

我手上的行李哐当一声落地,走过去,看着母亲,脸上露出欢喜的笑容。

现在这儿没有母亲。

我把藤椅上的东西移到衣柜里,就在床边坐了下来。母亲坐在藤椅里看着我,有些累,睁不开眼,很伤心的样子。我朝她伸出手,握了个空。我起身摸藤椅,竹藤黄黄的,旧得厉害,好些地方分岔,却是异常结实,像记忆中母亲的手,甚至带有一些她的体温。我深深地吸了一口气,房间里全是母亲的气息,她的声音,她很少有的笑声,也同样少的哭声,我几乎从未听到过,这时统统汇聚在我周围。当然也有死亡的气味,浓烈地驱赶那些鲜活的东西。我站了起来,一点一滴看来看去,就在阳台上,死神在风里飘来荡去,把门摔响。

我走过去,死神躲闪开,雨成细线,斜斜地飘洒过来。阳台上堆有裹成一团的床单被子,有地方是湿的,想必是母亲临终时流下的尿,还有从她身上剥下的衣裤,皱巴巴地扔在地上。碎花棉布上衣,半长裤子藏青色,统统洗得旧垮垮的。我蹲下拾了起来,紧紧抱在怀里,心里好受多了。两分钟后,我将衣服床单叠整齐,把被子裹成一棍棒形,找到一块塑料布包扎好,顺阳台角落放好。

雷声轰隆隆地响起,远处有闪电。"希望是大雨,大雨比小雨好,下过了,就不会连绵不断一个礼拜。"母亲说,她躺在床上,从窗子望天上,让我走时,带上伞。

可我走进房间,床是空的,母亲不在了。

父亲的遗像还是在床头左上角墙上,眼睛注视着远处。没有父亲的孩子,她将盲目地活着?没有母亲的孩子,她将绝望地、加倍盲目地活着。

感觉父亲把眼光慢慢转向我,一副有话要说的样子。

我走近,这时一阵冷风刮来,吹得窗帘腾飞。我赶紧关上阳台的门,乌云压得更低,雨水倒是弱小多了。

再看父亲的遗像,他的眼光恢复如常,不再看我。

4

不放心楼下坝子，我到走廊栏杆前一望，透明塑料篷子搭得很牢，由高到低，大雨无碍，客人们还是坐在那儿打麻将。

空气好多了，我觉得有些汗黏着皮肤，想洗个澡。于是拿了自己的毛巾和香皂到卫生间，开了热水器，草草冲了个澡。从卫生间的窗子可看见远远近近歪斜在江边山腰的房子，有的地方，灯光亮，有的地方，灯光稀疏。这片地区，从小就习惯，现在看，怎么觉得不一样了。只有一种可能就是以前有母亲，现在母亲不在。我眼泪又下来了，用毛巾擦干身体，穿好衣服出来。

回到母亲的卧室，小姐姐跟进来，戴着一顶黑布宽边帽子，黑衣黑裙，本来个子高，显得更高。这个我们家的绝世美人，在夜里如此装束，玩什么新路数来着。她像没看见我的一脸惊奇，问："你要睡哪里？"

"我睡妈妈的床。"

她眉头皱起。

我说："不是已全换过了吗？"

"是换过了，你不害怕？"

我反问："怕妈妈？"

小姐姐不好意思了，调换话题，说母亲咽气时，她不小心把眼泪弄在母亲的身上，不可能梦到母亲。梦不到母亲，心里有块石头，搁不稳又取不下，闭着气。她埋怨自己，倒霉运，撞破头求神拜菩萨，也不能翻身。

小姐姐说,以前院子对门邻居陈婆婆死时,她的孝道儿子也是把眼泪掉在寿衣上了,即便他有辟谷功夫,也见不到其母。"六妹,刚才揭开妈的棺材时,你没把泪水弄到妈身上吧?哪怕泪水掉半滴到棺材上,你也一样会失去与妈再见的机会。"

我说应该没有。

我打开母亲的衣柜,想找一件能当睡衣的衣服。里面乱乱的,没一件衣服合适。我叠好衣服,拿了一件母亲的衬衣换上,这才回转身来。

小姐姐揭掉头上的帽子,对着镜子,仔细察看自己的脸。她的脸颊有点黑乎乎,显得丑陋。我没问她,她自己解释:从伦敦回来已大半个月,正在做光子去斑,涂了医院自制的中药。药费昂贵,不过医生保证,医到斑消失为止。

从背影看小姐姐,黑色紧身毛衣和呢裙紧裹着一副女孩子的身段,那水蛇腰特别妖冶媚惑,脚上是一双时髦的黑长皮靴。

我上了床,躺在右边。

往常回重庆,若住家里,我总是睡在母亲的右侧,今天也如此。小姐姐收拾完毕,也躺上床来,随手熄灭灯。

雨已停了,阳台上塑料篷子里积蓄的雨水从边沿往下滴,嘀嗒,嘀嗒响。房子客厅厨房面朝江水,而两个卧室侧靠中学,因此楼下守灵的喧闹轻多了。外屋客厅的日光灯透过门缝泻入,山坡上中学的亮光透过布帘浸进来,母亲房里每一处都稀微可见,那房门后贴着发黄的旧年画引起我注意:一对胖头女娃男娃,举花瓶提彩灯笼,庆祝五谷丰登。有一年母亲在电话里对我说,她买了一幅带喜气的画,贴在门背后。"六妹乖女儿,你回来过年,就能看见。"

是哪一年呢?我想不起来。我肯定没有回家过年,我有多少年没有回家过年?十年,二十年,甚至更多年。每逢过年,母亲不知有多盼我,站在这阳台上,看有没有我的身影走下那一坡长长的石阶来。她看不到,不知有多失望,可她一次也没抱怨过。

这时,小姐姐推了一下我的肩膀:

"你当然和他有联系,我要说说……"

我把她的手推开。她又放上来了。"就说几分钟。"

我举起手来,摆了摆,表示不想说话。

5

楼下院子空坝里,又添了两桌麻将,除了主打人,周边坐有陪打出主意的人,桌上摆些一元两元五角的人民币,夜深也不影响亲戚们的斗志。那些从楼里牵出的一串串小灯泡,熄了些,不过仍旧灯火通明。

大肚猫倒是认真,走到楼上来,用一根长长的竹竿,查看塑料布边沿的积水,顺势压低,让水流出去,减轻篷布的重量。

这幢白楼建在以前六号院子的废墟上,从未进入我梦境。翻检历年做过的大大小小梦,几乎百分之九十都是六号院子。睡眠之中我脑袋削尖,机敏地从不同时空钻入地底,搜寻着沉入那不复存在的六号院子。每次我都停在大木门前,使出吃奶的力气推,"吱嘎"一响,两扇厚重的门敞开。

天井长了青苔,搁着好些木桶木盆,竹竿上晒晾着衣服,大小厨房喧闹无比,各家在忙着淘米洗菜做饭。堂屋里坐着小脚婆婆,她半闭着眼在织毛衣。一个小女孩在爬窄木梯。盲眼的父亲担心地侧过耳朵。

"死妹崽,快滚下去!"三哥叫喊起来,他趴在阁楼的天窗上喂鸽子。

女孩继续爬木梯。

"你找死啊?"三哥朝女孩扔来一个钢钎。

女孩闪开,钢钎哐当一声把楼板戳了一个大洞。她吓得从梯子上跌了下去,女孩大叫。一个女人快步朝梯子奔来,一副拼命要救她的样子。"妈妈呀,妈妈呀!"

"六妹,好了,别叫!"小姐姐推醒我。

"你真是的,打断我的梦。"我不快地说。

刚才梦中,我便是那个小女孩,本有可能看见母亲,只有母亲才有那样的反应,我潜意识地呼喊妈妈就是说明。可惜梦被小姐姐打断,母亲难进入我的视线,我看不清她的脸,只觉得她奔过来的身影非常年轻、敏捷,她似乎穿着紫色竖条旗袍。

事实上我从未看过母亲穿旗袍,小时见过箱子里有丝绸花旗袍,后来再也未见。想来"文革"期间,母亲为避祸毁之,或是早些年被大姐偷走,她个子大过母亲,不合身,便大方地做人情送给同学。家里少有的发黄黑白照片里,倒有母亲穿旗袍和高跟皮鞋烫发的照片,她高额头,忧郁娴静,嘴角微带笑意,很妩媚。眼睛深情地看着什么地方,不见多幸福,却是焕然一新的亮堂,一派韵味。想来,少有人能抗拒这种美。

没人说我们四姐妹丑，可我们心里都清楚，我们四姐妹只是沾了点母亲长相的光，没一个胜过母亲。

小姐姐身体靠着枕头，碰了碰我的手臂："六妹，我有事情要对你讲。"她的声音里充满焦虑，"那个人根本就是畜生。"

她的声音不寻常，如果我感觉对了，那哀怨的声音带着杀气。我倒吸一口凉气，坐起来，但是马上躺下："不要讲，起码这阵子不要讲。我什么都不想听。"

小姐姐脸色难看。我解释说："你和我回家是因为母亲去世，除了母亲，之外的事，我们另择时间谈。"

"但是六妹，你听我说。我俩见面也不容易。"小姐姐恳求。

我说："我不想谈。你会几个小时都停不下来。"

"反正你也睡不着。"

但我主意已定，走到了隔壁房间。床上已横躺着二姐、三嫂和大姐的外孙。双人架子床比母亲的床宽些，我靠着二姐插了个空，睡下去，跟他们一样，双脚吊在床沿。

6

二姐穿着薄线衣，双手衬着脑袋睡觉，新近烫了头发，有点像卡通片里的辛普森太太，脸色很差，嘴唇毫无血色。

墙上老式挂钟，嘀嗒嘀嗒走着。凌晨一点五十五分了，下过雨后，气温起码低了五六摄氏度，冷得像初冬。

我扯过被子一角，盖在肚子上。

渡船上水手吹响了哨子，铁锚升起，缆绳松开。船发动了。

江上岸边蒙了一层浓浓淡淡的白雾。渡船掉头向对岸去，我站在岩边害怕地用手遮住双眼，可又想看，就从手指缝隙里瞧。渡船突然倾斜、翻转进江里，一江人脑袋如皮球浮浮沉沉。我松开手，放大胆去看。

父亲长叹一口气，把我拉回家，沿石梯两旁长满断肠草，边角挂着青苔，我边走边看。

春天是活人去见河神的季节，河神把人的魂拿走。老辈人都这么说，小桃红，人的鲜血染红，凶运吉运，得看人心眼儿多诚。

1953年忠县乡下的外婆病重被舅舅们抬着滑竿送来。外婆是饿病，肚子里气鼓实胀，比快生孩子的孕妇还大，里面装有可怕的虫。大厨房全是难闻的草药味，惹得邻居们怨声载道。外婆喝下草药，拉下的全是白生生虫，长又偏细，像电花线，有些虫没死，还在蠕动。外婆躺在床上，按着大肚子痛得厉害，不停地叫唤着。母亲给外婆揉肚子，外婆埋怨母亲："你这小桃红背弃我，让我在关口寨扯了张厚脸也做不成人，小桃红你爸爸死得早，你对不住妈妈我呀，我当初啷个生了你这害人精无孝女？"

外婆有百分之百的理由怪罪母亲。外婆讨厌大城市，母亲则相反，她小小年纪自有主张，还没饭桌高，就拒绝裹三寸小脚，遭到外婆的体罚，跪在家里的搓衣板上搓麻绳，她被饿饭，饿得昏厥过去，也不屈从。家穷，外婆只得把母亲许给有钱人家做童养媳，但是母亲偏偏扭着根筋不嫁那个从未见过面的小男人，她被关在屋子里。天黑了，她颤颤巍巍地打开窗子，这窗不太高，要翻过去，必须小心，因为外婆耳朵尖。等母亲翻过去时才发现自己什么都没带，她只得冒险翻回去。家里没啥值钱的家什，床档头有一个外婆为她做嫁妆的蚊帐。她卷裹起来，夹在腰间，慌里慌张，结果翻窗落地时左脚扭伤了。她抱着蚊帐，忍着痛，瘸着脚连夜走山路，往县城赶。到了县城，她出于本能，往江边赶，那儿有轮船，可以载她去远方，就可以逃躲开身后的一切。她毅然决然踏上跳板，搭上了轮船到了重庆大城市。

好多年，母亲都杳无音讯。母亲内心敏感、细腻，外表温柔沉静，却是一腔子泼辣野性，用外婆的话讲，母亲是一头不肯被驯服的烈马。可是母亲爱外婆，生活稍稍安定后，不时把攒下的钱寄回乡下。对重病的外婆，她细心照顾，想尽方法，想治好外婆的病。

"妈妈，原谅我。"母亲对外婆说。起码当初逃婚离开乡下到城里后应该递个信，让外婆知道她活在某一个角落。

"哼，原谅？当时我就当你这臭蹄子沉潭了。哎呀，痛死我了！"

母亲双手作揖，请求外婆原谅。

"不可能，你死了这份心吧。"

母亲扑通一声跪在外婆床前："妈妈，你原谅我吧，是我的错。我该早些接你到城里来，若来，你也不会病成这个样子。我好悔啊，我真是不孝女儿！"

外婆把脸掉转过去。到外婆死，外婆也没有说一句原谅母亲的话，尽管母亲一再向她表示自己的歉疚。

外婆落气前，倒是没有骂母亲。外婆大喘着气，断断续续地说出她的想法：要母亲把她葬回忠县关口寨老家。

母亲做到了。

外婆的尸体运回忠县老家，与后山上外公的坟合葬在一起。外公的坟头有好多小桃红，那是外婆在母亲逃婚后撒的种，每年整个后山都开遍了小桃红，外婆绕着坟头转圈，边走边对里面的外公说话。

母亲一看见父母的坟，眼睛就红了，泪水"吧嗒吧嗒"掉个不停。

小桃红，母亲告诉大姐，当她是孩子时，外婆恨她时叫这名儿。可没外婆这么叫，她哪是她呢？母亲悲痛地拉着大姐跪在外婆的坟前，捧了一把小桃红，花的汁液染红手指，手指晶莹鲜艳夺目。母亲看着自己的手指，再看看整个后山的大片小桃红，突然明白过来："就我这傻兮兮到家门子的闺女，妈妈早就原谅了我，不然她不会种小桃红，以此祝福。她当然心疼我，当然担心我，挂念生死未卜的我，她是我的妈妈，哪个会变呢？"母亲变成一个泪人儿。

外婆的心眼儿诚，她种小桃红，朝夕祝福。母女之间长年存有的芥蒂之坝冲垮，母亲的心彻底向外婆投降。母亲泪水流个不断，悔呀恨呀，可是也没用，外婆不能死而复生。老辈子人的话，无法应验。

几年后全国开始闹大饥荒，四川这个一向丰足富饶之天府之地，也不可幸免。忠县天天有人饿死，先把牲口杀了吃，吃虫，有的村子严重到人吃人的地步。还有力气的人，得浮肿病，就往外跑讨饭，可是跑到哪里，都没得吃，有钱买不到，没钱更无法活，那就抢吃的。没力气跑的人，就吃树皮树根。田埂上的野菜根中，有野胡萝卜和野芹菜两种味儿甜，比其他野菜根好吃。不幸的是这两种野菜根和有剧毒的草根长得几乎一模一样,味也相同,那就是狼毒和毒芹。吃过任何一种,在十五分钟和半小时内得立即抢救,否则必死无疑。那年月好几个乡镇有个医生,别说十五分钟,就是一个小时也赶不来,赶来了,也没药。有一家子七口人因误食狼毒,躺在地上吐白沫,满脸青紫,痛得面目狰狞。两个大人把五个孩子抱成一团,他们死成一堆。开始时村子里死了人,还用几块薄木板做个棺材,后来死的人多了,就用一张破席一卷,或一块没用的布一裹,在一块荒地里,挖个坑埋了。再后来,死人更多,就啥也没卷没裹,统统扔进一个大坑合埋。

野菜吃完,就吃黄泥巴,大舅妈吃了泥巴,拉不出屎,活活胀死了。村子里所有的小桃红都被连根摘下吃掉了。可是有一天夜里,外婆的坟前生出好多地木耳。母亲说是在冥界的外婆设此法为大舅二舅们救命的。

1994年夏天长江三峡工程混凝土纵向围堰的基坑开挖。母亲听说了,日夜不安,说是大水迟早会淹外婆的坟,要去忠县移坟。2000年乡下亲戚来信说,他们得搬移,那方圆二十里不到的石宝寨也会大半在水下。整整一年,母亲都在催二姐写回信,问那些亲戚的去处。有一天,母亲说外婆托梦来,讲红色水位线处处可见,外婆一身是水,冷得很。幺舅声称要陪母亲去,大姐也要陪着去,三哥也要去,不过要母亲出路费。母亲问二姐拿主意,二姐说应该是六妹出钱。讨论了好几年,到2004年秋天,最后决定国庆时幺舅、幺舅妈和母亲一起去。

可是母亲突然晕过去,流尿,送到医院抢救,说是严重缺营养。母亲去不了,让幺舅去,幺舅非要等母亲好后才去。这事一拖再拖,到一年前三峡工程蓄水至156米为止,因为长江水淹没了整个村子。幺舅把所有的人召集起来,开了会,封锁消息,不让母亲知道。母亲至死也不知祖坟在水底。

但也奇怪,母亲再也没有提回忠县老家移坟之事。一到春节,不管是自家孩子外孙,甚至亲戚的小辈来,母亲都是一人两百红包压岁钱,出手大方,看得三哥二姐胆战心惊。也许冥冥之中,母亲有所感觉,或者外婆又给她托过梦。

母亲不会不顾不管外婆的,她的魂会潜入浩渺的三峡大湖寻找外婆,想来这回外婆会原谅母亲。

第三章

1

往事一遍遍涌来,今夜注定要失眠,打麻将输赢的叫声有起有伏,老有人上楼来拿东西,进进出出房间,开门关门都是重重一声。想着楼下空坝母亲停在那儿,入睡就难上之难。

突然一阵鞭炮炸响,看来又有亲友到了。按习俗,亲友到,得放鞭炮,亲友得烧香跪拜。

好不容易楼下安静下来。

我想,这下,可以勒令自己闭下眼,起码为了明天能打起精神。

可是大姐人未到,嗓门先到客厅:

"忠县乡下亲戚带来花生。来来,起来剥花生。妈妈死得划算,所有的儿女都回来给她吊孝,能到的晚辈,孙子外孙曾孙都到了,包括亲戚朋友该到的都到了。嗬,这方圆百里哪个老人能有这福气?"

二姐生气地接过话:"啷个不像大姐,吃一个甲子的饭,还不会讲话?"

二姐这一搭腔,大姐马上过来,抓住二姐的胳膊:"二妹,来来,睡啥子嘛,过来剥花生米。"

二姐披了衣服,戴了眼镜,跟大姐到了客厅。

床上空多了,我翻了一个身。小姐姐也从母亲的卧室出来,不快地说:"唉,大姐,你吵着我了。"

"你要睡着还能醒?"大姐笑了一下。

窗子上端有缝的地方,冷风飕飕。我爬起来,踮起脚去关窗子,又把房门关严,外边姐姐们的说话声小多了。

这个房间,以前属于父亲,还是同样的架子藤绷子床,不过他喜欢睡对着房门的一边。我进门出门,总能看见父亲闭着眼静思默想的样子。1999年6月15日,父亲去世,前一周,他突然把挂在窗前竹笼里的一对相思鸟放走。他只是有点咳嗽而已,拒绝吃药,最后一夜,几乎没有惊动任何人,呼吸不畅通,咳嗽了几声,一口气上不来,就闭了眼睛。当时母亲觉得不对劲,到父亲房间来,一边叫父亲。

可是父亲没有回答。母亲到他跟前,一摸他的手,已硬了,再摸他的鼻孔,没有气了。母亲一把抱着他,哇的一声哭起来。

母亲就是刚和父亲好上时,也没有这么紧地抱他,直到哥姐来,都不肯松手。她被自己的行为震醒了,原来生命里也是不能没有他的呀。

这种后悔和伤心一直持续了母亲整个晚年。灾荒年父亲走船没有消息,母亲与一个帮助全家人渡过难关的青年相爱了,有了我。这件事被弄得很大，闹上法院，最后母亲选择了父亲和六个孩子，生父只得离开。在我十八岁那年见了一面，之后生父去世。又过了好些年，我以此写了自传。

当我从伦敦飞回家时，母亲对我说生父，我知道她很思念他。父亲过世了，母亲说父亲多，绕来绕去常回到两人初相识之际。

重庆的袍哥头子在纱厂看中年轻美丽的母亲，娶她，有了大姐，可是对母亲不好。那是1947年春天，母亲带着大姐刚从袍哥头子家里逃出来，在嘉陵江边靠给人洗衣服过着小心翼翼的日子。父亲是驾驶，把拖轮靠在江边，他站在囤船上看见一个少妇背着一个小女孩在江边洗衣服。他送脏衣服来洗，有时衣服不脏，也送来洗，为的是能接近少妇。他帮她把背上的小女孩接下来，抱着孩子逗，吹口哨，地道的江浙小曲，孩子笑了。父亲每次都穿得整齐，有时来不及换掉船员制服，就直接带着一篓橘子和糖炒板栗来江边找她们。他穿制服肩是肩，背是背，腿很长，那有棱角的船员帽子把父亲的脸显得英气逼人。他的五官中，眼睛最亮堂，不小心碰上去，就像着火一样燃烧，母亲不好意思地低下头，继续洗衣服。春天乍暖还寒，沙滩变得宽绰，好些地方都露出长青苔的峭岩来，江水绿得透底，倒映着两个大人和一个小孩子的身影。

从母亲的描述里，我感觉到她也一样爱父亲。

一个女人同时爱两个男人，这女人活得有多累，尤其是到对方离世后，才意识到这一点。亡羊补牢，晚也，可以想象，母亲有多恨自己。

大姐的声音高起来，隔着一层门，也能感觉到她伸长了脖子，分明她在为自己说母亲的话辩解："我们是孝子孝女，还有孝孙，话没讲灵光，可鼓敲落到点子上，对头不对头？"她的脾气几十年不变，母亲对她生气时，总爱骂她是"天棒"，真是字字如针。

客厅里三个姐姐的声音突然小了，全是剥花生米的动静。没一会儿，小姐姐的哭声传来。"莫要哭。不就是那龟孙子的畜生有了新欢，如此作践你，我们得把他扔进长江里喂鱼。"

那不是大姐的声音，而是二姐，说得一本正经，甚至恶狠狠，我不由得坐了起来。

小姐姐哭得更伤心了。二姐压低自己的声音，房外三个女人似乎头凑到一块。几分钟后，小姐姐打断她说："好了，我不哭。"

"那你设法让他来。"大姐说，"这种人得让他晓得害人的下场。"

外边声音更低，我侧起耳朵，只抓着几个词"……恶心……不让六妹晓得……会帮着……"

床里边的三嫂咳嗽了，以表明她在睡觉。外边换了话题，说起明天会有更多的人远途而来，与母亲告别，二十桌都坐不下，可能桌子要搭到外面空坝里，到时大肚猫会加收费用。

"收费多，不要操心，反正有六妹在，她比我们有钱，就该她出。"

"哎呀，不要哭了，那六妹会帮你治治他？"

"她不会管我的事。"

"太过分，她不可以这样！"

我哪里睡得着，索性穿上衣服，从门缝里看到小姐姐的眼睛红红的，脸颊还有泪痕，都没有擦干。

小姐姐在讲小唐的事，他在英国一所大学教中国文化和文学。她俩视他，敬佩他。他呢，认为小姐姐身材相貌超群出众，心眼好又有耐心，尤其是他老了后，她能仔细地照顾他。小姐姐与他好了，彼此发现好些爱好相似，不管是性取向，或是狂看足球，他们可以不吃饭不睡觉，或专门睡觉享受快乐。两人好到她答应他马上飞回重庆，与名不副实的丈夫离婚。丈夫乐得自由，一点没讨价还价，包括对女儿田田的监护，离婚手续几乎在一天时间搞定。

她与小唐，虽未正式结婚，但是同居七八年了，按英国法律算事实婚姻。去年5月的事，他去南方参加一个大学活动，接待方让一位妙龄女博士生陪同游览当地著名风景区，上山路上谈风花雨雪和古今哲学。她写了好几年美国女诗人普拉斯的论文，只怪自己的博导水平太次，哪有半点小唐的学识，无法指导。他开导她，她的论文可好好写，可新开一门学科。他从贝聿铭的建筑理念，谈到艺术最后应该达到远离俗世的禅境。他从普拉斯与泰德·休斯的婚姻破裂自杀，谈到她的内心世界和艺术追求。他如数家珍地说到英美现代诗，从她的蜜蜂组诗，谈到女权运动，再从泰德·休斯的《生日信札》，谈到一个男人的悲伤，再说到本雅明、霍克海默、阿多诺，深入无意识之途。

她听得云里雾里，却点点称是，百般崇拜，请他帮忙指点迷津。他说是荣幸。他的手无意间碰着她的手，想闪开来，她倒大方地握住。山上眉来眼去，天雷勾地火，油浇在了火上，下山当晚两人的身体就含混不清了。

没过几天，他又要去另一个地方讲学，实际上与那女人幽会。手机关机，旅馆电话说是人已不在。消失了一周才出现，说是手机没电，搬了旅馆，躲避大学要他继续讲学的纠缠，去了一次三星堆遗址。这是小唐一生里最口是心非、记忆混乱不堪的时期，他不认识自己，身边的人也不认识他。7月离开中国回伦敦前，说是要去一所大学签客座教授合同，合同谈了一周，住在旅馆，早晚和那个女人幽会。当然，合同没签。回到伦敦后，两人E-mail和国际长途电话不断。有一天小姐姐本来在上班，有点不舒服，请了假回家，听见楼上小唐在与人说电话声音异样，出于好奇，她在楼下客厅拿起电话，才撞上地雷。她当场气晕在地。爬起来一查上月电话账单，全是这人打来，然后他打回。回想一下时间，都是她不在家的时候。她坐在那儿好半天脑子一片空白，不知过了多久，才一步步上楼，走进书房，质问小唐。小唐坚决否认与那女人有特殊关系，斩钉截铁地说：

"我不认识她！"

不过他指责小姐姐偷听电话不地道，小姐姐说，她是无意。然后说他与那女人通电话已好几个月，他否认。她拿出电话账单。他暴跳如雷，吼道："你查吧，有本事查个清楚！"气得脸都变了形。他恼羞成怒，有两天不与小姐姐说话。

大姐边听边骂小唐是头披着人皮的狼。二姐没说话，不过一脸肃然。

小姐姐也许不是第一次对她们讲这些事，如同小姐姐之前与我在电话里讲这些事一样。我设法安慰她，我的心为此又酸又痛，仿佛这些年严密遮盖的生活，被一把撕开，一览到底。我无目的地到处旅行，像一个孤魂游荡，为的是独自舔自己流血的伤口。

从上次小姐姐说她和小唐的事后，差不多三个多月过去。期间发生了什么,说实话,我一点兴趣也没有。坦率地讲,无时无刻不挂在小姐姐嘴里的小唐,给我的第一印象是忠厚,善良,用情专一,一派学者风度,而且是堂堂一君子。人都是凭第一印象判断,而第一印象往往误事,甚至是一生最不能错的事。

2

我不想听了,索性推开门。沙发床上三个姐姐见我走出来,一愣,停住说话,不过马上腾出地方,让我坐。

二姐还把被子拉过来,给我的双脚盖上,说:"奇怪,才十月天,夜间居然冷得刀抹脖子,晓得我们这儿没有暖气,将就点吧。"

被子上面搁了一个布口袋,里面是花生,混合着剥了壳的花生米,另一个大土碗里是装花生壳。姐姐们抓一把在手里,剥了,就扔进布袋里,动作一致,不快也不慢。

她们转移了话题,说到母亲讲老家风俗,给死人开路时撒花生米,以后再投生,日子会顺顺当当,有如花似锦不愁吃穿的前程。

"妈呀,喜欢花生,她不是给幺舅的孙子取了个乳名叫花生吗?"大姐说。

二姐与大姐互相看不起对方,大姐火暴,喜欢表现自己;二姐阴沉,心里总是有主张,从小认为母亲宠爱大姐,父亲也一样。她心里不服,但面子上不说出来,说出来,就是承认自己输给了大姐。

二姐做小学老师,一直做到两年前退休,不必天天到学校去管小学生们,她的婚姻很稳定,丈夫准确说来也是母亲定下的对象,很爱她,两个儿子听话,连儿媳妇也一样。还未抱孙子,日子倒也清闲。

大姐结婚离婚好几次,生了两女两儿,孩子随处扔。我十八岁那年,大姐回到重庆,找到断了十多年联系的知青——初恋情人,回到煤矿就不顾一切地与丈夫离婚;离婚后,回了重庆,如愿与初恋情人结婚。大姐的二女儿小米也回到重庆与他们一起住。

大姐与丈夫并不快乐,三天两头吵架,分家具,分碗筷,最后分床单,一人拉一头,要撕去一半,结果她一急,摔倒在地,中了风,双腿不能动弹,连话都说不出来。丈夫态度大变,天天跑医院照顾,按摩她的双腿,两人和好如初。靠了爱情的力量,三个月后大姐说话自如,腿也能动了。

三个姐姐与我有相似的脸,眼睛比较大,瓜子脸形,都带有几分我们共同的母亲的神态。这剪不断恨不了的血缘,使我们四姐妹在这个深夜促膝围坐一块,剥送丧花生。

我们曾有过如此近的时刻吗?

小时吃团圆年饭围着桌子坐是这样,但我都被呵斥到屋角小板凳上,说小孩子不能上桌。大一点了,能上桌吃团圆年饭,哥姐下乡当知青,总有一个不能回城来。哪怕后来,我们各自有自己的家,逢母亲生日或是过节天,回重庆看母亲,都是杂七杂八沾亲带故一大桌子人,记忆中好像从未有我们姐妹四人单独坐在一起。

能感觉到母亲依然在屋子里走动,起码能嗅到她的气息,若是她和我们坐在一起,那该有多好,可妣一个人躺在楼下冰冷的棺材里。

当我不在这个屋子里，母亲是什么样的？

她穿着舒适的平跟布鞋，天一亮就起床，在阳台上做做早操，然后上卫生间洗漱，拜桌上的观音菩萨，吃五嫂做的早饭，有时是面条有时是稀饭。她喜欢吃包子豆浆，五嫂做不来，会上中学街给她买来。吃过饭，她到楼下屋子里转转，也可能到江边走走，透透新鲜空气，也可能参加老年人集体活动，跳跳集体舞，打打元极功，锻炼身体。中饭等着上中学的孙子回来，祖孙吃过饭后，午休两小时，孙子上学，她开始织毛衣，帮五嫂理理菜，和楼下邻居打打麻将，晚饭五哥孙子回来，她的话多起来，告诉五哥这一天她遇到了什么老熟人，院坝里来了一个什么弹棉花的人，原来其父就做这一带的生意。一家三代和和气气吃完晚饭，母亲在走廊上走走，逗逗邻居家的小狗小猫，或者与二姐大女儿通通电话，之后看电视，或去看戏。上床睡觉前，冲个澡，把假牙取下，洗净。每个周末儿女孙子们都回来看她，或接她到家里玩，计划走走幺舅或干儿子守礼家。若是清明，上父亲坟烧香之后，母亲要请大伙儿去餐馆吃饭。到了端午，母亲一早起来，会翻箱倒柜找出五色线，手腕、脚腕上的那根五彩线。她会一一打电话，会叮嘱家里子女孙辈不要忘了回家。母亲指挥五嫂在门前挂艾蒿和菖蒲，留两枝在手中，绕屋子每个角落走，请鬼魂出去。家中每回一家子人，她都细心地把彩线系在他们的手腕上，一边系，一边嘴里念叨：

"长命缕，续命缕。五色叠五色，辟兵及妖鬼。吉运高高照，命人不病瘟。"

她不厌其烦地叮嘱儿女孩子们，在夏天第一场大雨来时，才可把彩线抛到江里。母亲会带领大家用泡过的糯米,教孙子如何折粽叶,如何装米,一些用腊肉芯的,一些用鲜猪肉芯,如何系线,才能既好看又牢固。母亲兴致好时,会与姐夫哥和大姐喝五六盅雄黄酒。到了中秋,她会拿出最好的茶叶,布置好桌子,放好碗筷杯子,等着儿女带回月饼。吃饭前,会给父亲举杯,大家动筷子后,让孙子拍个全家福。母亲较少过重阳,新年也不是重点,春节才是,早早就准备,早早就打扫尘埃,布置房间,做新衣,准备年货礼物。母亲要把所有的亲戚都请到,也要走亲戚,更不忘去庙里给外婆外公父亲和家里祖宗们烧香拜佛,给儿女及孙辈求个佛保佑平安。母亲坐在上席一家之主的位置,穿着新衣,笑吟吟地享受儿孙满堂的欢悦。她给压岁钱一点儿不含糊,她看电视里春晚节目,还加评论,一屋子人都笑得前仰后倒,给她捶背、削了苹果,递给她,每个人都围着她转,讨她开心。恐怕大观园的贾母,也不会有母亲的好福气!

像家里人经常告诉我的一样,母亲的晚年过得如此有规律愉快,丰富多彩,她的生活令周遭邻居,尤其是老太太嫉妒。

如此情形,我大可不必担心。每回打电话给母亲,她总是对我说:"六姑娘,我过得很好,你不要担心我,你姐姐哥哥嫂子姐夫对我都非常有孝心,你放心吧,好好做自己的事。"母亲甚至让我节省长途电话费,说:"打电话,太贵。我真的很好。再见了,我的六姑娘。"她把电话挂断。

可是我从未从另一个角度想一下,她的晚年,也许并非每次我回来看到的样子,或听到家人的描述——她过得幸福安稳,无忧无愁,我从未怀疑过。

多年来我第一次想到母亲,在我看不到的情况下,会如何生活?家人没说的一面呢?这个想法一钻出我的脑子,我的心就没法平静。记得她上了年纪后,掉了两颗牙,装了牙。有一次我回重庆,遇上她牙痛,我带着她去找一个著名的牙医,给她矫正牙。可现在她嘴里的那一口假牙,明显是一个歪货牙医做的,那么她为之有多受罪,可是她从未唠叨过。

如果可能,我得弄个清楚。

3

天亮时分,来了一个五十来岁的男子,长得很中看,戴了顶呢帽,黑西服笔挺,显得风尘仆仆。他揭了帽子,对着母亲的灵柩连连叩了三个响头,递上一个红包,不多言,转身走入晨曦中。

三哥站在屋中央,用说书人的口气讲完这事后,清了清喉咙说:"我一眼就认出他是蒯伯伯的儿子,跟他父亲一个版本的长相。嘿,妈的那个干儿子。真是有气派,红包扎实透顶,六个数!"他拿了几盒香烟就下楼了。

小姐姐说:"我记得蒯伯伯,他是不是跟妈妈——"她下意识地看了我一眼,不知为何停住了。

"嘿,"大姐干笑一声,"听说他死了好些年头了。唉,没想到他这儿子还孝道,讲仁义。"大姐把花生壳扔出了碗,继续说:"说白吧,他们是情人,他在货船上当轮机长,那时缺柴烧,经常帮妈妈运柴到家里来。"

"哪阵子的黄历?"小姐姐问,把地上的花生壳拾了起来。

"1974年或是1976年,我回重庆碰到的。"大姐说。

我比大姐说的时候还早点见过这个蔺伯伯。母亲那时贫血,在白沙坨造船厂当抬工时,从跳板上掉下河里好几次,有一次被救上来,死人一样,手脚冰冷僵硬,脸色死灰,心脏停止跳动。做人工呼吸,最后母亲才缓过劲来。不过厂里医生说,母亲心脏有问题,还有高血压,这才调动了工作,烧老虎灶。有一次大姐突然回重庆来,要我去通知母亲,我拿着大姐给的一毛钱坐船下到白沙坨。找到母亲,碰见了一个四十来岁的男人,母亲让我叫他蔺伯伯。

不知为何,我不叫。

母亲有点生气,对男人说:"不晓得是哪根筋不对头,这个孩子从来不听我的话。"

母亲去伙食团打了饭,是菜花和咸菜。那是我吃过最好吃的食堂菜:菜花用米汤焖,香喷喷。我们三人在母亲的开水房的小桌前坐下。不断有人提着热水瓶来打开水。印象中蔺伯伯生得气宇昂然,个头在男人中算高的,该有一米八吧,左腿有些不灵便,跟父亲说话的口音相似,明显是下江人。他微笑地看着我说:"有个性好,上小学几年级了?"

我回答了他,反过来问他认识我父亲吗?

他竟然点了点头。

蔺伯伯对母亲很好,吃饭时给母亲倒了杯水,还给我夹菜,他眼睛看母亲,发着灿烂的光。吃完饭,蔺伯伯摸摸我的脑袋,就走了。

我以为母亲会警告我，关于蓊伯伯，回家不要告诉父亲。可母亲什么也没对我说。她请了假，调了班，我们搭了一艘船厂的拖轮回家，一路上母亲啥话也没提，她紧握我的手，一脸疲惫，看着江水，闭着眼睛。

"我晓得，妈和船厂管人事的头头也有点那种——"二姐停了一下，想找个合适的词，可是未找到，她索性放弃，"反正是那种不体面的关系吧，妈才能从临时工转成正式工，调了工种，给厂干部们烧开水，做活轻一些了。"

"不是那一批临时工都按政策全部转正的吗？我记得妈妈说过。"我插言。

二姐说："反正厂子里的人是这么说妈的。"

"没证据。"

"六妹，你是作家，你找证据来证明他们诬蔑好了。"二姐口气平淡。

大姐双手一挥，高声叫道："你们两个都给我停下，听我几句。晓得吗？妈那阵子已经四十多岁，还是个顶呱呱的大美人，尤其是在白沙坨那个夹皮沟船厂，更是尤物，好多男人信她这包药。袍哥头，我们的爸爸，爸爸之前遇到守礼的叔叔，还有六妹的生父，那个姓孙的。想想，还有谁呢？对了，还有蓊伯伯。天知道她有多少事，我不知道。我活了这么大把年纪，从未见过任何一个人，有妈那么多的秘密！"

小姐姐说："真是的，妈妈这一辈子有多少情人，谁也说不清。我原先的男朋友开始不想和我结婚，就是妈在船厂里名声太坏，他家里反对。反正我觉得妈对不起爸爸！难怪王眼镜石妈她们对妈那样不留脸，总刁难妈，妈是有些自作自受。但妈是自己的妈，我只得认了。"

"怎么妈妈的好朋友王桂香没来悼念？"二姐说。

"通知了吗？"大姐问。

"三弟该通知了吧？听说她不住在重庆。"

"王桂香跟妈穿连裆裤的铁关系，妈在船厂时两个人抬一根扁担，她知道妈走了，肯定会来看妈。妈肯定想见她。"大姐说。

"那么天亮后问问三哥，看看通知王孃孃没有？再打个电话吧。她的干儿子守礼一家呢？"

"守礼来了，进门就给妈跪下叩头。他说，他母亲正生病住院，不能报丧，怕讲了会加重病情。"

"莫孃孃呢？爸妈生前和她关系好，通知了吗？"

大姐很生气："你问三弟吧，父母不在了，他以为自己成了家里管事的，目中无人。我是看着妈妈的面子，才给他面子。"

"大姐，和和气气办妈妈的丧事才是。"

大姐看着我，一字一板地说："六妹，你没有资格来教训我。告诉你，妈妈有过多少男人，我都不在乎，但是除你亲生父亲外。一句话，是你的亲生父亲破坏了我们这个家的幸福！"

我非常吃惊。

"是呀，妈生下你，我们一家人就没好日子过。"二姐说。

看过我那本自传的人都知道我是母亲婚外情的结果，我是一个私生女。

姐姐们说了那么多关于母亲的流言蜚语，尤其是不理解母亲和我生父的爱情，即使生父死了二十年，他们还是对他心存芥蒂，绝不宽恕。我气得眼泪在眼眶里打转，很想站起来放开胆子，争辩个痛快。可这是母亲的丧期，我忍住了。

就在这时，三嫂在卧房里开腔了："你们几个当女儿的，好意思，把妈妈的丑事搬出来聊。也不管下辈人听见，也不怕妈妈尸骨未寒！"

她的声音充满愤怒，客厅里的人都闭了嘴，互相看着。但是大姐马上回击："这是我们家的事，跟你做媳妇的没关系。"

"哪个没关系？我嫁到你们家就亏了，这二十七八个年头，一直都背着坏名声做人。"

"哪个亏你了？"

"你妈眼里只有你们女儿。"

小姐姐在劝架。我躲到门外走廊来，楼下空坝子守夜的人披着厚衣服在桌子前打麻将。母亲躺在冰棺里，那些纸花鲜花绕在四周。母亲戴着道姑的黑帽的形象压倒了其他的形象，她绷紧的嘴角露出一丝笑来。

嘲笑我们还是自嘲？

这想象，让我浑身发抖。除了我生父外，母亲真有那么多的情人吗？我心里的疑团，又多了一个。二姐的话一针见血，说我这个作家，要想证明母亲是被诬蔑的，得有证据。那么我得好好做调查，找到证据，让她们明白，母亲是怎样一个人。

我需要弄明白的事情远不止一件了。

4

母亲棺木边，两盏浸在菜油里的灯芯草，在冷风中畏畏缩缩地燃着火光。微微发白的天光下整个野猫溪格外安静,仍在睡眠之中。除了这六号院子改建成一幢楼,每户有自己的卫生间外,整个地区仍只有一个公共厕所。女厕三个坑,男厕六个坑,每天早上仍是排队上厕所,打我生下来那天算起,四十四年都没有改变。

整个地区仍然没有排水排污设施,只有大雨来改变脏臭,可是大雨会把厕所后面的粪池溢满流水,住在周边的人家早已习惯那臭味,却成天害怕粪水淹了门槛,便不断催附近农夫来担粪。

公共厕所附近,是些发黑的瓦片,腐朽的木结构、烂砖油毛毡加盖的低矮偏房。

九年前,重庆升成了直辖市,对岸朝天门码头改建成一艘超级大船,长江两岸的沙滩变成花了巨资的沿江柏油大马路,用了大理石,从外地专门调来种了几十年的大树。南岸滨江路开了好些漂亮的酒吧餐馆茶馆,成了重庆一大消费娱乐点,可大理石之上的山坡,一样穷,一样烂,一样臭气熏天,一样有数不清的贫民窟。在江边的重庆卷烟厂还是照常出污气污水,排气时烟囱轰隆巨响,像有头怪兽在呼啸。重庆这面子上的事,做得光里光彩,亮堂极了。

远处江水在暗黑中闪烁着粼粼波光。我喘不过气来,想进屋。走到门口,停了下来。里面姐姐嫂嫂们的吵声并没停下来,几个女人把陈年烂谷子都搬出来细数,像一只只上了发条的公鸡斗着。

这儿的一切太熟悉,我十八岁离开这儿,发着毒誓,绝不返回。那时年轻,血液里全是叛逆,以为离开是唯一出路。后来才发现,那种不惜抛开一切的离开,伤筋动骨,内心不会安宁。一个人若没有故乡之根,也就是没了生命之根,必然会迷失。我多年后返回这儿,那是为了父母亲情,之后出国,再返回,说到底还是一个客人。现在父亲不在了,生父早就不在了,母亲又不在了,也就是家没了。

生命的根在脱离我而去,我突然意识到这一点,对此,非常恐惧。

5

我的初恋没开始就死于腹中,我爱上了历史老师,他因为承受不了现实而自杀。我子宫里的孩子,小小的胚胎就必须在城中心七星岗那个妇产科医院结束生命,当时别无选择,没有其他出路。那时十八岁,娇嫩花朵初放的年纪,也是生猛不畏惧一切的年纪。

那个使我怀孕的男人成为一个残缺的形象,日久破损。

相比之下,我的小姐姐比我好一点,她的初恋对象成了她的第一个丈夫,他变心过,她在绝望之中喝敌敌畏自杀,感动了他。他们结婚了。好景不长,具体地说只有两个月零十天好日子,他深夜肚子痛,正巧她那天加班未回家,他一人去南岸区第一人民医院看急诊。一进去,医生就让他躺到手术台上,割盲肠时怀疑是直肠癌。不敢做决定,缝好肚子,再会诊,不就误了人家的命吗?当时小姐姐丰姿卓绝,人见人爱,守着一个临死之人,医生护士、病人和病人的家属都同情才新婚的她。

那时我在外地读中专,二姐来信告诉我,说是母亲退休回家,就摊到照顾一个癌症病人,辛苦无比,除了买菜做特殊适合病人吃的,还要照顾一家子,体重一个月减了十斤。小姐姐在医院或打地铺睡在地上,或坐在木椅上，病床上是插满各种管子吊着水的丈夫。他知道自己将死，脾气特坏，把母亲炖好的鸡汤，当着母亲和小姐姐故意泼了一床一地。小姐姐啥也不说，就低头清理。母亲走半个小时回到家，重新热汤，盛好在保温瓶里，走半个小时路到医院。医院限量杜冷丁，他因为痛，在床上骂祖宗八辈，小姐姐就出去四处求人买。有时买不到，他毒瘾发作，抓住小姐姐头发狠狠地撞墙，口沫飞溅地骂，非常难听。

折磨了小姐姐半年多，医生宣布无法治疗，让他出院。

他回到白沙坨自己母亲的家。她一直陪伴着他，最后他在她的怀抱里，带着无限的遗憾闭上了眼睛。那场爱情，就像满天闪耀的焰火，来得轰轰烈烈，去得也快，甚至可以说，还未真正开始就结束了。

好了，没过太长时间，她有了第二任丈夫，是同事，修建工人，老实巴交。他的妹妹也是同一个单位的，帮哥哥展开追求小姐姐的攻势，他的妈妈经常做好吃的，让妹妹把小姐姐请到家里来，有时她不去，就装了饭菜盒子，端到工地给小姐姐。小姐姐新寡，得不到家人的关心，倒是有了这家人格外细心的关照，没多久她铁石心肠建立起来不嫁人的防线崩溃，出嫁了，住在城中心婆婆并不宽绰的家里。

一年后，生了女儿田田。

几年过去，丈夫成了包工头，在外地修房子。死去的前夫投梦来，叫她赶快去看丈夫。她一觉醒来，顾不上与女儿告别，抓起钱包就冲到火车站。坐了一天火车，一下火车，天麻麻亮，对直朝丈夫的住处撞去，结果在床上，逮了他与一个农村打工妹在床上的现行。他说与那打工妹只是偶尔解决性饥渴行为，让她放心，他会找个机会辞掉她。她回到重庆，打电话过去，发现丈夫态度冷淡。她的生日叫他回重庆，他答应了，她左等右等，等不到他的身影。她没法，只得自杀，吃药，在医院里洗胃。有一次割手动脉，割偏了地方，血流得床下拖鞋里外都是。女儿回家遇上，都来不及哭，赶快打急救电话，跟着救护车到医院。女儿上学都上不安心，放学就往家里飞跑，上坡下坡如飞，担心她死掉。

这样的婚姻最后以小姐姐来伦敦结束。

小唐把小姐姐的女儿接到伦敦，过继小姐姐的女儿，这样身份变了，田田在教会学校读书，他像亲生父亲一样，亲自辅导她功课，恶补英文，记一个生词给20P。小姐姐年纪大，英文不好，可是不妨碍她学烹饪。英国人都不太会切菜，做菜，白案红案，中国人天生就会，更何况小姐姐还一向特别聪明，她标上拼音死记硬背所有的菜名和酒名，夜深人静还在练习做各种蛋糕甜点。她在同班学生们中学分高，在当地最好的一家英国餐馆实习时，工作出色，被老板看中，让她学业完成后就去工作。小唐有妻子，但妻子长年不在，小姐姐从未向小唐要名分，他也不提结婚，几年下来，他们的生活相安无事，充满快乐。可命运偏偏对她不善，与她来了一个环圈滚动，小唐又与她的第二任丈夫一样，他几乎在一夜之间变了心，有了新的女人。

小姐姐一直相信二姐大姐，心里有苦就对她们说，哪怕越洋电话贵如金，她也什么也不顾了。大姐二姐恨死他，要小姐姐离开他。小姐姐不干，她们帮她想办法，一哭二自杀三上吊四哀求，软硬兼施，威胁到极限，也难挽回小唐的心。

"难道小唐的心是塑料做的？"小姐姐曾这样说。

大姐走到我身边，打断我的回想。她一副吵架得胜的样子，伸了伸懒腰，正要对我说什么，正在这时，小米走上楼梯，她三十岁出头，穿着牛仔裤花衬衣。

大姐说："我的好闺女，天大亮了，你啷个才上来？也不怕受凉。"

小米不理她，转过身。

大姐生气地大叫："小米！"

小米还是不理。我走过去，小米细声细气地说："六姨！"

6

小米提议我到她石桥的家休息，我马上朝她竖起一个大拇指。我正想找一个地方，哪怕一个小旅馆，一个做足疗的按摩间，避开姐姐嫂子争吵的声音，独自待一会儿。

下楼来，三哥五哥在楼下招呼客人。那个治丧组织的头头大肚猫，扛着一篓肉包子馒头进来，他身后跟着一个厨师，端着一大锅稀饭，说是大家的早饭，七点一刻开饭。

五哥招呼我吃包子。小米拉拉我的袖子，我看看她，就对五哥说，我要离开一下。三哥低声对我说了一句话。我有点诧异，不过未说话。

出了院子大门，我问小米："你觉得包子不干净？"

"提防总没错。我们去吃担担面，这么久没回重庆，你肯定想了。"

这大姐的二女儿倒是善解人意，她生得貌美如花，是大姐和第一任丈夫生的。但是脸上有一处细细的伤疤，因为大姐与第二任丈夫打架所致。两人闹离婚,那人虽是个矿工,平日爱写诗,很会朗诵,个子不大,可在煤矿厂极有女人缘。大姐为他离了婚,结婚没多久,他在外面就有了花花事。大姐质问他,他没作声,一根接一根抽烟。大姐走过去把他的烟一把抓过来扔在地上,骂他,要与他分手!他周身着火一样愤怒,顺手操起厨房里的刀子,大姐拉开门跑。他在后面追,她跑了一大圈,回到自家来,慌张关门。

小米在里屋,本不想管大人之间的事,可毕竟母女连心,看到大姐抵挡不住那人,门被他撞倒了,大姐也被门压在地上,他挥着刀朝大姐砍过来,小米就从旁边屋子里闪过来,替母亲挡住刀。那人没料到,手一抬,刀划着小米的左脸颊,血流不止。他一下子傻眼了,呆若木鸡,被旁边的人抓住。小米被送煤矿医务室,止住血,等坐一个多小时车到县城医院,虽及时做了手术,脸上还是留有一道印痕。小米聪慧,学会化妆,不注意看,不会看出。

那人和大姐离了婚。大姐咨询公安局,他是持刀报复伤人毁容,起码得坐两年以上的牢。那人给大姐钱要私了。两人讨价还价,最后他答应给大姐五千元,让大姐去对公安局说,不要立案。大姐贪图那钱,就放过他了。那人的母亲是个老实人,为了不争气的儿子不坐牢,她把压在床底下瓦罐里一千五百元钱全掏出来,钱上都长了霉点,是存了好些年代、从来不能动的钱。钱还是不够,又东家借西方借,好不容易凑齐五千块,交给儿子,最后一赌气,连自己的命也搭上,上吊走人。那人认为大姐逼死了他亲娘,恨上大姐。经常在大姐上班路上,堵住她,当众辱骂她。

大姐有一次终于受不了，回家对小米发脾气。

小米说："你是自找罪受，若是让他进鸡圈关两年，就不挨骂。"

大姐说："我要那五千块钱，还不是因为你治脸要钱。你太小，懂啥子？"

"把那钱都花在我身上，你好意思说？你是个钻到钱缸里就掉魂的人，老天就是不让你有钱。"

"你倒咒起我来？我真是萝卜白菜瞎操心，倒尽八辈子霉，生下你这样的女儿！报应！"

"对，就是报应，你本来就是坏妈妈，生下我来就没管过我！"

两人越吵越厉害，吵到小米出生后的事。大姐由三峡农村转到忠县老家，也是第一任丈夫的老家，在那儿生下二女儿小米，一岁半就把她带回重庆，扔给母亲，自己跑了。小米病得不轻，不停地拉稀屎，止也止不住，瘦得皮包骨。那时我上小学，父亲看着竹凉床上的外孙女唉声叹气。母亲做完体力活星期天休息，都泡在寻偏方抓草药上，试来试去，最后是用干鸡肫壳、老蜂巢和山药一起捣烂，加清水，慢火熬出汁来，一勺勺给小米喂，硬是治好了她。母亲省下钱买鸡蛋给小米一人吃，补充营养。小米脸蛋开始红润，也爱笑，孩子的身体掺不了假，孩子的心也掺不了假，她与我们家的人亲过她自己的母亲。

"我根本不想和妈妈打照面。外婆救了我一条小命，我啷个说都得来。"小米说。

"她是你的妈妈，不要对她这样。"

"她不是我妈。"小米说得一板一钉。

我们走上中学街,已有不少上班挑担子的人。这条街全是石梯,虽然夜里下过雨,倒也算干净,比较宽,石梯两旁的住家户和小店铺依旧。茶馆也开了,坐了几个花白头发的老头子,他们的脖子缩在衣领里,手里端着一杯茶,漠然地看着我们经过。

很快小学和中学出现在面前。操场坝与从前一模一样,原先的寺庙推倒盖了楼房,几乎找不到一丁点儿旧日容貌。上早自习的学生背着书包往学校走,亮着灯的教室倒也安静,有学生已在捧着书本读。

到小道上,我们叫住一辆三轮车,坐上去,路坑坑洼洼,车子颠得厉害,溅得脏水高高的。走了十分钟,才是柏油马路。

不一会儿到了石桥,这儿高楼耸立,商标鳞次栉比,店还未全开,到处是车。三轮车拐进一条泥汤汤的窄道。人赶集似的越来越多,路两边全是蔬菜水果摊位,板车小型货车都在挤同一个道。

三轮车突然停住,"坏了!"司机叫道,一步跳下车弯身查看。小米把钱给他,说不等他,我们走路。

7

大姐与小米住在石桥边的大佛段有五六年,母亲生前常来这儿。老辈人说,人去世后,魂魄附在相同脸形的肉身上,会到生前所到之处收脚迹。走在这条路上,我在陌生的人群中张望,有没有走路双腿拖着重物、肩膀一边高一边低、头发枯萎零乱、神情严肃、背有些驼的母亲。可是没有母亲,哪怕是略微有点像母亲的人。据说母亲在家待闷了,就上大佛段来看大姐,母女俩边吃饭边聊家常。母亲生活得如何,小米也该知道一二。现在就小米一人,问起来会方便些。

"外婆过得如何?在我不在重庆时。"

小米像没听见。我又重复一句。

"外婆很享福。你不是都晓得吗?"小米说着拉我进了一家小面店。里面桌子坐满,店门也站了人,生意很火。小米和往大铁锅里放面的男人说话,要他多放一点青菜,听口气他们很熟。男人开始打调料,我说不要辣椒。

有人离开,我们坐了下来。小米说:"我见外婆很少,听妈妈说,外婆有一阵子想去养老院。"

"我怎么不知道?"

"他们陪外婆去,带外婆去看。街上一位邻居被子女送进养老院。那儿的食物,全是稀汤汤,老年人一周吃一次肉和一次鸡蛋,没牛奶喝,明显缺营养,个个面黄肌瘦。几个人同睡一间房,三十多人共用一个厕所和洗澡间,唯一的娱乐是一台小彩电,还限定了时间和频道。管教人员对老人很凶。那位邻居悄悄对外婆说:'千万不要来,这儿像坐牢,只等阎王爷,除此之外,没啥盼头。所以,外婆又回到家里。'"

我没什么话可说。没一会儿店员把小面端过来,叮嘱不放辣椒,还是放了。我闷头吃面,街上的嘈杂声各种气味涌来,想到母亲不在世上了,眼泪就吧嗒往面里掉,用纸巾抹干眼睛,剩下的面再也不想吃了。

小米非要她付钱,说她请客。

我们出了面店,朝前走了十来分钟,进入一个商品房小区,五六幢紧凑在一起的小板楼,空地种了花草,好几个老太太带着孙子坐在石凳子上晒太阳。小米抱歉地说:"我这儿没有电梯,好在楼不高。"

我们走楼梯,上了四层楼,她掏出钥匙打开左边第二个门。房子倒是很宽绰,有一个二十八平方米左右的厅,两个卧房,学日本人铺了床垫,另加厨房和卫生间。进门右手放了一张餐桌和四把椅子。

看到我打量房子,小米说:"我和儿子住这儿,妈妈他们两口子搬出去。"

原来如此,我就觉得她先前提到她母亲的话里有话。

"他们把沙发床衣柜都搬走了。"

难怪我觉得房子大,因为空荡荡。相比之下,母亲江边的房子比小米的房子显得小多了。"那大姐她住哪儿?"我不由得问。

"他们住黄桷丫,房子比这儿小一点。"

小米倒了两杯水,一杯递给我。等我坐下,她才坐了下来,口气平淡:"那可是我南下积攒的辛苦钱,我妈她真不像当妈的。六姨,你说说,哪有不疼儿女的妈?哪有不疼自己外孙的外婆?"几句话后,她情绪大变,很激动。

8

大姐为了爱情,从煤矿回重庆后一直没工作。她再婚后,和丈夫、年老的公公住在重庆南岸大佛段棉纺厂职工宿舍一间面积加起来不到二十平方米的小房子里,另有一个加盖起来的厨房,可以在里面吃饭。

丈夫的弟弟，常与老婆闹得水火不容，回家来住几天。大姐为之抱怨不已，丈夫说，将就点，要怪就怪命如黄连苦，生错人家，嫁错郎。两人都是惹不起的火柴脾性，一擦就燃，三天两头吵架。

时逢我从英国回来看母亲，家人到齐开饭时，大姐一口饭未吃，就叫穷，说她做梦都想买一条三十块钱的灯笼裙子，没有钱，被店员臭骂一顿。家里吃得更差。

当着一家人，大姐声泪俱下："爱情顶狗屁用，穷得屁股打鼓，哪看得见幸福半根屌毫毛？我连做梦都在吃火锅，没钱付，只好逃掉，弄得人到处追赶我。"

母亲止住她，说吃完饭再说。

那是1992年，我到伦敦才一年多，正好回重庆，准确地说，是为了给母亲过生日。父亲眼盲，行走不便，母亲不要去餐馆庆祝，说生日，一家人团聚就蛮好。母亲切了腊肉香肠，炖了排骨海带汤，二姐买了麻辣鸡块和其他凉菜。幺舅一家人也来了，大人挤着坐了一桌子，小孩挤着坐一小桌子。席间，母亲到厨房炒干煸四季豆，我跟着出去帮忙。

母亲说："你大姐是想要钱。你有，就借给她吧。"

看我不言语，母亲改口道："妈妈晓得你的钱是一个字一个字辛苦写来的稿费，你也不容易。算了，不要将就你大姐，反正她是不争气的家什。"

三哥跑进来，警告我："讲困难，人人都困难，她还没有喝西北风。不要乱了规矩，搞得自己难堪。"言下之意很明白，给了一人，其他人也要。三哥说："今天是妈的生日，她哭啥子，一点不懂事！"

吃完饭，大姐把我一个人拉到走廊外边。凭栏远眺，开春后江水渐宽，不像冬天那么枯干狭窄，从嘉陵江驶来一艘快艇，冲入长江，剪开一道绵长的白浪。

"我有个耍得好的朋友在朝天门皮鞋批发市场工作，我好想在那儿开一间小店。"大姐拉着我的手说，眼睛里充满希望。

我问她需要多少钱？她说了一个数。我转过身回到母亲的卧室，从自己的包里拿了皮夹，抽了一沓美金，数了数。若无其事地经过客厅里的家人，到门外走廊上。我把钱放在大姐手中："可以到银行换人民币三万多。"

"算大姐借你的。"大姐仔细地数了数，挂不住的喜悦露在脸上，"幺妹真好，我就是只死耗子也会当成头公牛干，赚了会还幺妹。我不会对家里人讲这钱是你的，免得他们找你要钱。"

我说："我只求你对家里人好，不要惹事。"

她举起手来，向我保证。

皮鞋店开起来，大姐清早到皮鞋厂进货，准时开店，辛苦经营。家里亲戚去大姐那儿买鞋，大姐一律免费，朋友去半价。二姐写信来，说大姐在朝天门皮革批发市场开了一间鞋店，人很勤快，我们都去照顾她，也带朋友去，生意不错。

二姐头一回不问我大姐钱来由。据说当人们问起口袋一向缺银子响的大姐，怎么有钱开起皮鞋店来时，大姐一口咬定这小店租的门面费和进货费，都是她从当知青后回城做生意发财的朋友那儿借的钱。姐姐哥哥没吱声，不知是真信还是听之由之。

我不由得松了一口气。心想，这次大姐终于可以把一件事做好，不惹祸，革心洗面做新人了，真是万幸。

大姐的二女儿小米跟着她从山区煤矿回到重庆，一直没工作，由一个熟人带到温州学理发，去了没多久，转去深圳发展。大姐逢人就夸二女儿能干，找了一个港商，说是两人结婚后，港商马上给她买了一幢两层楼的小洋房。

大概半年不到，二姐来信说大姐关掉皮鞋店，到深圳看小米去了。大姐再回重庆时，不仅带回小米，还带回满周岁的外孙。因为家里兄妹问那个孩子的来历，大姐的回答漏洞百出，觉得失脸面，就与他们断了往来。

待我一年后又从英国回重庆看父母时，问到大姐情况，家里人叽叽喳喳说个不停："小米肯定是个二奶。啥子港商？不就是温州客跑到香港，结果孩子出来没多久，男人眨个眼就蒸发了。鸟过还有个影。哎呀，洋房是洋房，名字是人家哥的，哥派人来收房，小米啥也没有了。"

关于这男人，小米手里只有一个香港电话。她打过去，通了，也没人接，等于什么也没有。

听说我回来，大姐连忙抱了外孙来，她还是老样子，开口就叫穷。那外孙生得聪明，不哭也不叫，给他吃大人的饭菜，很是听话。无爹儿，真是让人怜爱。我给了孩子一个红包。大姐对我不提还钱的事，也不提皮鞋店关门了，她只说想说的事：小米挤进大姐那简陋狭小的家，在附近街上开了一家发廊。大姐带外孙，帮小米张罗发廊和收账。大姐的婆婆讨世得早，单位分的房要拆，公公按工龄可分到福利房，不过得补几万元，折成房子面积，但是钱还不够买房。大姐夫说没钱，要小米把私房钱拿出来。八十岁的公公一向不肯插手他们的事，突然开口说："若是小米肯付钱，那么户名的事，就把我的名字改成小米。"

小米皱起眉头，倒也没推托出钱。

但是大姐当天却和公公使脸色，公公当没看见，大姐变本加厉，对公公说，要把户名改成她的，说万一小米结婚，男人心不好，他们就会被赶走。公公说，谁出钱，户名就该是谁。大姐说，房子里面也有她和丈夫的份，她非要公公对小米改口。丈夫这次站在大姐一边。公公发火了，说："你们哪有半点样子像做父母的？"

吵架的结果，夫妻俩把老人送进养老院。

这本每家都有的难念的经，我知道一些，听小米再讲一次，我的心情复杂又难过。小米出了缺的那部分买房钱，当然房本上名字还是小米，一家四口统统住进去。一年后大姐的公公死在养老院里，因为公公的死，家里弟妹都去吊唁，大姐一下子平息了胸中往日的怒气，恢复了与弟妹的关系。

9

我们的谈话被门外一阵吆喝打断。小米打开房门一看，有人在搬家，响声很大。她对他们说革心"才早上八点多一点，请轻点！"

关上房门，小米接着说："妈妈以前来我发廊，只管收钱，说是帮我带小孩，起码得付保姆费。我干活，一分钱没得，只能关门落得清静。没了工作,找不到工作,我就申请拿低保,一个月连同儿子二百元,哪够呢?所幸自己一直还留有私房钱,有了孩子花销太大,我愁得不行,不晓得这日子怎么过下去。六姨,我妈妈告诉你啥子?"

"你觉得她会怎么说呢?"我反问。

"她啷个说?得了,管她的,她哪是我肚子里的蛔虫。"小米充满企盼地对我说,"六姨,你能不能想个法子在香港找到孩子的父亲,虽然我们没结婚,可孩子是他的。我一个人辛辛苦苦把儿子养成九岁了,学费一年比一年贵。那混账的手机早就销了号。我托过人找他,托了好些人,都找不到他。后来,好不容易弄到他哥哥的手机号码,通了,一听我报名字,就切断了。"

第一次小米对我说了实情,我着实想帮她。可是关于男人的背景,来龙去脉,在香港做什么生意,住在哪里,包括他哥哥的情况,一问她三不知。就算我有天大的本事,也无从找到那个不辞而别狠心肠的男人。世上竟有这么糊涂的姑娘?我连连叹气。她的孩子现在九岁,捏指一算,当年,正值亚洲金融风暴,那男人生意肯定栽倒,股票成废纸,公司破产了。

小米坐在椅子上,连连说:"我啷个办?"

我只能安慰她,让她想想还有哪些细节可以提供,以便有可能和机会找到那男人。她坐立不安。我说,不必急。

面前的餐桌和椅子全是实木的,这地上复合地板,却也不错,整个房子看上去不像花很多钱,倒也不是最便宜的货色。大姐当初拿到这房子的钥匙是毛坯房,要搬进来住,就得装修。装修费,谁出的呢?总不会又是小米出吧？于是我这么问小米。

小米变得支支吾吾。

"听说，外婆连在睡梦中都大喊大叫：'大丫头，你啷个这么狠得下心肠，下得了手，拿了妈妈辛苦存了一辈子的钱？妈妈想不通哪！'"

小米看了一眼我："六姨，不要听他们乱讲。除了我妈妈，几个舅舅和孃孃他们也可能拿走外婆这钱。这个家里，想要外婆那笔钱的大有人在。"她说我的三哥他们住得很差，一间正房，一个偏房当厨房，吃饭也挤在那儿，好在他们女儿被我弄到英国读书；我的二姐住小学分的旧院子，只有一间，两个大人两个儿子，还经常有亲戚来住，二姐只得做两个双层床，他们和全院子的人共用一个厕所；我的小姐姐呢，以前跟婆婆家那么多人，住在两间直对着马路拐弯的小房子里，有一年夏天，司机酒后开车，汽车对直冲出去，差点把他们撞伤。住在那样的房子，睡觉都不踏实，只会做噩梦；我的五哥也没有房，一家三口贴在外婆那儿。每个人想房子都想疯了，每个人都嫉妒我妈妈！

"听说是你母亲拿着外婆的身份证和存折，到银行取走的十万块钱，用来装修这房子，包括买家具。"

"六姨，我不清楚。"小米的嘴守得严实。

经人介绍，小米谈了一个男朋友，年长她十岁，穿上西服倒是一表人才，人看上去连脚拇指都老实厚道，对小米体贴照顾。有一次我回重庆，亲眼见他提着小米的提包，发现天转凉，脱下自己的外套来，给小米穿上。世间任何一个女子，有这样的男友，虽不是十全十美，心也会安定下来。可是大姐和大姐夫反对，说他没工作，倒要小米养，小米说养不养是我的事,跟你无关。母女关系恶化,大姐要小米带着儿子搬出去。小米说房子在她的名下,反让大姐搬出去。大姐说她早就想到会有这么一天,没想到来得如此早,她坚决不搬。又拖了几年,一家子过得窝气,结果小米拿出最后的私房钱,买了一个二手房给母亲。谢天谢地,幸亏重庆房价一直不贵。

"我的钱并不是那港商的。我在温州的发廊打工,从早上九点站到晚上十一点,脚都发肿,经常中饭都饿着,很辛苦。每一分钱都可以捏出汗来。"

"你男朋友对你还好吧?"

小米一下子哭了,她说父母压力太大,他们互相见着,恶语相伤,甚至都要动手了,她只得与他分手了。她现在是孤儿寡母,大姐还时时咒她,她遭啥子报应会有这种自私自利的母亲?

10

我去卫生间。

镜子蒙有一层灰,我伸手去抹了抹,这才看镜子里自己苍白的脸,眼睛里有未睡好觉生出的血丝。

小米的内衣裤,放在洗衣机里,泡着水。墙上瓷砖是小熊猫。我的姐姐哥哥说这些瓷砖都是大姐偷了母亲的钱来装的。那么这洗衣机,这马桶面盆,墙上镶花的瓷砖,青蓝色地砖,大圆镜子,这房里的一切,怕花的都是母亲辛苦存下的钱?

大姐一口否认，叫冤枉。他们不相信，要她把母亲的钱还给母亲，她与他们吵翻了天。他们从母亲存折上只能看出钱取走，没有到何处去的一点痕迹。他们领着母亲到银行去追查谁取走了。银行营业厅全是人，任何时候去都是如此，去一次排长队，母亲弄得上气不接下气，他们代母亲写了证明，签了字按了手印，授权给三哥代理，要查母亲名字大姐名字的账户。银行说取款存款是按国家规章办事，若要查款，需要派出所或单位保安部门出面，否则保护存款人隐私。他们要母亲去派出所，母亲怕带给大姐什么麻烦，拒绝去。那段时间母亲伤心寡言，精神恍惚，只记得总数，十万三千元，具体多少个存折说不清楚。三哥三嫂记得，1999年父亲去世时，他们给父亲整理衣物时，发现存折放在父亲的枕头里，便把存折亲手交还给母亲。他们说存折一共四个，定期三个，活期一个。大致从七十年代开始，有五百元，时多时少；从1992年开始，先是几百，然后几百到上千；1997年之后经常一次几千，有时是一万，也有大额取出——给孙子考初中高中缴学费。

儿孙满堂，却没一个孙子能考上重点中学，却都想上。差多少分，就按学校规定缴钱，还要找熟人。

母亲看住这笔钱，每天都防贼一样，东藏西藏，睡不好觉，夜里也要起来，查看是否在，踏实了才重新躺在床上。

防谁呢？住在一起的亲骨肉。五哥是不会做这种事；五嫂呢？可能拿了钱补贴在农村的娘家；他们唯一的儿子喜欢上网吧聊天打电子游戏，也有可能。他上高中，经常去婆婆的房间找东西。母亲发现存折原封原位搁得牢牢的，但是皮夹子里的钱总少掉十元二十元甚至一百元不等,告诉儿媳,结果儿媳孙子都否认,叫母亲平时把自己的房门上锁。母亲自然不会上锁,结果还是继续丢钱,母亲一抱怨,五嫂拉长脸,给五哥脸色看,五哥数落儿子学习不用功,成绩不好,儿子赌气摔自己的书本。结果呢,弄得一家子不高兴。最后,还是母亲来解围,赔小心,道不是,说她老不中用,记性不好。

母亲心里清楚,最要防之人是大女儿,六个儿女中,那是她最疼爱的孩子,也是最有豹子胆的孩子,小钱看得上,大钱更是伸得出手。

大姐连续几天看母亲,陪母亲,告诉母亲她的生活有多难。从前没房子住,三代人挤一个巴掌大的地,不要说夫妻生活没法过,连洗一个澡,连换一件衣服都要等没人在屋子里才能做,现在好不容易托女儿的福,有了光屁股房子,却没有钱装修,等于住在可怜的街上。她让母亲借她两千元应急。大姐流泪,母亲流泪,母亲用手绢给大姐擦去脸上的泪水,心疼地说:"大丫头,不要哭,妈给你这钱。"

母女俩去了一趟银行,取了钱,一同回到母亲家里吃午饭。大姐与母亲睡一个床午休。两天后,母亲发现存折上一文不留,气得高血压发作,无力地躺在床上,不吃晚饭。第二天母亲也不吃早饭,也不去医院,她手里是一本家里孩子的旧照片册。

五嫂让她起床,要么吃饭,要么去医院看病。

母亲不搭理她,只是傻呆呆地说:"大丫头呀,天棒,都怪我,生了你,却没教好你!"

五嫂再问母亲,母亲闭上眼睛,脸色发青,手直抖。弄得五嫂只得打电话叫来家里其他人。

这与大姐一点关系也没有。她忙着找装修队，买涂料、地砖马桶灯具厨具，忙得不可开交，恨不得多生一双手脚。两月有余，房子装好，不等房子完全晾干就买家具家电，搬入新居。

"是我两个女儿凑钱给我装修的。"大姐对找上门来的弟妹们理直气壮地说。

"大姐你把偷妈妈的钱交出来！"二姐说，"你晓得妈有多伤心吗？"

"看不出你脑瓜儿还灵光，先带妈去银行，证明妈与你的母女关系，先取妈妈答应借的两千块，让妈对银行说，钱的事，为的是防老来病多，防小有急用，自己老了，用钱之类的事儿女主意多，省得自己操心。妈妈是无意，你是有意。"三哥说。

"你趁妈睡午觉，偷了她的身份证和存折，快速去了银行，办了转账。快速回家，把母亲的身份证和存折放回原处。躺回床上，母亲醒，你也醒。"五嫂说。

"你们不是我的亲弟弟妹妹，居然有脸皮到银行去调查，问营业员，还拿着我的照片。"大姐把手中的一个玻璃杯狠摔在地上，扯破了嗓子，横着一张脸，厉声地说，"都给我听清楚，首先我大姐不是这号人，耗子暗地偷偷摸摸，从小到大，我向来敢做敢当；其次，你们要我还钱，我和你们从此一刀两断；六妹要我还这钱，我就上法院告她写书泄露我的隐私，要她赔偿我的精神损失！"

从卫生间回到房间里，我拉好窗帘躺在床上。小米进来，朝我跪了下来:"六姨,你看我多可怜,我小米从小到大没求过六姨啥子事,今天,求你一件事:六姨你帮我在国外介绍一个对象吧,不管年龄不管做啥,只要脱离开重庆这鬼地方,脱离我妈,我都愿闭了眼睛嫁他。"

我走过去,要扶起她,但她要我答应,一副不答应不起来的决心。我只好说:"好吧,我来想办法。"

她站起来:"六姨,我无怨无悔。你在我心底一向比我妈妈还亲。"

"小米,国外也不是天堂。"

"但国外就是国外,跟天堂差不多吧,不然这么多人为啥子要出去呢?语言是第一关,我已经开始学英文。"她指着儿子房门里,"我买了英汉词典和教材磁带,我不是说着玩的。"

"我只得试试,你晓得婚姻这种事,一得靠自己的条件,二得靠姻缘。"

她听着,脸上绷得好紧,半晌,叹了一口气,说:"六姨,我去隔壁房间了,你好好睡一觉吧。"

第四章

1

不可思议,到故乡给母亲奔丧的第二天早晨,我会躺在外甥女小米的床上。窗帘透出微弱的光来,墙上有幅画,是日本导演宫崎骏动画片里的幽灵公主,她骑在白狼身上,披着银色的兽皮披风,手持长矛和短刀,短发飞扬,愤怒又聪慧。对我而言,非常美。

突然这小小的空间属于我一个人,周身上下放松一些。母亲属猪,今年八十三岁。我属虎,今年四十四岁,母亲在她三十九岁那年生下我。记得幽灵公主说,我一无所有,我被人类遗弃。她的话深深地震动了我,这正是这个世界留给我最初的记忆。

但是我有母亲,活了半辈子的我才明白,母亲从未舍弃我,她生了我,养大了我。

母亲大半生的历史,在我那本自传《饥饿的女儿》里详细写了。写那书,是十一年前,在伦敦开了个头,就回南岸老家继续写,正值酷夏,母亲一大早起来做稀饭,有时加绿豆,有时加冬苋菜,有时加皮蛋瘦肉,稀饭到中午已凉,吃时正好。她做的凉菜每天不一样,尖椒清炒后,与生莴笋丝相拌,摘二根配嫩子姜薄片,空心菜在开水里焯过,放油辣子蒜盐。酱油、糖醋茄子排骨,清淡开胃可口。算起来,那时她七十二岁。母亲的晚年以1996年为界,之前与父亲在一起,不必担心。父亲1999年6月15日过世后,她过的日子,都是她的描述,姐姐哥哥的描述,嫂子甚至邻居的描述,除此之外,我知之甚少。这功课得好好做,我才能弄清楚。

1996年我带着丈夫回去住了一个多月,是我和父母生前住得最久的一次。有一天我吐得很厉害,怀疑自己怀孕了。

他说:"若是真的,我们不要,有孩子很麻烦。你受不了当母亲的苦,我们花不起这时间,更不用说要负起当父母的责任。从另一方面来说,我已有一个女儿,千辛万苦养大,你看她也不在我身边。尤其是她自己有了工作,结了婚,一年半载才有一次电话,都是要钱的,有孩子没有任何好处。"

一检查,果然是孩子。我没有选择余地做了流产手术,与十八年前一样,在七星岗妇产科医院,同样的手术室,只是那时不能打麻药,而现在可以。

我做完手术当天,丈夫就飞到上海与前妻见面。他和前妻都是上海人,她从澳大利亚回去看娘家人。母亲清早去菜市场买了只老母鸡给我补身体。母亲怕血,不敢杀。父亲眼盲,母亲就扶着他到走廊里,把刀递给他。父亲把鸡交到母亲手里,母亲还在发抖。她怕血。这点我与她相同,最惧怕杀生。如果父亲不杀那可怜的鸡,母亲只得干瞪眼,我也没有吃的。

母亲不高兴我丈夫抽身离开,但对我啥话也没有说,只有一次,我写得不顺手,坐在那儿望南山,听见母亲在叹气。她对父亲说:"我找你这个男人不像看上去那么好,但终生可靠。"

不等父亲说话,母亲又嘀咕:"有孩子,一个家才是家。没孩子,两个大人是两条随风飘的影子。唉,六妹心本就苦,不多说了。"

我待在那儿,心里有一肚子的话想对母亲说。母亲似乎没有祝福过我的婚礼,当我把结婚照片寄回重庆,她看看照片,继续抬头看电视节目了。

2

我丈夫是我前男友的同事,两人在办公大楼里打过几个照面,称兄道弟。前男友1989年夏天到美国留学,之后来了几封短信便没了信息。我在前男友那儿见过他的信,字迹不大,有孟体风格,语气谦虚,学识广博却不卖弄,心还细,附了好几张英国邮票。两人一起编译一本《外国艺术空间蒙太奇集》,可是没有出版社愿意出。

前男友的老师听说他从伦敦回北京,离婚后,想找一个中国人结婚。这位老师想到我,正好在北京,于是安排我们见面。打了几次电话都不巧，最后他干脆让我们自己商量时间。在电话里他问我愿意到旅馆去吗？

我说没问题。

那个炎热的夏天，我敲响他的房门。他打开了门，很亲切地看着我，目光很熟悉很特别。就是那注视，注定了我们的今生。他握着我的手，让我坐在沙发上，他自己坐床头。他比我想的年轻，大我二十岁，看上去最多年长十岁，因为个头结实，显得高，戴着一副讲究的眼镜，透出一种睿智和儒家知识分子气质，他的眼睛没离开我半分钟。第一次遇上心仪已久之人，又如此待我，我内心激动加紧张，手脚都不知如何放了。

他说见面前担心我不会大热天来见他，天底下女人都死要面子，让人讨厌，而我不一样。他问我是不是处女？我说我不是，可能从来就不是。

他说我就是他想找的人。

他如此直截了当，我很惊奇。他说起以前在旧金山读大学的冒险，赶上西方六十年代性解放的末班车，他与好几个女友的事，包括他带女友去性俱乐部的事，他问我，到那种地方会胆怯吗？

怎么会？中国也有八十年代性解放。我告诉他，我成长的过程中，从没人敢说恋爱，连对自己父母都不说，我爱你。爱是罪过，性更是丑恶，导致我们这一代人身心压抑，精神空虚，渴望得到解放，叛逆世俗和传统。我们开黑灯舞会，沉醉烟酒，朗读外国诗歌，辩论尼采萨特哲学，女人都崇尚波伏瓦的女性主义，试验各种艺术形式，我们跳裸体舞，随便找男友，第二天，可能就投向另一个人的怀抱。有天我喝醉了，读到一张油印纸上的诗，说的就是灾难中的孩子。诗里那种恐惧和无畏，就像是为我这样的人写的，安慰着我好些年。

他含笑看着我，眼睛里充满惊喜。我突然明白过来，那首诗就是他写的，我一直等着有一天和他见面，想与他这样的人成为莫逆之交。

他说："你看我们注定会见面。"

我倒不好意思了。

他很羡慕我在自己的国家进行了解放自己的革命。

见面五分钟不到，他问我愿不愿嫁给他？

我没说愿意，甚至也没说考虑，我只是开心地笑了。

那个下午，他要看我身体。我说，那就平等吧。我们彼此脱了衣服，他从后面抱住我。我把他带到镜子前，侧过身去看他身体。他要与我做爱。我没同意，说还没有准备。他没有不高兴，只是理解地点点头。

之后我们到街上，到处找一家有空调的餐馆。不负有心人，我们找到一家小餐馆，干净清静，服务员热情，递上冰水，递上菜单，向我们推荐田螺，说是早上送来的，很新鲜，用姜爆炒。我们还点了一个木樨肉和豆腐。没一会儿，菜端上来，尤其是田螺做得非常可口。我们用冰水当酒庆贺我们终于相遇，他让我说自己，随便说什么他都爱听。吃完饭，他叫了一辆出租，带我到北大，见一个著名教授，她是他的好朋友。教授对我很亲切，削梨给我吃，又说我的性格像她年轻时。看得出来，他明显是请她做参谋。

第二天傍晚，门房告诉我有人找我。我跑出去一看，是他。我没想到，陪他到京顺路走，那是通向机场的公路，种植着大量的花树。他问我能不能陪他吃饭,我已吃过晚饭了,还是爽快地答应了。他说那位老朋友给我打了几乎满分,让他选我。在我之后,他又带过一个漂亮的女画家去,可是那位老朋友不给那女画家高分。我告诉他,我要去广州看看朋友,第二天就走。

在广州我天天看着旅馆对面骑楼下的鲜花店,那儿已换好几种花,茉莉没了,堆满菊花,我想到了他,可我想不起他的样子。有一天我接到一个电话,居然是他。他第一句话问我在哪里?第二句话要我答应嫁给他。

我说要好好想想。

我回到上海,继续上大学里的作家班。他除了电话就是一封封长信,催我到英国。第二年春天我才办好留学手续,飞到伦敦。他的家是一幢四家人合住各带花园的套房,两室一厅,厨房和浴室都小,放一个洗衣机都没多余的位置,不过两人住倒是很舒服。附近就是一个公园,还有一条清澈见底的小溪、十九世纪最著名的社会主义画家诗人威廉·莫里斯的手工场,溪水中古老的水磨转动风车,周日有集市,售工艺品和南欧东亚食物,附近有一个全英国最大的超级市场,到地铁则需要走二十分钟路。对我一个从未有过家的人来讲,这儿简直就是天堂。

衣柜里是他从旧货店里为我买的两件大衣和一些裙子内外衣,尺寸倒也合我身材。他烧好了土豆鸡腿,蒸了米饭。那天晚上我们做爱。没有想的那么好,也许不熟悉,男女初次如此并不稀奇。春天了,伦敦夜里还是冷得很,得点壁炉。火焰暖暖地照着我们,他拍了好些裸体照片。因为夜晚光线不对,那些照片大多模糊,只有我拿着红苹果倚靠床的一张最清晰，耸着眉头。当时我们开玩笑，认为之所以如此，是由于苹果象征上帝不可宽恕的罪孽。

他说在北京曾见过十几位各式女人，有几位是文学圈里人，我听说过名字。他大撒网，想找一个做妻子的人。有的在见我之前，有的在见我之后。他和那位女画家，在公园里谈终身大事，他在公园里与她亲热。接下来发生的事，他像职业说书人，拍板叫一声："敬听下回分解。"

我谈不上愤怒，他早就向我求婚，但不是结婚，即便是结婚，他也有权利改变主意，或许别人比我更适合做他下半生的伴侣。只是别的人都不如我，他才最后下定决心和我。难道不容许人服装店里挑来挑去，最后挑那看上去最惬意穿在身上最舒适的一件，后者更重要，冷暖自知。

好几个晚上我都和他说到自己的身世，说到童年，说到十八岁离家出走，最后说到出国留学前的事。他眼睛湿润地说："可怜的你，一次次捡了一条命，相信我，我会对你好的，永远爱你。"

他有兴趣看我写的小说和诗，给出很好的指导和编辑。

除了写东西，他说我应该在上学之余找工作，他不可能养我。我英文不好，绝没有好工作等我。他说你身段如此好，何不做摄影时装模特儿，赚钱又多，又不需花太多时间。

有时他陪我，有时我一个人去。有一家时装杂志要求严格，说我腰上有赘肉，必须减去。有一个星期我就只喝水和吃水果，做仰卧起坐，立竿见影，身材尺寸合格了。我能赚钱了，他的兴趣大起来，在电话簿黄页上找电话找公司。有一天他说拍私人电影更好，找到一家公司，按小时付酬。第一个顾客，一个头发微卷的英国中年男人，拿着录像机，要我先拍情爱戏,脱得一丝不挂。我很生气,拉开门走了。

回家后他很失望。他让我看性爱场面的录像,那段时间我梦里全是黄的阴茎白的阴茎,粉红深红的阴道,光身子的人堆叠在一块,集体性交,感觉不到性感,相反觉得他们是性机器。

时间过得非常快,三个月过去,若是结婚,可随英国籍的他拿到绿卡,或是重新申请学生签证。对此,他犹豫不决。

结婚或是不结?他躺在地毯上,痛苦地想,像苦恼万分哈姆雷特。

他愁眉苦眼,最后是他的一个英国女朋友给他下了决心,结婚并不会给你带来灾难,你怕什么?

怕什么?不必怕。他想通了,马上开车带我去选结婚戒指。

我们去当地教堂见神父,按规定得有两周做礼拜我们必须在场,神父要问在场人:"这两人愿意结为终身伴侣,有人反对吗?"两周下来,没人反对,才可结婚。我们第二次做完礼拜后,去附近公园走走。下雨了,两人躲在一棵老橡树后,神父打着雨伞经过,他朝我们笑笑。神父走后,天上出现了一道彩虹。

他望着彩虹良久,然后说:"这是吉祥之兆!"他紧紧地拥抱我。

举行婚礼的那天上午,我们去附近一个黑人和艺术家喜欢的居住地,几乎每天那儿都有集市。我挑到一件粉白镶银片的像旗袍,又不是旗袍的礼服,没中式旗袍惯有打结的领口,一试,非常合身。摊主只要五镑。又到另一家选了一顶白网眼的帽子,这个帽子倒要三镑。我在帽檐系上一根紫色的绸带,这帽子马上有了自己的灵魂。

下午在教堂,来的都是他的学生和大学里的同事。神父看见那么多英国人会说中文,吓了一跳,才说以前以为他是唐人街的老板,弄了一个年轻的中国姑娘来假结婚。我和他面面相觑,对神父之说,抱以理解之笑容。

参加婚礼的女客都问我,这身婚礼礼服在什么地方买的,真漂亮!多少钱?

我该怎么回答呢?

若我说在二手摊上,只花八镑钱,相当于人民币一百多块,就把这一生最重要的仪式度过。她们即使不嗤之以鼻,也会觉得我太没本事,女人一生最重要的仪式能如此过?!不能让男人付出血本,操办像样的婚礼,不要说钻戒,起码得有身新礼服。

我只能笑而不答。

我喜欢白色婚纱,和天下所有的女孩子一样,对婚纱充满了梦想。梦想就是梦想,自己没有穿白色的婚纱,好比留着一个空间,可在那儿想着,安静地看着自己,并没有失去什么。我在那个夏天一心一意要嫁给他。婚礼当晚,他给我说了那么多心里话,他是多么爱我,他与我的婚姻与别的婚姻不一样,我们有绝对的自由,我们不是对方的奴隶;同时我们经济分开,不要让婚姻像坟墓葬送我们的爱情,嫁给他,只是幸福的开端。

那么,婚姻完全不像小时看见邻居们只是生儿育女过日子,也不像姐姐哥哥那样夫妻捆在一块度完生命,我和他的生活是冒险,是艺术,是想象力的原始催发地,像万有引力之虹,射向人生更高境界的灿烂礼花。

第二天我们去布莱顿度蜜月,他带我去海边天体营。他是快乐的,所有的男人都嫉妒地把眼睛盯到他身上,他陶醉万分。乌云压下来,我们飞快地穿衣服,从海边往朋友家跑去,乌云追着我们,闪电鞭击雷声,千军万马逼过来,要吞掉我们。可是我不怕,我想,爱情比那闪电和雷都迅速,狠狠地击中了我,我是爱这个人,有什么理由不爱在上帝面前发誓将终生的幸福相托的人呢?我真的愿意在这个异国他乡与他相依为命,一生一世。

3

我闭门不出,连续写了三个月,第一个长篇完成。有些像日记,女主人公在遭遇到一系列背叛后,在欢送朋友出国的Party上被警察抓走。有点像米兰·昆德拉的《生命中不能承受之轻》的格局。

他非常高兴,要庆贺。于是我们去了巴黎。与小说中出现的两个朋友见面,也和后来得诺贝尔文学奖的作家见了面,没想到他喜欢,写了长序。台湾的出版商,让我尽快修改,以第一时间出这本书,并请了住在北欧的评论家写了序。出版商和写文章的人,全是他的朋友。

一个英国人办的中文报纸发表了小说片段,这个英国人想出英文版,找了译者,但一拖再拖。

他说,不能等他们,便译了草稿。有了草稿,就方便多了,送到好些英国出版社和经纪人那儿,少有回信,也只是说不要,大多没有下落。在英国出书根本不可能,我完全打消了这个想法。

我在大学图书馆读到台湾报纸关于诗和小说大赛,以一种封闭姓名评选的方式，我想去赌一把。

结果我撞上了好运，又以同样的方式在台湾报纸得了好几次文学奖。这无疑在台湾给自己开了扇出版大门。

他说，你可以和任何男人女人睡觉，但得告诉我，得戴安全套，我就会对你更好，但不许对别人说爱，不许爱上，我就会永远爱你。他睡着后，我洗盘子碗筷，清洁房间和厨房。那段时间，我们家经常来朋友，住在家里。他有时要我对他的朋友好，要我和他的朋友做那种事。他的朋友当着我的面说，并不喜欢我。客人一走，我就得换被套枕套，因为没有洗衣机，就放在浴缸里用手洗，然后清理掉洗衣粉的泡沫，费力地拧干，装在桶里，费力地提到花园里，晒在绳子上。

我们有一年冬天去纽约，经过一家高级俱乐部，他说他的梦想，是所爱的女人在这样的俱乐部跳脱衣舞给他看。他问我能不能让他实现这个愿望？我很为难，看到他失望的样子，才点了点头。他与老板谈了好几分钟，老板才同意。时值下午，加上他，只有二三个客人。从未在大庭广众跳这种舞的我，只是从电影里看过，T台上只有一个舞女在跳舞。我抓了顶齐耳红发戴在头上，走上台。因为爱情而跳舞，自带几分热情和羞涩。最后，我没有脱光衣服，就停住了。

我朝换衣间走去，套上毛衣，披上大衣出来。

他说："很遗憾你没做到底。"他有些不快。

我们回了一次重庆，那是他第一次见我的父母。当时南岸六号老院子还未拆，楼上阁楼无法住人，父母都住在楼下。我们回家后，父母坚持要把架子床让给我们睡。母亲在堂屋搭了一个竹板床，那是冬天，竹板床铺了棉被。早上我起床后,发现母亲已挎着竹篮子从石桥集市买鱼肉蔬菜回来。我们在家住了两天,就搬到城中心一个新建五星级饭店。他说:"这是你衣锦还乡,你已尽孝道,现在该向外表现,你嫁我是对的,以免别人说嫁了一个糟老头子。"

小姐姐带着女儿田田来饭店房间洗澡,他给她俩照了好些照片,他说你的小姐姐真是大美人,待在重庆真是亏了她。

几天后我们回到北京,临睡前他告诉我,在我不在家时,他和以前那位漂亮的女画家联系上了,她来家里见他。她仍穿了漂亮的平绒旗袍,只是换了一种深蓝色,长发盘在脑后,衬出她修长的脖颈。她说对性不太感兴趣,可是特别喜欢不穿衣服,她的胸部下塌,不如几年前苗条。

为什么要在我不在家时,事后才告诉我呢?我说我要去找她。他非常恼火,说我是一个醋罐子。我指责他不守允诺。

4

五年过去,我在伦敦有了一些自己的朋友。倪在英国近十年,住在哈姆斯苔一幢大房子里。有一次我们家请客,我也请了他,他说是前首相西斯请他和朋友去高级餐馆吃饭,还不如我做的回锅肉和排骨白萝卜汤好吃。谈话中间,我说到这部稿子,他说他的教授认识一个很不错的文学经纪人,他愿把稿子带去试试。

很快有了回音,说是经纪人看了稿子,要求见面。

这天,我们和倪按约走进一幢维多利亚式的房子。上楼时,倪说这个文学经纪人以前是一个很有名的出版商，现在她和另一个人共同拥有这家文学代理公司，那人名声极大，代理过那本轰动全球的畅销书三代中国女人的故事。

我们到了四层。女经纪人四十岁不到，长得非常美，有娇好的身材。她说非常喜欢这小说。她让我等一下，说她的合伙人也要来见面。

没一会儿，男经纪人进来，他个子很高，五十来岁，他问我有没有经纪人？

我说没有。

他说他要代理。

女经纪人一听，脸色都变了，不过嘴上倒是没说什么。

见面进行了半个多小时。出来后，陪我去的两个男人比我还兴奋，他们看我的眼光，也不一样，仿佛我已成了畅销书作家。其实，我这个懵懵懂懂走进英国文学界的人，对未来浑然不知。

两个经纪人拿着他的英译草稿在法兰克福书市上卖给了十几个国家。他们请我吃饭，庆祝这个非常好的结果。吃完饭，男经纪人当着在座的人说，要开车送我回家，这很绕路，但他不管。

第二天他打开男经纪人寄来的一封信，当然信是给我的。信很短，句子很热情。但是他火气大，说我在晚上与此人发生了什么感情上的事，而没有告诉他。男经纪人不是一个坏人，他是否超出职业外和顾客之间的纠葛，本不是值得讨论的，他懂得生意经，做我的书做得不错，他甚至先出定金，让我写自传，并且售出，从另一方面也说明我的书本身不错。

那之后发生了好多事，他去澳大利亚看他的女儿和前妻，我又怀孕了，做了人工流产。我很难过，一个人蜷缩在黑暗中，听着窗外的老橡树被暴雨吹打发出可怕的声音。

那个夏天，他开始在停车场教我开车，因为我不得要领，他不停地朝我发脾气，态度坏到让人无法忍受的程度。后来听人说要想两口子关系变坏，就让其中一人教另一人开车。那年秋天法兰克福国际书展邀请我作为作家参加。他为我准备了个人创作简历和西方出版社出版我书的英文资料。在记者招待会上，男经纪人看见这份资料，认为我有意要跳槽，大为恼火，几乎当场与我翻脸。每隔一段时间就有欧洲国家请我去做新书宣传。他从来不去，他本意是好，让我自由。那段时间，他是我最好的秘书和精神后盾，所有我与欧洲出版社往来的信件都是他处理，我所有的银行支票、银行账和信用卡也是他处理。

有一天他照例去学校教书，下午我与他通电话，他抱怨手头写的关于巴黎一朋友的论文是出自我的主意，浪费他的时间，他不仅花时间在我身上，还要花时间在我的朋友上。他说，他在大学教书是教一些小学生水平的西方人，想回中国，而我不肯回。

我们在电话里争吵起来。他说你说死，那就去死吧。

我说我会的。

他说你是个口头主义者。

我放下电话就吞了半瓶他的安眠药。换了一件不常穿的白棉布半长衣裳，梳了梳头，躺在床上，心里非常感谢他成全我的心思。活在世上多难，没有一个人爱我，我也没能力爱人，更没有力气往下走了。

正好那位巴黎的朋友打电话来，我说了告别的话就搁了电话。他一听不对劲，再打电话，我不接。他焦急万分，打电话给他，他不在办公室，他只好找在伦敦的朋友。朋友又找朋友，找离我最近的朋友，把房门拗开，救护车也到了门前。

安眠药起了作用，我被抬着上车，好像是在做梦，我听见人说，"她的丈夫来了。"便费力地睁开眼看。暮色之中，他背着他沉甸甸的办公黑皮包，站在人行道牙上，朝我这边张望，那么无辜，不知所措。他真是很无辜，而且看上去那么孤独，那么悲伤。我好想痛痛快快地哭，之后，我便什么都不知道。

醒来是第二天早上，他坐在床边。他要带我回家，说是医生给我洗了肠，没事了，需要好好休息。一夜之间，他似乎老了许多，我心里满是内疚，对他说，对不起。

他听了，想说什么，却止住了。

医院联系了心理医生，每周去两次。心理医生头发灰白，问了好些问题，其中涉及我的身世和成长背景。这个人有打破砂锅问到底的功夫，对中国感兴趣，对中国人到国外也感兴趣，对中国现代化及经济发展感兴趣。心理治疗成了我给心理医生上中国当代历史课。

我在英国看心理医生的同时，小姐姐出事了，她辞了重庆工作，和在外地的丈夫住在一起。可是没多久她看见丈夫和保证要辞掉的女工在工地角落里亲吻。于是，她拉着丈夫回重庆。在长途汽车上，突然遇到几个强盗抢劫，用尖刀逼着她丈夫交出钱包，丈夫不交，强盗要杀他，小姐姐去挡，结果她的右手掌几乎被刀砍断。救了丈夫的命，她被送到医院抢救，马上做连接缝合手术，手是保住了，但是再烫的温度在那手掌上是麻的，应天气痛。丈夫先是被感动，与那女工分手，没坚持多久，就不管小姐姐的感受，继续往来。小姐姐要追到外地工地上，耗在那里，天天与丈夫在一起，看那个女工怎么办？我接到二姐的信，就请小姐姐来伦敦治手，想让她换个环境。

我特别想念亲人，期盼小姐姐的到来。

夏天小姐姐得到签证来伦敦，他非常高兴，陪我们两姐妹去布莱顿海边。车子从天体营海滩经过，那个在海边裸体的年轻的中国姑娘，她身边的中国丈夫手拿相机，变幻着焦距拍照。她怕水，还是走进海里，她笑，他不小心几乎跌倒，她止住笑，赶紧说："小心！"

一切恍若隔世，他开着车，经过那片天体营，连看也未看一眼。

车子转了好几圈，才找到一个停车位。我突然哭起来，不肯下车。他什么也没说，关上车门，只管朝前走，小姐姐拿着手提包，也跟着他走开了。我在车里看着他和小姐姐朝海边走去的身影，天上的海鸥疯狂地叫唤，他们离我越来越远，渐渐与海融成一体。

六年前我与他蜜月时来这海滩，我们在雷声轰隆乌云狂卷向我们袭来的当头，手拉手，一起朝安全之地奔跑。可是现在风平浪静，我却看不见我的丈夫了，我感到自己失去了他，他也失去了我。

5

自从我十八岁离开家后,我从没把自己的事告诉过母亲。并不是害怕母亲不理解我,只是觉得母亲知道了,会为我担心。我把可以给她看的一面给她看,不能看的一面都遮起来。

可是母亲,终究是母亲,在她的眼里,关于我,什么都难瞒过她。手背手心都是肉,哪个母亲不疼爱自己一声声撕心裂肺般痛生出的孩子。孩子彼此有攀比,母亲爱谁多一些,谁更受母亲关注。母亲爱我的方式,一向被压抑,一向被曲解。我呢,本应与母亲走得更近一些,可是却不,如同她的其他孩子一样。

时间再往回返,1996年夏天我从伦敦回到重庆与父母住在一起,时值我的自传《饥饿的女儿》初稿快杀青,不过我还是抓紧时间每天工作在上面。天气一天比一天热,重庆许多厂子里发不起工人的工资。有杂志社将一个中篇小说的稿费寄到母亲这儿。我因为才做了人工流产手术,母亲不让外出,她说她去邮局取。第二天清早她戴了一顶草帽出门,可是到了傍晚也没归。我一会儿跑到阳台上看中学街,有无母亲的身影,一会儿跑到前面走廊看。父亲在他的房间里更是坐立不安。

这么热的天,七十三岁的老人,到邮局,一个多小时爬坡下坎,会不会中暑?

太阳都下到江心里了,母亲才回来。我对母亲说,我和父亲都着急坏了,太好了,你终于回来了。我把一杯凉茶递给母亲。她把稿费交给我。

我收过来,发现她不高兴。就进到里面房间,从皮夹里取出一些钱,放在一起给母亲。

母亲不要,我非要她收着。她说这么多,那我给你存着。她喝完水,这才说她去了江对岸朝天门。

父亲摸着从自己的房间走到客厅,坐在沙发上。母亲说:"朝天门马路上坐满了我们退休的人,我们很齐心,好些人同情我们,也加入静坐。"

我本能地朝窗外看,江水浩渺,还是能看到朝天门,老头老太太顶着烈日坐在发烫的地上示威。母亲也在其中。她从邮局出来,就坐渡轮到了对岸。她遇上了王桂香,以前在船厂一起抬一根杠子的人。

王桂香比母亲小几岁,父亲解放前在警察署当过文职官员,解放后被抓起来,关了三年,划成分为官僚。父亲被勒令到边远农村当小学老师,郁郁寡欢,很快得病去世。她丈夫是个技术人员,在五十年代大鸣大放时给党委书记写大字报提意见,历数二十条我党的不对,被投进石桥的孙家花园省二监牢二十年。里面有工厂,专做电扇的配件,他在里面也是做技术员。后来因为犯人出逃与他有关,罪不可饶,被加刑枪毙。母亲说,那段时间王桂香寻死好多次,都是母亲守着她。母亲与她同病相怜,成为好朋友。

"没人中暑吗?"我问母亲。

"有。好在医院不远。我和你王孃孃热得头顶都冒烟。单位领导黑心肠,好几个月都不发工资。我们很气愤,隔三岔五跑么远的路,过江过水去问,还遭个个白眼狼一顿训孙子似的臭骂,说我们是老不死的,吃饱了饭没事情干,像欺负二岁娃儿!工资没有,生病报销更没有，有个得肠癌的老工友，没钱住院，硬是活活把人往死里逼，一头撞在医院大门，没了命。"母亲说怕我们担心，她就回来。"王孃孃还在那儿静坐。这些当头头的真是作孽呀！"母亲唉声叹气。

我真是小鸡肚肠，母亲进门把稿费交给我时，我还以为她是为我接过来不快。母亲到厨房做晚饭，我过去帮她，她让我回里屋去继续写。

母亲一直不知道我在写什么，她识字有限，我记得她有一个红色硬壳笔记本，该是我生父送给她的。她在上面记了好些东西，每月生活花销，哪个孩子外孙生病看病，用的草药方子。字迹很草，要使劲认，才可猜到大半。后来这本子再也没有见到。

那时在南岸母亲的卧室，我经常写着写着，因心里难受而停下。母亲不到我跟前来，她放一杯茶水就离开，关上门，有时她想进来取东西，在门缝里看我，若是我没写字，她就推门。算一算，写这本自传花了一年，与母亲和父亲住了差不多两个月时间，也是成人之后，与他们住在一起最长的一次。书稿先在中国台湾出版，得了当年最佳书奖。母亲也没有看到这书，父亲也一样。

2000年《饥饿的女儿》这书才在国内出版，一时成为普通老百姓的代言书，受欢迎的程度超出我意料，尤其是在书里所写的天府之国四川，人们口碑相传，报纸纷纷转载。记得在重庆和成都两地书店签售时，读者送我金项链，读者大呼我的名字喊万岁，解放碑新华书店门前排了长队，挤断了路，弄得警察都来维持秩序。弄得当地作家嫉妒，到有关部门去抗议，说以后再也不要准我来签售。读者私下到我住的锦江饭店结了我的账单，还有读者送好些水果到饭店，并要开车送我回重庆。

大姐首先到书店去买了一本,生气地拿给母亲看,并把有些段落一个字不掉地读给母亲听。母亲听得双眼发红,手里紧紧捏着手绢,却什么话也没说。三嫂和二姐异口同声都对母亲说:

"不要算世界上有多少国家人在读,就我们中国,十三亿人在读六妹那本书,那些脏事,上了电视报纸,哼,还是脏事!有什么了不起的?她不脸红,我们还脸红呢。"

母亲见到我只字未提,大姐却把家里发生的事一五一十讲了,讲得头头是道,最后,当然是怪我不该写家里的事,对我对这个家都不好,但这次她不加入他们的队伍。

我问她:"为何这次对我网开一面?"

她说:"担心你找我还开皮鞋店的钱。"

大姐坦率得可爱。

我心里不止一次在想,要把书念给母亲听,可是没有做到,每次都因为有人来而打断。父亲过世后,我到父亲的坟前烧了一本书给他。

没有我,这个家就会好过一些。也许父亲希望我病死掉?我不知道。有多少次他可以悄悄地把我闷死,像街上有的人家,把养子虐待到鞭打至死。但他没有。

幼年时,我常重复做同一个梦:父亲是一个持菜刀的人,有时他就躲在我的床下。我的父亲对我既是威胁,也是个谜,我害怕他,又想接近他。有一天夜里我大叫着醒来,心里嚷着:"父亲不要我!"却一个字也说不出,只有哭,每个人都被我恐怖的哭声吓醒。

父亲在另一张床上,安静地说:"都睡吧,天就快亮了。"我一次次给自己解释,父亲手持利刃躲床下,难道不是想保护我?我渐渐长大，以为这样的解释，站得住脚。

我是一个没有父亲的人，我没有对母亲说，即使在对父亲生气时，我也没有向他表示一点内心的焦虑和受伤。从小到大，父亲几乎没有对我说过重话。有一次，我与三哥都从江边浑身湿淋淋地跑回家，看见父亲在院子大门着急地叫我们的名字，我一下子停住，三哥把我推到父亲跟前，父亲劈面就是一耳光甩过来。我痛极，却一声不吭地捂住脸。父亲一定是把我当作三哥了，他眼睛本就不好使。如果不是这样，那他肯打我，就是亲近我。父亲一直比母亲在我生命中重要，我的初恋，与历史老师的交往，那第一次性经验，就是我缺失父亲的证明。我不是需要一个男人，而是在找父亲，我想要人来爱我，不管多不可能，不管多大危险，甚至得付出一生的代价，要做出一生的牺牲，我都想要一个父亲。这也是我以后与男人的关系，全是建立在寻找一个父亲的基础上，包括我的婚姻，所以，注定了我会比世上任何一个女人都失败，注定了我会比世上任何一个女人都不幸，并且会被伤透心。想想，我是多么畸形之人，因为我天性残缺。

父亲到死也未说我不是他亲生的，另一层意思就是表明在他的心里我就是亲生闺女。他守口如瓶，不戳穿那层纸，是不想让我在家里社会上感到难堪。"私生子"这三个字，对任何人来讲都不是一件容易过得去的事，尤其是幼小心灵有伤疤的人，长大后一旦知道这种身世，宛如八级以上大地震，世界由此改变颜色。那些父亲忧郁的眼睛看着我的日月，其实都在担心我。一直到他生命结束，父亲也在爱护着我这个他妻子和别的男人相爱生的孩子。

第五章

1

母亲从未给我打过电话,因为她不知晓我在哪里,我的电话是多少。她做过关于我的梦,都是我背着一个旅行包,浑身是汗,在辛苦赶路。"我的六姑娘是一个在路上的人。"这是有人向她问起我时,她说的话。

我长年在国外,几乎每到一个地方,都会给母亲打电话,告平安,问候她。可是近几年,给她打电话少了。小姐姐倒是经常从伦敦给母亲打长途电话,然后小姐姐告诉我母亲的情况。

一个多月前,我坐在手提电脑前,窗外是连绵的青山。那是一个小旅馆,位于意大利中部深山,海拔很高,几百年的松树雪杉成片,房子更古老,生有藤壶爬满常春藤。此地开车不到一个小时有温泉,也离海边不远。

来这儿旅游的是知根底的意大利人。餐馆的厨师做过威尼斯著名的哈利吧餐馆大厨,那地方菜好价贵,海明威在那儿夜夜用酒浇灌自己的灵感,创作《过河入林》。因为经常酩酊大醉,这小说是他所有小说里最糟的。

我写了大半年的小说,讲旧上海一对少男少女与魔术的故事,这小说曾一再中断。在意大利深山里,我渐渐安下心。

从7月到8月,正值意大利节日,每晚山下广场里搭台演出,吵闹非凡。我在旅馆的电脑里查看信件。邮箱里有近千封信,大半是垃圾。二姐的儿子写给伦敦小姐姐的女儿的信,是抄送给我的:

妈妈要我转告你们,外婆已经卧床不起了,半个月都没吃什么东西,就喝点牛奶,在住院。妈妈说是因为想念你妈妈和六姨,每天都念念不忘,请设法转告她们。

我坐上老式电梯,往自己房间走。

我拨了母亲的电话。这儿是凌晨一点,中国正是上午。照顾母亲的五嫂接电话,说母亲住过医院,刚回家,却不吃饭。我让她把电话给母亲。

母亲问我在哪里,说好想我。

我说我在意大利深山里,要9月初才能写完小说回中国。

母亲说:"六妹,我等你。"

她这话让我心非常不安。

第二次通话时,母亲说:"我吃了东西,六妹你早点回来吧。打电话太费钱,妈妈知你在外好些事都难,自己要照顾自己。"就搁了电话。

我放下电话来,发现自己的双眼不知不觉湿透了。

2

与母亲通完电话的十天后,我飞回北京,来不及休息,马不停蹄地飞回重庆。

邻居们看着我上楼梯,悄声议论。我推开门,穿过客厅,到母亲卧室门前,她双眼深陷,脸几乎都脱了形,从床上坐起来,痴痴地望着我。我眼泪往外涌,赶快扭过头去,再转过来时,朝母亲露出笑容。

母亲说:"是我的六姑娘回来了!"她朝我笑,重新躺下。床往中间陷得厉害,使她变成一小团,那个曾经靠自己的体力辛苦挣钱养活这一大家子的母亲,不见了,脸色苍白,头发零乱地飘在脸颊,病歪歪躺在床上,不能做饭洗衣,甚至吃饭穿衣都困难。

床上堆的东西太多,什么衣服枕头毯子,旁边的旧竹椅上也同样堆得满满的。那天晚饭就五嫂、我和母亲三人。

五嫂把母亲的饭端到床边,喂她,她一口接一口地吃着。

"妈今天胃口比平常好。"五嫂说。

床边的桌子,也是1996年我回家时买的书桌,我坐在上面写关于这个家的书,桌上放有一个大框子,有纸壳包着,背着人放,沾满了灰尘。左墙上是父亲的遗像,二十来寸,也蒙了灰尘。

1999年夏天父亲过世,是三哥三嫂选的父亲的照片,去照相馆放大。八十来岁,有零星的胡须,下巴也有胡须,可看到眼角脖子的皱纹,一个经历沧桑的大好人。印象中父亲眼睛比这照片亮,透着睿智、善良和包容,很像他的为人。

那天天黑得早,刺眼的灯光下,房间乱又脏。我先是把不太需要的被子毯子等东西放入衣柜。我拎来一桶水,用抹布擦桌子,想将包着的纸壳拆掉,看一眼母亲,她沉静地望着窗外。母亲既然背着框子,还留有纸壳,就是不想让人看。那我应尊重母亲的想法,不要撕掉纸壳。于是,我只是把框上的灰尘擦干净。

五嫂起码有半个月甚至更久没有做过清洁卫生。窗框和窗帘黑灰积了一层,取下窗帘放到洗衣机里。阳台栏杆上有一盆小桃红和一盆茉莉,焦黄枯干,顶篷也烂掉一块,漏下雨水的地方长有青苔。一角堆有竹床和烂木柴,还有些破烂的塑料布,铺有厚厚一层灰。母亲房里旧式箱子有三个,整齐地叠放在墙边,搭了由浅到深的红布,也有一层灰。小时觉得那些箱子是神圣不可侵犯之地,母亲每次拿东西后,都再上锁。有一回大姐趁家中无人,拿来家什把锁扭开,装了一背篓的东西走。事发后,母亲骂大姐是不成气的败家子,永远长不大。

靠床的写字桌,也是脏黑油污得要命。抽屉里更是又脏又乱,什么瓶子小缸子,米花糖半截,几片饼干,一堆旧报纸,一看全是1996年夏天,那是我住在家里看过的旧报纸,妈妈留着没扔,还有铅笔圆珠笔纸片、一块香皂末、一个旧夹子、橡皮擦和涂改液。我用抹布将没用的东西裹起来。

"六妹,不要扔。"母亲说。

我看看她，把那些东西放回抽屉。

"以后你回来写东西，那些东西还有用。"母亲说。

"这儿这么乱，这么脏，我会在这里写东西？"我不带好气地说。

母亲想说什么，却止住嘴。

"妈，你怎么不叫他们打扫一下，动个嘴都不行吗？"我来火了。

母亲只是看着我，并不回答。

五嫂走进来："六妹，我来打扫吧。"

我说不必了，都快做完。看着母亲的床单被子全脏了，便问："有没有干净床单？我们来给妈妈换一下。"

五嫂拿来干净的床单被套，我把母亲从床上抱起来，她很轻，怕最多只有八十斤。她睡的地方，床单上有块污迹，凑近一闻，臭哄哄的。我马上察看母亲的身上，她的裤子，边角都有屎，包括她的手指甲也有黑绿色。五嫂换床单被套枕头，我替母亲脱掉脏衣，才把母亲放在床上。我打来一大盆干净的热水，帮母亲擦洗身体，用香皂洗手指，换上干净的睡衣裤。我边做边生气，母亲起码应该哼一声，说一个字："换！"五嫂平日在做什么？她做过商店售货员，但是做不久，就辞了，一直在家做专职家庭妇女。老院子拆了重建，搬入这新楼，我负担父母的生活费及照顾他们的人的费用，还管母亲生病医药费等开支。先是三哥三嫂照顾，后是大姐的女儿小米照顾，再是五哥五嫂照顾，每月两千五百元。倒是五哥体谅我，说不必要这么多，反正母亲会交她的退休金大部分给他们，他们需要钱时向二姐要，钱由二姐掌握。

从小我就知道母亲最爱干净，有洁癖，她周末从船厂回家，我和小姐姐周五就做大扫除，把家里床柜擦干净，洗衣水不倒掉，留着洗桌椅。现在母亲能这样住，一点怨言都没有，看来人老了，性格和习惯也变了。

当晚，我要回到二姐家。母亲有些惊讶，她从床上半撑起身来，看我，仿佛在问为何我不和她睡在一起？

为什么呢？床有母亲的大便小便臭，我受不了？我说我的行李在二姐那儿，二姐那儿能上网，我第二天再回来。

母亲接受了。

第二天，大姐二姐三哥及小辈们都来了。母亲倒是很高兴，饭量也好多了。吃完饭，几个儿女坐在母亲的床边，说到她便秘，有时几天拉不出大便，急得团团转，最后得用手指抠出来。大姐说要去买一种通大便的中药，也可直接涂抹，几分钟可通便，解决问题。不过母亲从卧室到卫生间距离太远，她的力气只够在房间里扶着家具走。所以，让三哥去买一个坐上去舒服的便盆，再买一把摇椅，把阳台清洁出来，母亲可坐在那儿透气。

母亲的存折被偷后，为了安慰伤心的母亲，我寄给母亲两万，放在母亲账上。之后又转了一些钱到母亲账上。家贼难防，怕出意外，母亲的存折由二姐管理。二姐说："用那存折里的钱买东西吧。"

"放在那儿，总有用处。"我说，从钱夹子里拿了五百元给母亲。母亲放在她的裤袋里，说要交给三哥买摇椅。

后来我们吃饭时，母亲尿了，我们给她换下裤子。三哥看见了钱，就问："妈，是不是用这钱给你买椅子？"

母亲点了点头。

三哥就把钱拿走。

我没在重庆停留,马上回了北京。开始埋下头来完成小说,不久就到了9月21日我生日,想过给母亲打电话,但是忘了。之后打电话,母亲在那边说,她现在能吃能睡,不要我担心。我写旧上海的小说很快就杀青了,与出版社谈出版新书的合同相关事宜。后来听二姐说,母亲一直在找我给她的那五百元,说是不见了。三哥买来摇椅,母亲坐过一次,便不坐了。新便盆,她倒是喜欢。

3

在小米家睡了不到一个小时我就醒了,躺在床上,看着墙上宫崎骏卡通片的幽灵公主。现在想来,一个多月前,母亲房里那个背对着人包着纸壳的框子,就是灵堂前那张母亲早早备好的遗像。如果那时我好奇心更重些,就可发现这点,知道母亲准备好了死,就不会那样匆忙离开她,起码会待在重庆一段时间,也许母亲就不会死。白狼有幽灵公主这女儿,与之相伴相随;母亲有我这人类的女儿,包括我的两个哥哥三个姐姐和他们的儿女们,却没一个始终在她左右,实为无,母亲真是白养了我们这些无心肝的白眼狼。

我走到外间,桌上有两碗鸡蛋西红柿汤。小米换了一套黑底花的衬衣,仍是牛仔裤。她朝我抱歉地一笑,说是昨天剩的,希望我不介意。

我说:"当然,我们得赶时间,等下到外婆那儿去。"喝完汤,我的手机响了,一接居然是小唐。

我有些吃惊,他在电话里说,马上坐当天的飞机从南都市赶来,因为母亲的新房子需要他的身份证和本人到,才能办相关手续。

看来小姐姐打了电话,让小唐到重庆。我和小米离开后,姐姐她们到底如何商量如何安排,我不清楚。我有个感觉,小唐此行凶多吉少,她们不会放过他。

母亲住的那座建在原六号院子地基上的五层白楼,因为滨江路统一规划要拆,那地皮听说是被一个大房地产商买了。我去年就在南滨路上用全款买了两套两室一厅的房子,今年秋天可搬入,一套给五哥住,他照顾母亲,一套由二姐住,与五哥是隔壁,也好照顾母亲。按国家购房政策,得有中国身份证才有资格买房,经小唐同意帮助,用了他的名字。很巧在这几天交房,母亲却在这个时候去世。如果小唐不来,按房产公司规定,领不到房产证和钥匙。

我本来担心小唐不会来。

明显我的担心是多余的,小唐不仅要来,而且说母亲过世了,他要来送送。这话感动我,他没有小姐姐说的那么坏。母亲走了,什么事都该放在一边去,哪怕深仇大恨,几世恩怨,也不必在这时了结。美国电影《教父》里报仇时,也不是选在人去世时,也是在葬礼之后,比如喜庆或给教子洗礼神圣之时,该做什么就做什么。作古之人,享有绝对优先权。

我一回头,发现小米倚在厨房门,在听我与小唐的电话。我有点生气地看她。她忙说:"六姨莫怪,我好奇,啷个他对你就信任?"

我说我也不明白,大概是他的一种习惯吧。小米告诉我,过去一个月,小姐姐并非为母亲病重从英国回重庆,而是为了小唐。

小唐提前从英国大学退休回到国内南都大学当教授,小姐姐要陪他一起,他说他先去,等到那儿一切安顿好后,再接小姐姐去。但他到南都大学一个月了,没消息。小姐姐写电子信没回答,打电话没人接。小姐姐有个不好的感觉,小唐在躲着她,以前在伦敦那样说,只是为了脱身。她受不了这个男人的愚弄,决定亲自去南都市找小唐,讨个说法。可在南都市,小唐竟然装着不认识她,不让她进门,把她的行李往房外扔。一月前两人在英国还住在一张床上,走前还亲热。田田要和小姐姐一起送他,他呢,非要她一人送他到机场。进海关前,他紧紧地拥抱她,与她难舍难分地再见。她无法相信自己的眼睛,这是不是同一个人。人当着面,一般做不出撕破脸面的事。可是他就不理睬她,就当她一个熟人,也不会如此。趁她不注意,他溜掉,她没反应过来,等她闪过神来时,她就追了出去。他在大学校园里奔逃,她在后面亡命地追。

小唐不是棒小伙子,六十多岁了,跑了两百多米远,自然跑不过她,体力就不支,但还是不顾老命地跑。她看着心寒,就停下。回到他家,一股风当着她的面把门锁上了。她没钥匙,只得在门前等。殊不知一等二等都不回来,她打他手机,关机。她推门,没安保险门,那大学给小唐安排的住房,一用力门形就歪,锁就弹开。这一室一厅,五十年代盖的,有很小的厨房和一个蹲位的厕所,明显以前更烂,小唐请来几个工人装修过。

这种小地方鬼大学真是抠门,对著名教授如此贱待,她从鼻子里轻蔑地哼了一声,为小唐不平。小姐姐把小行李箱提进去,坐在凳子上,不知该如何办。小唐一心要离弃英国大学的教职,到这个鬼地方当教书匠混口饭吃,必是为了女人,她脑子闪过那个电话里的女人。心里咔嚓一下亮了,不错,就是那女人。也许就是那个女人叫他如此做。她怎么会没想到这点呢?这对狗男女早就有了计划,她却被蒙在鼓里,他只是为了表示对情人的一心一意,才对自己变成陌生人,一刀切绝断。她哭起来,哭自己好傻,一下飞机就投奔他来,哭自己孤单,哭自己总是遇不上好心肠的男人,他就是要与她分手,也大可不必逃开她,甚至不顾一切在校园里狂奔,她真的让他如此害怕吗?她手捶桌子,捶出了血,也感觉不到痛。

房里的小闹钟嗒嗒走着,大概过去了半个小时,她哭够了,这才发现手掌破了皮,用手绢扎起,起身给自己想倒一杯水,这时响起很重的敲门声。

她打开门。

门外是两个很严厉的警察,说是收到110电话举报,有人私自进入公民住宅,他们严厉审问小姐姐是什么人,要她去派出所受审。

小姐姐说自己是房主的爱人。两个警察一愣,互相张望。正在这时小唐一步跨进来,对警察声明他没有爱人,根本不认识这个女人。小姐姐一听火了,骂他没良心,有了新人,忘掉旧人,是个现代陈世美,接着一把鼻涕一把泪地说开了。两个警察听得一头雾水,什么英国人,什么结婚近十年,他们看证件。果然小姐姐是英国公民,他们又检查小唐证件,也是英国护照。

两个警察相互看看,说英国人的家务事不管,一摔手走掉。小姐姐上卫生间,出来发现小唐不见,天很晚了,这个人一定是躲到什么不太容易找的旅馆。小姐姐出外找了一圈,只得回到房间。这个城市没一个亲友,她只能打长途到重庆找自己的姐姐们诉苦。

第二天小唐也没露面,小姐姐到教学楼去找。找不到,她返回小唐住宅时,遇上他回去取手提电脑。她要他说个清楚,他让她去校外办。

他们一前一后去校外办。

你想用外人来压我,没门。小姐姐一气之下,对校外办说,小唐使用双重国籍,她和他是事实婚姻,弄得小唐恨不得从地面上钻个洞消失。校外办说他们管不了这个案子,但是小唐只能在中国国籍和英国国籍间选择一种,要前者,他就当不成英国外教;要后者,他就不能保留中国国籍,否则就违法,要受处罚。最后小唐说,大家都为他们的事辛苦了,中饭时间到了,他请他们去餐馆吃饭。可是在餐馆,点完菜后,小唐借上卫生间之名,自己一个人跑掉,弄得小姐姐还要付饭费。

小米一口气讲完,她对小唐充满厌恶,最后说:"我要有下一辈子,我要做个男人,做个样子给蔫样男人们看。"

小唐倒也未对我提过小姐姐在南都市的事,证明并非大事,当然他在忙着恋爱。他肯来重庆,也说明他并不怕与小姐姐再见。希望他们的关系不如我知道的那么恶劣。

小米问:"六姨,我们可以走了吗?"

我穿上鞋拿上背包,朝她点头。她拉开房门,走廊外有工人在搬床,卡在楼梯里。他们用衣衫擦汗,说:"对不起,等一阵子才能过。"

我和小米等不及,只好从床架下钻过去。

4

等不到三轮车,小米带我拣近路走。

石桥中心的水馆子,我十八岁过生日买肉包子的小餐馆拆掉,那个照相馆、百货大楼、体育馆广场和新华书店,统统消失无踪,记忆中的世界毫无痕迹可寻。临马路的高楼挂着各式广告,店铺里放着流行歌曲,商品插着打折的标签。

橱窗映出我的模样:穿着黑短大衣,黑发齐肩,一条绣花红裙边露在短大衣外,与一脸悲伤不相符。时间仿佛瞬间滑走,想不到已过二十多载。里面不断有人影经过我面前,那是他,鼻子挺直,眼睛专注地看着我,他朝我笑得有些诡异,仿佛是终于逮住了我:我成了一个扎着两个辫子,白衬衣黑裙的少女。

那年夏天很热,汗珠沁出额头。我有些害羞,却不能止住自己不跟着他走,天边的火烧云映照着我俩。广场上十来个人,正跟着音乐在学西方的交谊舞。他停了下来,看了一会儿,朝我伸出手来。"来,和我一起跳。不要怕,没有什么事可怕的。"

我果然胆子大起来,脚步移动,踩着节奏。"一二三,一二三,抬起头,挺起胸。"他看着我,笑起来。很害羞的一个女孩子,和生命里的第一个男人在跳舞,所有的人都不见了。突然音乐变了,广场周遭本来跳华尔兹的人,全跳起手脚大挥大劈的集体革命舞,他没影了。

他是我的历史老师,因为自己的弟弟死在"文革"时的武斗中,归为他的责任。他不负重荷,加之清查三种人——参加过"文革"派性武斗的人,他选择了结束生命。

这些年,我有意回避这个人,从不去想他埋在什么地方,当然也没有找过认识他的人。那么决然一了百了的人,可能他的家人不会留他的骨灰。

我相信人死如灯灭,另一方面,我不否认人死后,那些不安的灵魂,会向我们传达信息。一分钟前我在橱窗的玻璃里看见他,感觉他仍是从前的他,我也是从前的我,奇怪,他教我跳舞!他从未在大庭广众下这么做过。他的魂魄可能正巧在附近游荡,相遇了我,看见我的绝望,做了那时的我想他对我做的事。

一个女孩子该有如此虚荣心,在众目睽睽下,和自己爱的人跳舞。

这么说,我承认自己爱他,过去了这些年,我明白一个男人的爱情既能损害你的意志,也能温暖你受伤的心,即使他已成了一个鬼。

那么对我丈夫呢?

我看得远,看不到近,越近越拒绝回想,就像剥洋葱,眼睛被洋葱气味冲得泪往外涌。1997年之前的事,我脑子容易过一遍,1997年之后却不愿意去记住。似乎我们伦敦的家装了新式暖气片;从宜家买来地板,自己动手做,每个房间都铺上地板;窗玻璃全换上双层窗。不过还是装不了洗衣机，只能用手洗，大件和冬天衣服到洗衣店去。我是那种从心底深处不开心的孩子，带着对这个世界的抵触和不满长大，我的内心一片黑暗和孤独，我有理不饶人，心上有洁癖，极端追求美，为此，不计较得失，甚至当众不给他面子。比如他不说实话，我一眼看出，马上指出，一点也不留余地。他喜欢我穿性感，拍性感照片，可我愿意按自己的本性穿戴，不与他合作。我买一个结实漂亮的旅行箱，他认为那价格高，可以买好几个低价的旅行箱，非要我去商店退掉，而我不去。他说我哪像一个穷人家的孩子。几年下来，他用坏好几个旅行箱，我还是原来的那个，我会讥讽他。他受不了我，说我得理就饶不了人，毫无宽容之心。做个女人，我失败透了，周身上下全是缺点，我可以想到他对我有多么不满意。

我把自己锁在浴室里，整整一个晚上。他要我开门，我不开，我要他写出保证对我好。最后我们家浴室门被踢坏。我哭了，他并不劝，服了安眠药上床睡觉。我听着卧室传来的呼噜声，心头冰凉。原来婚姻如此，一个爱你的人会变得如此陌生。我走到镜子前，看自己，我从来没有像那一刻那么慌张，那么可怜，我看见自己整个灵魂在下沉，在做挣扎。从那之后，我不愿和他争吵，遇到发火时，一摔门就出去，一个人在街上没目的地走。他不会来找我，一直走到深夜，也没地可去，还没带钥匙，只能叫门。他早就睡了，他习惯吃安眠药几十年，叫醒了，会相当不快。

英国的心理医生说过一句话，震得我半晌未动："可怜的孩子，你得走出家，或许你可重新找到自己。"

我听从他的建议，做一次完全放松自己的度假。以前是随出版社宣传书旅行，每日从早开始接受采访，中间可能要去一个地方演讲，忙到九十点后才能吃饭，弄到深夜大家喝完咖啡才回旅馆。我乘欧洲之星从伦敦到巴黎，在那儿和老朋友见面；然后又乘火车到了慕尼黑，也是与老朋友见面，坐在宁静我的湖边，喝着冰啤酒，看野鸭展翅掠过水面。那时候我丈夫在哪里？

回到伦敦，正值自传《饥饿的女儿》英文版出版。之前《泰晤士报》周日版头版全页和第二页第三页连载，英国出版社做此书的宣传，上了不少书店畅销榜，销量当时超过还未全球热卖的"哈利·波特"一书。

悉尼作家节邀请我，恰好澳洲也出版我的自传。我记得那是个五月。从伦敦飞悉尼，中间在曼谷停留一下，再起程飞。整个旅程接近二十四小时。下飞机后，我以为有作家节的人等着接。我脚边是行李，看见另一个人也疲倦地等着，他在系皮鞋的带子，那是一双初看普通再打量一眼就非常别致的鞋。

他头发剪得很短，四十出头，高个子，身材非常匀称，下面是一条黑牛仔裤，上身是裁剪讲究的西服，没有打领带。他让我跟着他一起往外走，并把我的行李放在他的行李车上，推着车，自我介绍说他叫P，在一个英国大学当老师，写小说，也写诗。

他问我，我也简单说了。

这么说我们坐同一驾飞机，真是太巧。

天暗黑，四周全是旅客。没有车子等到外边，我们坐上一辆出租车,他把一封信给我看,是作家节让我们自己乘出租到作家节指定的旅馆。感觉没一会儿,就到了。旅馆大堂灯光辉煌,到处都是高大的花瓶插着鲜花,全世界各地来的作家都在这儿。有人把我们带到各自的房间,我的房间可以看海,出版社送了很漂亮的鲜花。欢迎卡日程表放在桌上。

这一觉睡得很踏实,早上我发现已有留言在电话机里,可是需要到下面去听。我下到大堂,P也在那儿,我说我需要听一个留言,他问要不要帮忙?我摇摇头。

作家节安排小面包车,大约二十来个世界各地的作家,上车。我坐在第一排靠窗的位子,P也来了,他问我能不能坐在我边上?我点点头。

他叫我的名字,我说不是她,而是她的妹妹,他笑了。他笑起来牙齿很白,非常迷人,敏感,富有人情味。不笑时,整张脸很忧郁,像在思索什么,和我很相似,那神态我已认识了许久,想必他也一样。奇怪,我英语出奇流利,平时不太用的词都跑到嘴边,这样一路说到风景区的作家营地。组织者拿着一张纸分配,一人一所大房子。我和一个印度女作家,住在有走廊相通的两幢房子内,行李也让放在房前。这时有人找我。我一看是中国时就认识的好朋友,她在这儿的一所大学教中国文学,按照我给的地图,自己开车来这个地方看我。

我把她带到喝酒聊天的地方,P在那儿,让我们坐他旁边,一直到吃饭的时候,换了一个地,他也没有离开我们半步。作家都回自己住所,我们三人还在喝酒聊天,他讲笑话,一直到深夜。我们一起往各自住所走,山上树林被风吹得哗哗响,沿着小径全是点着一盏盏小灯,到岔路口，月光下，我们道晚安，可是他走了十来步，折了回来，紧紧地拥抱我。我们互相看着，然后他掉头走了。朋友马上说，若是她不在，他会跟着我走的，他爱上了我。

我摇摇头，爱情已从我的生活中退走好些年了，怎么可能？

隐约可听到印度女人的念经声。那夜，朋友与我讲了很多在学校里遇到的不快，还有她译一本诗人的传记惹来的麻烦。

第二天一早朋友开车回学校。我和印度女人到房子周围转了转，好多大大小小的袋鼠，一点也不怕人，非常可爱。吃早饭时，没看见P，说是昨晚不小心吃大蒜敏感，身体不舒服。我们一堆人去看他。他住在小路尽头，不肯出房间。我们就让他的同屋代问候，离开了。

中饭时，远远地看见他，他脸色苍白，跟一个女记者一起，正准备开车离开。他看见我的行李，让人拿到集中地。

我们到了下午才坐同一个小面包下山回悉尼原先那家旅馆。路经一个葡萄酒厂，品酒后，每人都买了酒。澳洲出版社专门有一人负责陪同我，说是英国出版社女老板要来房间看我。

我住同一个房间，没一会儿英国出版社女老板来了，她是新西兰人，回悉尼算是回老家。问我，有认识的人吗？

我说遇见P。

她一听，笑了，明显彼此很熟悉。

晚上是会议开幕式，所有人都得去那儿。出版社女编辑建议我穿好看的礼服。我选了白礼服，短到膝盖，一双同色高跟鞋，头发梳在脑后。那是个酒会，女编辑把我介绍给好些记者和书店老板。我在那酒会上认识了很多作家、出版商和文学代理人,都与我喝酒,不知多少葡萄酒进入身体。我和一女作家正碰杯接吻,我看见消失了大半天的P,他穿着很讲究的西服,衬得他人焕然一新,眼睛热情地盯着我。我笑容满面地对他说:"真好,你在这儿,你愿不愿意和我一起吃晚饭?"

他说:"太荣幸,太好了。"

我已喝醉了。女编辑并不阻止。有书店老板要我们去,说是会将我的书重点推出。女编辑很高兴,我叫了P一起往外走。书店老板对我非常感兴趣,一个劲地给我说话,走了没多久,P把我叫了一边去,说他不喜欢那个人,能不能让他走掉。我看着P,点了点头。于是就对女编辑说了,她很不高兴。那个人走了,P非常高兴。

这一个晚上P都没离开我身边。女编辑把我们带到作家俱乐部,那儿已有好些出版商和文学代理人坐着吃饭,P对我照顾周到。晚饭结束很晚,我们被送回旅馆差不多十二点了,经过酒吧,他问我要不要喝一杯?我看着他热切的目光,摇摇头,不过我说明天早上一起吃早饭。

为什么不答应,一离开他,我就后悔了。这个晚上我睡不着,好不容易睡着,还是梦见和他一起,我们回重庆,一起找餐馆,这个他也不满意,那个他也不满意,我饿得厉害,可他还是不肯进一家餐馆。

我醒了,爬起来坐着,不可思议地摇摇头。当我来到早餐厅,他也到了,递给我一杯加冰的西红柿汁。我对他说了昨夜做的梦,他含笑看着我。有一个女出版商走过来说,她看了当天的报纸,祝贺他得到了一个载入英国文学史册的重要位置,她以开玩笑的口气,问他为什么会和我坐在一起?看起来两人非常熟。他说因为我是一个天才。

我也祝贺他，他显得喜气洋洋，这一天对他来说非常重要，他的生活从此改变。

这一天我要做两个演讲，还有好几个采访。他呢，会比我更忙。我们说好晚上见面，到时给对方打电话。

时间过得比往日都快，我回到旅馆房间已是十点半过了。我洗了澡，换了一身白衣，电话响了，却没声音。我到楼下发传真，上楼时，经过他的楼层，我一冲动就出了电梯，站在走廊里正在想要不要找他，他从电梯里出来，手里拿着传真，很惊喜地看着我，我们朝对方走去，拥抱在一起。

我们是鱼。我们需要水，他说。那时我不知道他的水是我一生存在的原因。那个神奇的夜晚，是第一天。以后他对我说，他什么也不缺，唯独缺我，他一直就在等我出现。我们一见钟情，爱情使我们重新焕发青春，我们睁开眼睛闭上眼睛、我们的声音、我们的举止包括身上每一个毛孔都散发着快乐的气息。

第二天我们各自有演讲，我去听他的诗朗诵，他结束后正好可以听我的演讲，然后我们分开半天，中间我们在会场见着，他说他等不及夜晚见我。这是最后一晚我们在一起。我很晚才回到旅馆。第二天天未亮我就起来，他给我穿衣服，扣纽扣。我得去墨尔本和其他几个城市做新书宣传，他将继续做一天工作，然后回伦敦。

每到一个新地方，我把他送我的诗集拿在手里，读每个字，都会让我快乐，就此之后，我不必用安眠药，就可入睡。我想念他，非常想念他，盼望早点结束这个宣传新书的旅行，早日回到伦敦，早点见到他。

回到伦敦，他早有一封信在家里等着我，说我走后，像是末日降临，更多的是说到读到我自传的感受，说这书可和狄更斯托尔斯泰的作品媲美等，他期待着和我见面。

我丈夫拆了这信，先看这信，当然明白是怎么一回事，神情怪怪的。隔了很久，他才说希望与 P 见面。我说我来问问。

P 说，他来安排一次聚会。

那是我得知父亲去世的消息第二天，我们去 P 的家。P 同时请了好几个他的好友，还有澳洲的那位女记者，正好也来了伦敦。我也是第一次见到他的妻子 A，她是一位传记作家、布克奖的评审。从他的诗里可以读出他对早年失去母亲的伤痛，他需要一位母亲似的女人，在他的生活中，A 正是这样的人。

看着P和丈夫在他家花园打乒乓球，我想丈夫并不想放弃我，P 也不想放弃妻子，我们彼此做情人？我不知道，我想不好，也不想往这方面想。

买不到机票回中国参加父亲的葬礼。家里人说，天气太热，父亲只能停两天就要送去火化。丈夫说奔丧有各种形式，你表达了就行了。我写了一遍长文讲我的奔丧，里面也讲到 P 。他以为我回中国去了。这段时间我也想远距离看看我们的关系。

我和丈夫看了好几个房子，对榛子街的一所连排房喜欢，那儿有三个卧室两个厅，前后花园，厨房有洗碗机、洗衣机和烘干机，花园很大，建了一个大玻璃房后，还有近百平方米的草坪，有两棵苹果树薰衣草绣球花。还有三棵高大的松树，很多玫瑰，一个放工具的小木房，有些年头了，显得古香古色。整个后花园与邻居的花园相邻，却没有一条小路可达到,很安全。这儿离地铁步行只有七分钟,附近有很多商店,还有个大图书馆。

我们马上拍板用我的小说的预付金买了这房子。办完买房手续,他急着搬家,我希望能把房子做地板、墙粉刷后才搬,装修一新后才搬。他不听。那一周我们搬家,布置房间,清理花园,累得筋疲力竭。他一向与我对房子的看法不一样,可是这次怎么一下就看中了,或许真是如他心愿,或许可能是因为P的存在。

我从地铁坐手扶电梯看到P等在那儿时,我感觉自己从地狱升上来,他一把抱住我。我们去唐人街吃饭,他一直在说他要和我私奔,只要能和我在一起。当他知道我买房搬家后,很不快。我们有一次去参加他的母校的活动,在他的老师家吃晚饭,一起去学校为他举行的诗朗诵会。回伦敦已晚,在火车上,他说我像他的第一个妻子,而且他的同事和老师都觉得像。他说生命太短暂,他要重新过一次,他下了决心,要离开妻子,要搬出家来,要告诉孩子们。他说在澳洲遇见我,像中了彩票头奖,他要和我生活在一起,他不能再等了。

A打来电话,要和我说话,我拿着电话,她说了好些P的惊人故事,我听着,没说话。这些事,之前P都告诉我。P知道后,说很庆幸我没有被A吓走,他找到一个可以和A对抗的人。

我去了加拿大开会,那期间丈夫的情人从中国来了,住进我和丈夫的新家。

同时P看中伦敦城中心不远的运河边一个旧工厂改建的公寓,有个好听的名字"鹰屋",空间很高,几乎都是窗子,成为伦敦比较时尚的住宅。P来不及等我回来，就决定租一套，他把自己的衣物从家里搬出到鹰屋。我回到伦敦，一切都变了。P全部买了新床及所有家用，他把祖父留给他的一张大古董书桌卖进古董店里，用那笔钱又添了一些家具，包括他的玻璃钢架写字桌、漂亮的地毯、仿古咖啡桌和一个现代屏风。

他要我搬去，要租一个面包车把我的东西全部装走，我没同意。丈夫那段时间很难过，我更是内疚，A 悲伤不已，她的父亲也在这个夏天去世。我两个地方住，在丈夫这里，我住顶层自己的书房，有一个沙发床。P 非常不高兴，他一直劝我搬走和丈夫离婚，他自己和 A 离婚。丈夫很支持我，他对他的情人说，若是我和 P 结婚，也算是一件大事，和一个如此重要的人结婚比跟一个英国王子结婚更让人羡慕。丈夫把这件事看得很重，与我办离婚手续，说我与人有奸情，快速送上法院，等着法院同意。

过圣诞节，说好P和A及孩子们过，新年之后，我们去西班牙，作为补偿。因为这是他告诉孩子们后父母分开另组家后的第一个节日。可是Boxing Day那天P因为想念我，中午跑到我的住所来看我，A知道后，与他大吵，一个杯子扔过去。她打来电话，不停地骂我。我放下电话，她又打来，不停地打。正好P在公寓里写作，她整个晚上都在发疯地打电话。

新年过完，我们去马德里，租了车从北到南旅行。他给 A 打电话，我给一个女友打电话，可是他生气，以为我是和丈夫通电话，结果我让他听电话，的确是一个女人的声音。我丈夫要让P 在这度假时让 P 润色我小说的英译，那是丈夫做的草稿。P 做着就很生气，认为我丈夫有意破坏他的度假。他说你知道一年我才有这一次度假，而且是第一次和你，可他要我们俩做这事。我当时认为P 不愿意做，和他生气。那天晚上是我们第一次争吵，我出了旅馆房门，拿走钥匙，房间一下漆黑。他出来找我，可我没出旅馆，而是跑到后花园里。等我回去时，他看见我，我们彼此道歉和好了。但是整个旅程都有A和我丈夫的干扰，可怜我们并未完全脱离掉伦敦那个大大的包袱。我对他说我就是做他一个情人，也是知足的，我不愿意他离开他孩子们，大孩子只有十五岁，两个双胞胎只有十岁，我不愿意他离婚。P认为我是爱他不够。

从西班牙度假回来，他显得很不开心。第二天一早他去看孩子们，我回自己家。

之后我们再见是在丈夫的学校，P要跟着我，听说我要见美国来的一个朋友，等他见到那个人发现是个女的，自己也觉得可笑。

鹰屋租期快到了，我们找了中介，在一个周末看了好几所房子，最后对Highgate一所公寓比较满意。这次我也下了决心和他搬在一块，他很高兴，建议我们去看了一部电影。我们有意坐上公共汽车二层，看伦敦街景，到了切林十字，电影院正在上演改自格林的同名小说《爱的尽头》电影。电影结束后，我俩都没说话，电影里的悲剧沉重地笼罩着我俩。

他周日去看孩子们。

可能是对未来的生活害怕，可能是丈夫的压力，可能是我并未准备好要做这样的变动，我在那个周日躁动不安，我收到P写来爱我的传真，说A有情人，情人送她一个大戒指。我心里很难过。我写了传真给丈夫，说一个人在这儿，P回家去了。丈夫要我马上回家来。他说正好我的小姐姐也在，他俩坚决要我离开P，要开车来接走我。

之后的一切都像中了邪样，那天半夜我一个人沿着运河走，一身是露水回去。早上我打了一个电话给他,他说马上赶回家,再去办事。我却写了一个长信给他,表示离开他,让他回到孩子们身边。我把信放在他写字桌上,头也不回地出了鹰屋。

我们是为了什么离开?我们到现在也没明白过来,什么大事都没有,只知道我们中间有他的妻子和三个孩子、有我丈夫,我们的心不像石头一样坚硬,我们想飞快地跨过去获得我们的幸福,我们没有做到。

有过多少次与他见面的机会,我都没有做,起码我可以再去那个公寓一次,我知道他在,但是我没有。他给我手机里留言,我没有打回去,他安排我与他介绍的文学代理人见面,要陪我,我没要他去。我走得坚决彻底,其实不是针对他,而是针对丈夫,针对伦敦,针对英国,我对自己这九年在这里的生活厌倦了,我要结束这一切。

很巧我的自传在国内出版,我要回北京。去中国使馆拿签证时,我给P打了电话,告诉他我要离开,他说我们要见一面,但是他晚上得去一个学校参加一个活动。我等了不到半个小时,他就到BBC旁边的教堂门前,到处张望我,我转到他背后,他一把抱住我,带我去旁边一个酒吧。

他买了两杯杜松子酒,放一杯在我面前,在我对面坐下,说他搬回妻子和孩子身边。他带来好些他以前送我的礼物,尤其是圣诞节时专门跑了好几个地方买的一件东方式的手织厚丝绸睡袍,我没有从公寓带走。他开始哭,我也开始哭,他掏出手绢给我擦泪水,说死后我们才发表那些为对方写的文字,包括两人一起译的我的诗集,否则我们彼此会受到不必要的麻烦,他经常受到记者的负面报道。

我们坐出租到Paddington火车站,又到酒吧喝了一杯,他高兴一些，不断地亲吻我，拥抱我，叫我要给他写信。我们一起朝火车走去，我们知道分别的时刻到了，他又哭了，我却忍住，目送火车朝前开了，泪水如雨点而下。那晚我就像一个鬼一样，一个人在伦敦游荡，到夜深才回到那本不是家的地方。

我去了法国南部玛格丽特·杜拉斯故乡参加一个文学节。P给我手机留言，他希望我顺利。从巴黎坐火车到那儿，旅馆是在一片小山丘上，可望得很远。我拿出相机拍了风景，躺了下来，盯着厚重的百叶窗，才意识到我失去了什么，在旅馆睡了八个小时，几乎错过晚上的演讲。那次有好几个中国作家去那儿，也从海外请了魏××等人。之后我去了瑞典国际妇女节，本来P说要陪我去，一起和诗人托马斯·特朗斯特罗姆见面，当然他不能来。我在开会期间，托马斯·特朗斯特罗姆要瑞典笔会安排我到他家吃饭，人们都很惊异，因为托马斯·特朗斯特罗姆从腿不方便、不能说话后，几乎少有外事活动。我去了他的蓝屋吃饭，陪我去的朋友在火车上对我说，听托马斯·特朗斯特罗姆夫人说我应该和男朋友一起去。朋友知托马斯·特朗斯特罗姆，想知道我的男友是谁，我只回答人生变化无常。

从瑞典回伦敦第二天我就飞到北京，租了一个朋友在西坝河的房子。

丈夫夏天放假也从英国飞来北京了。他说法院来信，同意离婚，但若是双方有一方反对，离婚不生效，若是双方都提出要求，法院可下达离婚书。他说放在那儿，我们仍是夫妻，他离开他的情人，情人正好回中国，他要我去和她的情人谈，买一个房子，作为补偿。可是情人不同意。那段时间他因为回国找教职不顺，总有人因为嫉妒他的学识而挡道，他很不快，旧事重提，数落我与P的事，把一切归于我的错。他说不想和他的情人在一起，当时是我把他逼到一个死角落，他没办法，而我呢，非要他和她，他才和她。

我们吵得很厉害，我说，你说她对你有意，从第一次见面就开始。你自己有主意，怎么怪起我，更何况我们之间的约定早就被你打破了。

他与我重新约定，我们一切从头开始。可是没两天，我发现他在和情人频繁通电话，我说我本来就不太相信你的话，这就证实了你就没真心过。他说他吃了安眠药，要睡着，拒绝和我说话。我要和他好好谈谈。他说P很自私，我说P说我一直受你控制，被你洗脑。他说了一句很难听的话。我气疯了，将床头柜上一个笔记本朝他身上扔去。那本子有一个硬木壳，他闪开了，反而击中他的左眼，他痛得大叫，倒在床上，一动不动。我给他的情人打电话，说："我把他打死了。"那边哭起来。他突然坐起来，去拿镜子看，我飞快地奔过去查看，他左眼乌青，肿着。他狠狠地看我，然后抓起电话打给外地的妹妹妹夫。我说最好不要让别人掺进来，要带他去医院看，他不再和我说话。我很难过，向他道歉，他仍是不理我。

清晨他的妹妹妹夫赶来，走上来就凶狠地指责我，然后把他接走，安排在侄女北京远郊的房子里，不给我电话和地址。我打了一串电话，在下午才找到他在何处。我坐了四十多分钟出租车去那儿。

他拒绝见面，我隔着门向他下跪，请他原谅我。

他还是不理我。我朝小区大门走去，又饿又困又气，突然昏倒在地，弄得保安路人围着我议论。他从窗子里看见,出了门,把我扶进房子。

他给我一杯水,我喝后,感觉好多了。我又请求他原谅。他好久没说话,也不谈我们的生活该如何办。不过他答应我过两天,就回到我租的房子去。

他要我陪他去见他的情人。当着我的面,他们去另一间房子上床。就此,我默许了他们的关系。

在北京帮助他的情人办理到英国的所有手续。送她上飞机后,我没有坐机场班车,而是决定走路。

沿着京顺路,我走得很快,没多久用尽力气,越走越慢,走了近三个钟头。刚认识丈夫后,他找来也是这地。整个京顺路两旁大树成行,不时有车辆自行车马车经过,我始终没有哭。我一直走到租的房子,进了屋,倒在床上,马上就睡着了。

第二天醒来,我去找房子,在京顺路边上的望京小区,有一幢尾楼正在出售,虽是毛坯房,一看房子,两室两厅两卫,方正亮堂,统统朝向花园,马上决定要了。这天是2000年9月21日,我三十八岁生日,我因此选了一个与生日一样的楼层和房号。这才是我在世上第一次有一个属于自己、可安放一张小小的书桌和躲避风暴的地方。

我决定住在北京,偶尔回伦敦看丈夫,住在那幢我用稿费买来的房子顶层书房里。

他说:"你从来就不是普通女子,你坚强,你聪慧,你容忍,你不会在意这些世俗凡规,再说你有完全的自由和时间,专心写作。在家里我与她是夫妻,对外我们是夫妻,我们事实也是,那法院的手续我们不去办理，我们在法律上还是。"

我说："我们是亲人，即使我有重庆家人，但他们不能与我思想上交流。说来可怜，茫茫世界，除了你，我没有别的亲人。"

他说："我永远是你的亲人。"

有这话，我已很感激了。没有一个男人会像P爱我，我也不会爱谁像爱P，我的私心于此：如果有他这么一个"丈夫"做保护，会避免男性对我的纠缠，我只想一个人生活。

没想到在北京一住，转眼间，六年过去了。

5

这些事，我同样没有和母亲说过。同样的原因，不是怕母亲不理解，而是避免母亲知道后担心。母亲从未问过我，你为什么回到北京住？不过她知道我买了房，把客厅装修成一个超大书房，有一大排书柜，两个卫生间，一个有浴缸大梳妆镜，另一个安了有蒸汽的桑拿。2001年，我请二姐夫妇陪同母亲来北京玩。她有好多时间问我，她却没有？母亲有一次来用我卧室的马桶。我有些不高兴，问她为什么不用她的马桶？她说，那个低一点。她说完转过身，走出去，把我的房门慢慢关上。

之后她再也没有到我这个有洁癖的小女儿的卫生间来过。

母亲可能是想和我谈谈，因为到卫生间必须经过我的卧室，我在里面写东西，那么那就是一个机会，和我单独说话。

可是我没抓住机会，和母亲打开心房，我错过了和母亲交流。若是我和母亲说说心事，说说痛苦，我就会好受一些，而我没有。母亲其实是看到我有多么悲伤，多么孤独，两室两厅的房间，除了阳台上有一盆高到屋顶的竹子，并没有什么家具，单人沙发，椅子一把，盘子碗是一个，茶杯也是一个，床头柜是一个，台灯是一盏，所有应该有两个的东西全是一个。母亲和二姐两口子来了后，我才去添了长沙发、三把椅子和碗盘杯子。母亲看到的我，是骨子里的我，并非外表装着快乐的那个假我。有什么事比亲口讲给母亲听，更让一个做女儿的感到快乐的呢？孩子未生下来，母亲就开始为她的一生担忧操心，一直到孩子长大成人，也不会有丝毫改变。

而母亲不明事由，那份担忧操心会减少吗？

不会的。我没有和母亲说心里的事，其实是让母亲更担忧操心。

P间间断断有信来，告诉我他的情况。他在我回中国后，去了一趟日本，他见到好些东方女子，但说那不是我。他想念我。我告诉他，我接母亲来北京度假，因为她来，我又买了一台空调和一张舒服的沙发床，北京天气连续高温，已有两台空调还不够。他说不能帮我分担这些责任，很抱歉，不过为我高兴，可以和母亲住一段时间。他说要和译我小说的译者见面，向她交代译这本书时须注意的许多问题。每每我写了一本新书，他都会祝贺。他记得我的生日，寄来卡，是一张雕塑家做他头像时拍的照片，他寄来出版社将他的小说做成的两盒磁带，说这样我能听见他的声音。

他有一次被媒体攻击，因为大学创作班里一女学生和他的感情纠葛，那女学生把事情弄到学校和报纸上去，弄得他非常狼狈。我写了信。他说不要相信她那一套，他在写一本书，回忆少年时，尤其是母亲骑马跌下住院到去世那段时期，那是他人生和写作最早的训练。

他后来有了新女朋友，又搬出了家，新女朋友出过一本小说。看着电脑下端网络信号闪烁，我的心仍是像当初一样痛，我做了一个深呼吸，以避免泪水流下来。我们生离死别，天各一方，时间越久越感觉到这点。

早上出门前三哥对我说什么呢？我想起来，当时，他声音放得很低，说是天气太热，儿女都到齐，明天母亲就可出殡火化。

我准备好和母亲说再见了吗？我准备好和过去一刀两断了吗？说实话，我心里没底。我想起自己在伦敦的夜晚穿越，走进多恰斯顿旅馆参加伍尔夫夫妇的霍加斯出版社举办的百年庆祝宴会，与英国所有的文化精英著名出版人电视主持人，政客们共坐一席，那正是《星期日泰晤士报》连续几个整版介绍我的书、《每日邮报》和好几份英国大报整版介绍，几乎所有的小报杂志都跟了上来，印有我一人高的照片和书封面，机场书店，甚至边缘的小岛书店都是。我终日辗转在机场、高级旅馆、饭店、电视台、各种文学节会场做书宣传，鲜花掌声簇拥。我敢拒绝欧洲出版社的名编共进晚餐，让我的译者代替我，我敢不听从有权威的杂志想拍的露身体的照片，拒绝采访，不按他们的时间进行推销我的书，我要求邀请我的机构必须是头等舱，作为条件。我真是吃了豹子胆。那是我一生的高峰，我多么不可一世，多么骄傲，万事皆顺，仿佛天下都是我的。鹰屋16号和运河都雾蒙蒙，水波随风轻轻摇摆。我们站在水边看鱼。鱼始终不显现。那条运河，永远停泊着一些不行驶的船，我在那条飘着花香的小道上,与心爱的人邂逅:我坐在椅子上,他突然看见我,蹲下来,说你真像一个逃难者。我就是一个逃难者,我逃离层层苦海,托着他的爱情向天上飞。

多么幼稚的我,愚蠢的我,不知天高地厚,不知有一天上天会让那一切离我远去,让我重新跌下深渊,比以往任何时候都跌得更惨,更不复人形,更找不到自己!我是活着还是死了呢?生活的残忍,从一出生,我该是领教过,该是比其他人更知其真面目,可是我不知。直到我躺在深渊底,发现只有无边的黑暗和痛苦时,才看清。

我是如此无用,如此孤独,身边连一只猫和狗都没有,更没有一个人!我想起我爱的人,在世界另一方,他会如何说,人只能自救。

我只得自救,一丝气息尚存,我得活下去,闭上眼睛,不顾一切地活下去,是不是?那我就得先从地底里爬起来,坐起来,再学会走路,一步步迈出深渊。是啊,相比P,我从未爱过其他人。我丈夫是谁?他从来都是一个陌生人,早晚我们得分手,只是时间而已。我借一个特制的时间透视镜来看他和我之间的关系,故意看轻他。这些年我离开伦敦后住在北京,从未想念他,我也是自欺欺人。朋友们评论他时,说他年纪那么老,思想教条陈腐不堪,为人骄傲,眼界窄小,一身匠气,脾气还固执,他毫无生活情趣,喝咖啡也是速溶,逢年过生日从未送人礼物或庆祝,与人交往,永远隔着一层心思,你想想你收过他一束鲜花和巧克力吗?他走路完全是一个老年人,身上气味也是老年人,手上皮肤都是老年斑,从不做家务事,睡觉打呼噜,不喜欢运动,不喜欢戏院影院餐馆,也不讲究衣着。

可是无论如何逃离他、周遭人如何评论他，我最终不得不承认，这丈夫对我而言，一直是作为一个父亲存在。你能对自己的父亲有选择吗？包括他的习性长相爱好，绝对不能。退一万步讲，只要他不弃你而去，他哪怕是一个杀人犯刽子手，他还是你的父亲。在我发现他又有了新的情人，却仍在对我忽悠时，甚至对我如同陌生人时，我想对他吼叫，把积压在心中的愤怒喊出来，我要告诉他，他这个父亲是如何失去了尊严，如何亲手把他这棵大树，从我的土地上连根拔掉，他有多残忍、冷酷，我是多么恨他，我今生今世都不要原谅他！

可是，我仍没对他叫喊。我在电话里，声音轻若蚕丝，一丝一缕清清晰晰：“我知道你做了什么，做了什么，我不知道该怎么办？"

我是一个没有心的人，他把我的心弄坏了。

要是那一刻我跑到重庆母亲跟前，投入她的怀抱，让心中的委屈和不平得到抚慰，我没有那样做；若是给母亲打个电话也可以，告诉母亲，或许母亲的一句话，就是一道神奇的药膏，把我被毁坏的心，凝结起来，也许会有奇迹，可治愈我，重新生出一颗心。可是，我没有那样做，因为一个没心的人，魂已不附体，形如走尸。

母亲，我该怎么办？

现在母亲已叫不应了，我才来问她。我只能恨我自己。

知道了母亲出殡的时间，那我等一会儿问问三哥他们，看还有哪些母亲旧日的朋友未通知。

手机振动，我一看是小姐姐的信息，问我在什么地方？要我赶快回去。不知为什么，我心里七上八下。

第六章

1

六号院子空坝里摆满花圈,延到院门外,见我和小米进院门,好几个人过来和我打招呼,面孔有点熟,但一时记不起名字。人比昨晚多,看来不断有新来的邻居和亲友。

我走到母亲的灵柩前,跪下烧香。

这很像我写过的一个短篇小说场景:所有的人都看着我,他们脸上挂着让我本能畏惧的表情。并非小说,在小时候,母亲牵着我的手,从医院打预防针回来。院子里的人认为母亲去和我的生父见面,甚至父亲也这么认为。

我不知,母亲也不知。堂屋成了邻居们审问母亲的战场,派出所年轻的户籍警也在,他们不依不饶,非要母亲说个清楚,我们到底去了哪里?母亲站在那儿,不吭声,当他们一齐狠狠地质问小小年纪的我,见了谁?我吓哭了。母亲看着我,突然像一头受伤的野兽叫了起来。

我更是大哭不止。

那一晚上,父亲叹气、沉着脸,吃了两口饭,就不吃了。母亲一看就把碗摔了。父亲收拾地上碎碗到房外,门外好几个看热闹的人,他们关心地问父亲,臭婆娘脾气这么大?石伯伯对父亲说:

"让这种不要脸的婆娘滚!你太纵容她了。"

父亲不言语。

母亲抱起我,就走。到了江边渡轮口,母亲哭了,自言自语:"我一向都忍得住,这回怎么不行了?你爸爸他没亲口叫我们滚,我们滚啥子?"但是她还是上了船。

我们换了好几路公共汽车,又走了好久的路,天漆黑才到力光幺爸家里。

那是典型的钢厂工人住宅区,一排排平房,挤在一块,经常停电。人们辛苦一天,早早睡了。夜很静,听得到院墙外动物园老虎狮子的吼叫。我紧抓母亲的手。母亲说:"老虎不会吃你,不要怕。"见我还是惊恐地看着她,她说:"放心吧,我的乖女儿,有我在,就有你在!"

我倒希望自己被老虎吃掉,吃掉就不会遭人嫌,也不会跟母亲有家不能回。母亲说有她在,就有我在!母亲的声音有一种刚烈劲儿,我不是太懂得,可听了这句话,悬来悬去的心一下子就踏实了。

力光幺爸是母亲第一个丈夫——那个重庆臭名昭著的袍哥头子的弟弟。当年母亲忍受不了袍哥头子的花花事和打骂,带着大姐从家里出走,东躲西藏,在江边靠给水手洗衣服养活自己。一解放,袍哥头子就被抓,后来死在大牢里。

母亲和力光幺爸往来不多,大姐特别认这门亲,她自个儿悄悄去。

力光幺爸点了煤油灯。他肤色黑黑的,矮矮的个子,只比瘦纤纤的幺婶高出一个帽头。他做炉前工,那是钢厂最累最苦的工种,费眼,平常也眯着眼看人。他和母亲没寒暄,从柜子里拿出一瓶五加皮酒,让幺婶去厨房炒两个鸡蛋当下酒菜。母亲显得比平常高兴,喝起酒来。他们说着一些人名,说着一些地点,他捶桌子,与母亲碰杯,险些把玻璃击碎。

他们一个字也没有提父亲,更没提我。

我睡在单人床上,那头是他家的女儿,跟我一般大。力光幺爸走近我,朝我俯下身来。我紧张得大气不敢出。他摸摸我的脸,身体凑得更近,我害怕极了,紧紧捏着被子,可是他停住,转身走出去了,吓出我一身冷汗。那酒气是香的,那眼睛红而湿,那笑容更有些莫名其妙,他心里如何想,我不知,可我害怕男人,长大了也不曾改变。

力光幺爸要去上夜班,我听见门哐当一声响后,拼命大哭。母亲走过来,哄我。

我哭着说:"妈妈,我要回家!"

母亲第二天上午就回了南岸,那天渡江轮船人不多,我看见有拉纤夫光着背在沙滩上,他们唱着歌,阳光把江水照得格外灿烂,母亲的嘴角始终忧伤地闭着,心事重重。父亲在半山腰上接住我们,他对母亲说,他有感觉,我们今天回来。

母亲不理他,他把手伸向我。父亲不是男人,但是母亲看了我一眼,我便把手缩回了,跟在母亲身后。

2

小姐姐用手机信息呼我回来,却没在六号院子的院坝里。我上五层楼,小姐姐也不在房间里。看到三哥和五哥忙着接待客人,我就下楼来,想帮着做点什么。这时,最里面的桌子的一个中年女人朝我打手势,如果我没认错,她是力光幺爸的女儿。小时她很好看,满眼灵性,现在一点也找不到从前的神态,脸上生着好些小雀斑。

我朝她走过去,她的声音过分客气:"嘀,大作家妹妹,我爸爸死的那阵子,可惜你不在我们国家,大姐以你的名义给我爸爸烧了香,还替你点了两首歌给我爸爸。晓得吗?他以前特别喜欢你,说你爱看书,总拿你来比我,让我好好跟你学。我哪能学得到你半分?他也不想想。"

我点点头,谢她。

她说她和妈妈来南岸转了好几路车,其他家人有事要等晚上才来。

我问她是否还在钢厂上班?

她说她现在靠打麻将养活自己,钢厂裁员,不太需要女人,过四十就下岗,找不到工作。

我好奇了,打麻将能养活人?就问了下去:"那你一天能挣多少?"

她说运气好,可以有五十元收入,运气不好会赔掉三十,甚至一百多块。她呀运气一直不败,所以一月下来,有一千三百元左右收入,只要不吃山珍海味、穿锦衣,不旅游,不进电影院,没孩子供学堂,不孝敬母亲,就够了。

正在这时,有人重重拍拍我的背,我转过身。

是大姐,她凑在我耳旁说:"我没告诉他们,你跟小米走了。大姐晓得保密,凡事长了个心眼。"

她神秘兮兮地让我跟她走一走,看看老粮食仓库。

于是我们走到六号院子残留的老院墙底,以前的粮食仓库全是杂草,房子烂朽,碎瓦碎砖,破麻袋间有老鼠在钻来钻去。水沟里的水哗哗响,往江里流淌。

大姐说她打电话给亲戚朋友。

"妈和他们关系好,以前都或多或少彼此帮过,得让他们来和妈告别,妈也欢喜热闹。只是妈的好朋友王桂香家没人接电话,莫孃孃一家也通知不到。不过呀,三弟掌大权,接红包,但愿他好好记账,每分钱都花在刀口子上。"

我说:"大姐,你做得对,我在路上还想着这事呢。"

母亲以前对我倒是念叨过,若她的天日到了,只要办得跟父亲的丧事一样,叫一个乐队来,亲朋好友聚一下,吃吃盒饭,把她送上路,她就安心瞑目了。于是我问大姐,有无乐队?

大姐说:"大肚猫办丧事是一条龙,当然少不了乐队。"

大肚猫手里拿着墨瓶和毛笔,朝我们走过来,说晚上乐队会来。我放了心。

院门外的空坝已搭好铁筒炉子,大师傅生了火,已在准备主客们的午饭。

"好好,乐队得像样子才行,否则我会不依。"大姐对他用很厉害的口吻说。

"大姐不要操心,这次我特别请了重庆市最牛的乐队。"大肚猫说。

大姐转过脸来,言归正传:"六妹你给听着,小米的话,你一粒芝麻也不要拣来信。"

"你是当妈的,高姿态,下个矮桩,和她修好。"我劝道。

"你不晓得,这个蠢女,死脑筋一根。"

大姐哇的一声哭了起来:"你晓得吧,我为啥反对小米交的男朋友,因为他没工作不说,还吸毒!靠打麻将为生赚几个零用钱。看到小米是南下深圳的背景,认为小米是大款,就傍了她,讨她的好,吃软饭。跟好人学好人,跟着鬼就走鬼路,小米变得跟他一样好吃懒做,不再开发廊。我这个做妈的都快急成神经病。六妹呀,我俩亲姐妹一场,就不怕说丑话,想想小米吧,有一个私生子要养,还养一个吃白粉的大男人!这样坐吃山空,人就得喝西北风饿死。你晓得吗?他们半夜三四点才回家,做男女之事做得打雷下暴雨,阵仗翻天。大白天呢,当死猪睡,睡醒就去吃火锅,不管小孩子教育,满嘴社会上的脏话,还以为时髦。他们这般不求上进,对小孩影响糟透。说了她,她不服,与我对吵。都是他教的。你姐夫也生气,不让那臭要饭的半夜上门,他居然说,只有小米才有资格让他不进这房子。水火不容啊!"

我递给大姐一张纸巾,她擦了鼻涕眼泪,说:"这不,坏人有坏报,那吃软饭的家什,居然白天走夜路,撞上鬼,去卖白粉!交狗屎运了,一做这门子生意,就被抓住,要坐五到七年牢,幸好他未参与团伙贩卖制造,否则得坐十五年鸡圈,或是吃枪子。小米痴了心等他。六妹呀,大姐我现在信上帝,做善事为主,可是小米啥也不信,就信那个吃软饭的鬼男人。你得劝劝她不要等,自己找个好男人,过日子,省了我当妈的一片苦心。"

小米今天给我讲她的事,让我在国外替她另找一人嫁走,倒也没傻了吧唧地等男朋友。我对大姐讲了,大姐脸上马上露喜色。

"她真的是这么讲的?那六妹呀,你得帮帮她,帮她就是帮大姐我。嫁个老外多好,搞不准还会接我到外国走一趟,享享洋女婿的洋福。哈,你大姐二辈子也没有玩过出国的格,谢谢上帝,定是这回信上帝信出名堂来!"她闭上眼画起十字,祈祷起来。

既然小米男朋友吸毒,未必她不会。出于担心,我问:"小米吸白粉吗?"

大姐一愣,马上说:"她?她哪个会,绝对没有。"

我说:"大姐呀,妈妈的葬礼,不要有什么出格的事发生。"

大姐马上说:"对的,那样对大家都不好。"

3

来吊唁母亲的亲朋好友,都说母亲寿终正寝,好福气。如果我问一问姐姐哥哥,他们也会这么看,我之前也这么看。可是想到棺材里母亲那骨瘦如柴可怜巴巴的模样,我没法这么看。

母亲临死前,尤其是在1999年父亲去世后,她到底过得如何?始终让我牵肠挂肚。问大姐,她会说的,啥也不问,她也会说,她说五嫂二姐他们对母亲如何不好,如何让母亲恨不能马上从家里搬出来,和她住在一块。

有时大姐就像一个打小报告的人。我本来不喜欢,但听她说,可以让我了解家里发生的事,明知偏听偏信盲目,就是未制止过她。有一次我回重庆,她拉我到母亲房门外,往周围左瞧右瞧,再清清嗓音,低声道:"知道吗,六妹,妈这些年一直和你生父家保持着联系,没断过。"

"他去世了,怎么联系?"

"我说的是他家里人,不是那个死人。"

看到引起我注意,大姐这才开讲。有一次生父的什么亲戚,带着水果来看母亲。当时三哥来看母亲,进门就撞见,母亲一介绍,三哥就请他们开路。母亲非常伤心,说:"三娃子,你出口伤人前,好歹问我这当妈的一声。若是你爸爸在,你爸爸也不会准许你这样做。面子上要让人过得去,人家是好心来看我的。"

三哥说:"你以为他们是来看你的,才不是,那是冲着六妹来的。看到她现在是一个名人,才来认这门亲。"

大姐说,三哥说得对。以前这些人没来过,妈心眼儿太实,不懂社会上人变化快,人都实际得很,妈还给他们泡最好的云南沱茶。大姐看那一家子心里就有气,三哥不赶走他们,她也会赶走他们。

有一度姐姐哥哥们认为我回国带了一台特大的彩电给生父的两个儿子,也就是我的弟弟们,还给了他们英镑。一时家里平地风浪起,埋怨加质问,母亲夹在中间,左右不是人。

不必多想,就是大姐造的谣。

因为母亲对她说过,我去看生父的母亲——我婆婆的事。

那个夏天,母亲告诉我婆婆在七星岗的地址,我一路找去。街上灯光昏黄,虽是城中心,也跟南岸一样既潮湿又肮脏。天热,茶馆重新开张。寻石梯朝下,拐进窄小的过道,上梯子。麻将桌边,所有人全像鬼魅。

我摸黑到顶楼,里面确有一老人,她呆坐着,尖下巴小眼睛。点的是15瓦的白炽灯泡。我问婆婆的名字。她直摇头,不认我。房内有一窝白猫,木梯上也有好几只猫横竖躺着。我怕踩着,惊慌地下梯子。

在整条小巷跌跌撞撞找了个遍,也没有我的婆婆。认命吧,还得让母亲领我。

母亲第二天带我去,就在那个猫主人隔壁。婆婆长相与猫主人两样,大眉大眼。老远一见我,就迎出,伸过手来把我握住。

我把婆婆和小姑,还有小姑的独生女,带到她们住家附近一家看上去不错的餐馆。我告诉婆婆,我既不跟养父姓,也不跟生父姓,我跟自己姓。

婆婆连连赞同:"好好,跟自己姓。"

那天,婆婆哭了,说她好想念我的生父,要是他在,看到我们在一块吃饭,该有多高兴。小姑在七星岗一带做马路清洁工,晒得很黑,不多讲话。她也喜欢我,呆呆地看着我。那独生女正在读初中,当着我,对小姑态度很凶,很看不起她当扫地工。

第二年我回重庆,母亲说:"六妹呀,你婆婆走了。"

母亲告诉我,在我看望婆婆不到半年后,婆婆生病送到医院无钱做手术,一拖延时间,就死了。我哭了。虽然她曾经在我婴儿时,见过许多次,但我记得的唯有这一次。与生父一样,似乎注定一次就是一生。

母亲看着我,我知道她还有话。果然她说,婆婆死后,有一天小姑在扫马路时昏倒在地上,被送进医院,说是癌症晚期,跟着也走了。

我脸色发白,连忙问:"小姑的女儿呢?"

母亲叹口气说:"本是离婚的,由妈照顾,现在由爸爸管,那儿有后母,日子肯定不好过。"

记得那次见婆婆之后,我去乡下为生父建墓。母亲知道后,看着天上的细雨,紧紧地握了握我的手。"天在下雨,下雨好,适合移坟!"母亲说。

我天亮前动身,感觉自己在背叛父亲。经过他房门,我不敢正视他,哪怕他所在的方向。

经过早市,我把一篮子马蹄莲都买了。

在石桥广场等朋友的车,车也是白色。

生父的坟在一片半山腰的荒地上,说是坟,不过是在骨灰之上堆了个乱石堆。

道士先生作过道场后,生父的墓在清晨七点开建。

我把马蹄莲放在墓碑前。只为了顾全另一家子,生父的另一个妻子和两个儿子,墓碑上我只能用一个字——虹。

村子不大,十来户人家,有池塘和竹林,山坡上开着紫红的玫瑰。村子里的人看热闹,竟有三人站在雨中与开车送我去的朋友闲聊。

"那真是他的女儿啊?"

"长这么大。"

"这女,命真惨,爸穷得要命,到处欠债,还得悄悄付她的生活费。真不容易,长这么大。"

我见到生父的妻子,很老实的农村女干部,身体很结实,一说一个笑。她对修生父的墓没有意见,说是一直没钱,心里内疚着呢。言谈中倒是高兴我能这么做,她给我看一本相册,大都是生父去世后,两个弟弟在外工作的照片。他们生得与生父有些相像,却不怎么像我,一个戴眼镜另一个偏瘦。那天她想做饭给我和朋友吃,我谢谢她。我的两个同父异母弟弟一个在深圳一个在重庆城里做事,都不在家。我留下在北京和英国的所有联系方式就离开了。

两年后我在重庆书店签名售书,读者排队,边上有些人站着看。有一个人有点眼熟,似乎是照片上一个同父异母的弟弟,他身边的女人抱着一个小孩子。我只瞧到一眼,他们便不见了。后来大姐说她就在附近,听到他们说,快去找姑姑给钱时,怕他们不明事理,弄出大家不高兴的事来,就把他们劝走了。

也可能是他们和大姐在新华书店见一面,彼此有了联系,所以我曾去给生父修坟这事,大姐也知道。大姐知道就是全家知道。可是他们不知道,有一个弟弟曾来过好几次传真向我要钱,说他们的父亲在我十八岁前负担我生活费,造成他们生活困难。现在家里要盖新房子,缺钱,弟弟要看眼睛,缺钱。

这件事丈夫代我处理,回信表明他们父亲的生活费是作为一个父亲应尽责任,是法院判的,我作为姐姐没有抚养弟弟的义务,更何况是私生弟弟几十年没有往来这样的身份。

对方回了信,说是我的自传写了他们,包括他们的母亲,人人尽知,他们也有脸面,还说了好些难听的话,还是要钱。丈夫回信,告诉他们不要说丑话,有一门亲在这里,比没这门亲在这儿强,谁也免不了真正需要人帮助时。

来回的通信我都没有看到,只是听丈夫讲述。吃饭时,丈夫告诉我马克思另一个孩子的故事,那孩子由恩格斯交给伦敦东区一家人养大,说一口伦敦土腔。恩格斯去世前告诉马克思的女儿们,之后,他们去见这个弟弟。没有共同语言,毫无感情,总之形同陌生人,其实就是陌生人。血缘能说明什么呢?如果没有共同成长的背景,没有相濡以沫共患难的经历,没有骨肉凝结的情感,便什么也不是。

我想到他们,不知我与他们的见面如何?我们都是过苦日子长大的,该有共同语言。互相寒暄后,我母亲,他们的母亲,都不能在话题里,是忌讳。可能说得最多的是我们共同的父亲,他们得到了他的爱。想起那些看过的照片,有一张是弟弟们与生父在床上一起折水果糖纸的情景,生父的眼睛充满了慈爱和关切,而我从未得到过。除此之外,他们会问我在英国生活如何?我该怎么对他们讲,讲些什么?也许不当心一句话就伤了他们的自尊心。最后,说来说去只会谈到我们的父亲,说他们与他度过的时光,他们不会明白,那是我永远的痛处。

大姐传话,他们希望和我见面。但是大姐坚决反对,说这些人沾不得,她和他们接触过,农村人,小里小气,眼里只装着钱,从前不曾有感情基础,现在扑上来就要钱,更不会有亲情。

大姐讨厌他们，可又要和他们往来。大姐实际上是一个间谍，看我如何与他们往来，若给他们钱，再反过来向我要。若是我不给，或给了不是她想要的，她就会在家里惹是生非，找母亲出气。

免了这些麻烦，我一直没有见两个弟弟。

4

就在我和大姐站在六号院子院墙谈话之际，小姐姐站在空坝上，看着我和大姐。大姐猛一回头看到她。大姐右腿本不是特别灵活，不过这时，却走得飞快，到了坝上。她对小姐姐说着什么，她俩朝我这边瞧。小姐姐与她争执起来，大姐的嗓门大起来："听话。"

小姐姐恨恨地看了我一眼，走掉了。

大姐平常是无人怕她的，但是她占了理发起威来，有股蛮劲儿，弟妹也得惧三分。我不知大姐对小姐姐说了什么，也不知小姐姐对大姐说了什么。不过，内容一定与我相关。

噼噼啪啪一阵鞭炮响，浓烟带着呛人的火药味弥漫开来。我捂住鼻嘴，走上石阶，想知道是哪个亲友远道而来。

原来是大舅的二儿子带着媳妇从万县赶来，正在和大姐寒暄。他瘦高高的，瞧上去最多五十岁，可是头发已花白。大姐的第一个前夫是大舅的大儿子，我们叫他大表哥。这二表哥以前在重庆当兵，母亲有好吃的，就让他来家里，他在部队里待到营级才转业，听说在三峡一个小县

当干部。他走过来,客气地握了握我的手:

"六妹,你跟小时模样差不多,我看过你写的好几本书,也常在报纸上看到你的消息,好好,有出息。"

这是来参加母亲的丧事第一个亲戚说读过我的书。我不知该怎么回答好。他的媳妇第一次见到,倒也大方,自我介绍,说他们坐长途大巴来,本来高速公路三个多小时准到,快到长寿,公路有塌方,所以在路上花了一整天。大姐招呼他们到桌子上坐着,端上茶,捧上花生和水果糖。

"哎呀,出了怪事!"大肚猫脸色不太好,压不住惊讶地对三哥说。

"啥子事?"三哥身后的三嫂快人快语。

"外面大师傅生火做饭,火倒是升起来喽,烧开水,但下米后米还是米,煮不熟。邪门得很。"

我跟着他们到院外空坝,那儿架了铁筒炉子。做饭菜的简易木案桌也摆开。大肚猫给厨师点下头,厨师把手伸进沸腾的锅里一搅,捞了些米粒伸出来,手好好的,没丝毫烫伤。厨师愁眉苦脸,双手擦抹胸前的白围腰,不知该如何办?

"被人使了法,才会如此。"三嫂得出结论。

大肚猫问三哥:"这样吧,中饭买盒饭将就?"

三哥说:"可以,但晚上不能吃盒饭。"

大肚猫说:"不要太着急,我马上去叫懂法术的阴阳先生来解咒。"

昨晚到家给母亲守灵时,我担心有人会来加害母亲,那是过度悲伤。如今看来那份担心并不多余,真有王眼镜之类的人烧了咒符。

一般而言,在丧期人是不做这种缺德事了,大都在喜庆日,比如结婚生日解口胸中恶气。母亲的丧期谁会这么做？除了王眼镜外，母亲有多少恨她的、与她结怨的人？母亲连踩死一只蚂蚁都会自我抱怨，怎会与人结仇？

5

大肚猫跑掉了不到半个小时，弄来两大箱盒饭。他和三哥在分发盒饭和筷子。我接过一盒来，问他阴阳先生找到了吗？

"六妹，你妈吉星高照。"

"你没回答我的问题。"

"若来，半个小时后，若不来——"

"那就不来。"我接过他的话说。

"莫要担心，总会有办法的。最多我们换一个炉子。"

"要还是一样呢？"

"车到山前必有路。再说，你妈福气大，神仙会保佑她的。"他一点也不着急地说。

有这样办事的人！我打开盒饭，浇在米粒上是豆腐干炒芹菜肉丝，还有咸菜。尝了一口，不难吃。五哥提着茶壶给客人倒茶水，正前方母亲的遗像看着我，还是一派安静的样子。

我想起从前，在面前这幢五层白楼存在之前院子的一些情景，我做少女考大学时，母亲周末回家，那段时间她快退休。

她骂我，骂得很厉害，说女娃儿不应该成天拿着书，读书没用，想吃笔杆杆饭，没这么容易，祖坟没修好，妄想。我的六姑娘呀，你生错人家了，我们穷，能有饭吃，嫁个好人家，妈妈就别无他求，还妄想你有一天有造化享福？几个姐姐哥哥都没能上大学，你就能？女孩子大了，本该给当妈的分担家事，却让妈成天提心吊胆。以后你能找份工作养活自己，嫁个老实厚道的人，平平顺顺过一辈子，我就省心了。总之你这种不知天高的个性，让妈妈饭也吃不下觉也睡不好。

我此时想，母亲是做给什么人看的。给家里哥姐看？或是她心里闷着一腔怨气，压抑久了，需要有个出口发泄。

如果我能当这出口，未必不好。可是当时我根本不明白，甚至恨她，希望她不是我的母亲。

6

似乎从没帮过母亲提过一次重物。我幼年时，母亲出过远门吗？几乎没有。她除了在家里，就是在造船厂，有好几个周末她挑一担船厂分给职工的木柴，气喘吁吁从江边爬上山坡来，但我没帮过她一次。她迈进六号院子大门，进堂屋后，她搁下木柴，手握着扁担站着。正好逆光，母亲变得陌生，她的腿奇粗，肩加宽，背开始陀，头发混着汗遮住半张脸，故意看不见我。

在我出国后，母亲总在我回重庆看她的时候，与我睡一床。母亲熄了灯，借着窗外光线，与我说着话。她的话像春日细雨，绵绵不断。她说那年春节前父亲与浙江老家的亲弟弟相逢,大半个世纪唯一的一次。父亲1939年在老家被国民党军队抓了壮丁,行军经过11个省,最后部队撤离时,他做了逃兵。父亲在重庆船运公司做了水手,在长江上走过多少来回,却从未返回家乡。以后眼睛瞎了,回家乡也没有用了。

父亲那年八十一岁,叔叔七十六岁,在重庆南岸,临江而立的白房子里,他们度过了半个月。分手时,两个人抱头大哭。母亲在一旁看着,也掉泪。

我活到这个年龄,从未见父亲哭过,他与叔叔的语言用哭表示,江水在那时清澈,河床枯干,拿一块木板,就可以轻易地游过长江。

母亲说的是1998年,我已三十六岁。

我喜欢会哭的人,但我不喜欢父亲哭。父亲哭,心里装满了秘密和委屈,连亲生弟弟也不能说,对母亲何尝不也是一样。

父亲病退回家之前,既是船长,又是领江。他开过最大的一条船,是客轮,从重庆到上海。那次本可接近家乡浙江,但船过三峡,就不让前行了。一船人被整顿检查,他们要父亲交代1949年共产党解放重庆时他替国民党军队押送军火之事。父亲说,他是被抓着枪逼着干的。

"那你宁肯光荣牺牲,也不必干。"负责整顿的人说。

父亲受到处分,由客轮调到货轮,开长江上游一带。但并未放过他思想改造,整顿的人要他检举还有哪些人,当年也给国民党军队开船运军火?

父亲说,记不得别的什么人。

整顿的人说父亲包庇人,罪加一等。

父亲气得没吃饭，本就缺乏营养他眼花，连日连夜加班，父亲双眼冒金花，从船上掉下江，救起来后，被送入离宜宾最近的县区医院。

父亲与护士认识了。她有个孩子六岁，丈夫到农村搞调查，饥饿加上得病死了。

母亲与我生父在山上，刚下班，身上头发全是汗，母亲用毛巾擦脸。他们还不是情人。母亲说得请假去看丈夫，终于收到了父亲请人拍的电报，他出事了，头摔坏，医院检查出眼睛也有问题。

母亲赶到宜宾，到医院看见护士的第一眼，心里就明白了，对父亲说，她不仅仅是护士。

父亲没有回答。

母亲找到护士家，护士打开门，没有想到，一脸惊讶。母亲发现她的床下有父亲的布鞋，屋外晒着男人的衣服。那布鞋是母亲一针一线做的。

母亲走了。

母亲不是嫉妒一个比自己年轻的女人。

父亲伤好后，眼睛确认不能再在船上工作，便回重庆了。

父亲再也没有回宜宾。

母亲在事过三十多年后，还记得这事。我真想知道父亲怎么想？母亲说父亲不时寄钱给那母女俩，母亲说她们也可怜。

7

我十八岁，弄清自己是一个非婚私生子的身世后，离家出走。无行李一身轻。后来在北京一个文学院作家班读书写作,后转到上海一所大学中文系读书。没有箱子,一个朋友送了一个大旅行包。我把大包剪开,手缝成两个,容易携带,装所有的书、稿子和少得可怜的衣服。好几个朋友送我到北京火车站。

到上海却无人接,一个人来回搬两个沉甸甸的包,再从车站搬到公共汽车上,汗流浃背。上海啊上海,一到这块土地,就累死累活,我与上海如此结下缘。那段时间读的书差不多都是上海租界帮派妓女历史杂书。

从上海到伦敦,年年从中国回到伦敦,行李由多到少,里面都是丈夫要的治感冒、高血压和鼻炎的药。

从未带两个旅行箱回重庆。除了自己的换洗衣服,全是带现金。我靠写字挣了多少,剔出自己的生活费,就带多少,给母亲和姐姐哥哥们。他们的孩子,读不了重点学校,就要缴费,让母亲垫钱,我再把钱给母亲,让母亲亲手给他们,以便他们对母亲好一点。支持他们的下一代读书,成了我的义务和责任。这些年逝去,没一个下一代孩子读书成了气候,也没听到他们对我说一声谢谢。人忘性大,不记仇就好。很少听到哥哥姐姐说他们的孩子如何,也听不到侄儿女自己告诉我他们的学习情况。

唯一不同的是,他们见了我,叫声姨后,一般不开腔。大概是紧张吧,姨是个作家,说错话,会被笑话,更不知手脚搁哪儿自在。他们有自己的猜想和度尺,可也不能不受自己父母的影响,姨是有坏名声的外婆生的坏女人,从前是这个家的耻辱,今后也是。姨的生活方式和言行,都与家里背道而驰,不值得尊敬。

这会儿,他们基本都在,对我客气地叫一声姨,算是打了个招呼。两个哥哥帮着大肚猫用一个大塑料口袋收拾盒饭的筷子和盒子,抹桌子。

"六妹,啥子不满意的地方,多说点。"大肚猫对我挤出笑脸。

"她不管事。"三哥打岔地说。

大肚猫对三哥点头哈腰,却一样转过身来,对我说法师会到,保证晚饭吃好。他神秘地说:"晓得吗,弹子石后街有一个女人暴死,埋的时候,棺缝中渗出鲜血来。阴阳先生不让下葬,他用琥珀粉灌服死者,用红花烟熏死者鼻孔。嘿,救活了,从此声名远扬。"大肚猫说他信服法师,法师的一句话就能让他乐滋滋,屁股朝天走路。

这个以丧事为职业的家伙,嘴巴怎么越来越会说。他抬起头来,看着大门口,高兴地"啪"拍了一下胸膛,说:"哈,你看我们说曹操,曹操就到了。"

8

阴阳先生是一个七十开外的矮小老头,脸上没任何表情,穿了长褂子,黑布鞋,头上一顶圆盘布帽。他在铁筒炉四周贴了不少花里胡哨的纸,在地上铺了一个蒲团,盘膝坐好。面前放着一个铜盆,他又变魔术似的掏出一个闪闪发亮的金壶来,闭眼绕身子画个圆弧,站起来,挥着羽毛朝炉火泼洒,口中念念有词,这样过去了十分钟,他睁开眼睛看大肚猫。

大肚猫走到他跟前。

他对大肚猫低声说着什么。

大肚猫在围了好几层看热闹的人群里对三哥打了手势，两人到边上嘀咕。三哥找二姐小姐姐五哥还有舅舅等亲戚，他们在讨论什么。最后，三哥拿了一支笔，大肚猫从阴阳先生那儿接过一个符纸，让三哥在上面写上生辰八字，交还给阴阳先生。

阴阳先生双手捧在手上，对着天光照，反过来又照，突然火焰从手心腾起，那符纸烧起来。

"大力降魔扭转乾坤法。"他头不停地摇摆，像个球转动，只能看到一道白圈，最后白圈转成一个脑袋，朝天叫道："风来吧！"

话音落地，一阵狂风涌来，那页符纸被风卷到铁筒炉子上，一瞬间无影无踪。阴阳先生朝炉子走去，双手合十，闭目念咒语，朝大肚猫点下头。

"搞妥当了。"大肚猫对厨师说，"先烧锅开水泡茶吧。"

大肚猫转身与三哥耳语，三哥一听："这么多？"

"阴阳先生出趟门就这个价。"

三哥不情愿地从裤袋里掏出一叠一百元的钞票，仔细地数了二十张，递过去。大肚猫拿过去交给阴阳先生，送阴阳先生上中学街，我发现此人灰白的头发有一缕掉出帽子，像女人那么长，这人就是个女的。

大肚猫返回后，我问他。

他说：很难说那人是女是男，外号阴阳先生，明指他通阴阳两界，暗指他是阴阳人，长有男女双器官。以前做过巫婆，火眼低，懂死人语言，此人又懂法术，叫他法士更准确。不过在他们这个行道，都尊称他阴阳先生。

三哥在院内坝子桌子前，用笔在一个小本子上记账。大姐下楼梯，一脸通红，没走到三哥跟前就嚷开了："嘀，三弟，啷个回事嘛？"

三哥当没听见。

她又叫："三弟，说说清楚。"

三哥没好气地说："你没看我忙着吗？有事等哈儿再说。"埋下头算自己的账。

她一向有些惧他，便气鼓鼓跑上楼梯。我紧跟了上去，一直走到母亲房子里。

"我不在，就把我的生辰八字烧去送给妈。二妹，没你做主，三娃子不敢。再说要烧，起码也要跟我商量一下。"

"大姐，这是大家的决定。你是家中老大，应该像个老大的样子。"二姐说。

大姐转身看到我，马上说："那啷个不烧六妹的生辰八字？"

"她不适合。"

"不适合，我看你是巴儿狗，嘴里说破她，心里却惧她。"

"有月经或身孕的人，还有守寡之人，法师不要。"二姐小声地说。

大姐狐疑地看着我，我也吃惊。精明的二姐眼睛真毒，竟然看出端倪。令我吃惊的还不是这个，若我符合条件，那么首选的人必然是我。大姐仍不停嘴，说是在农村，她就见识过阴阳先生的厉害，把谁的八字写在符纸上，给母亲烧去，这个人日后就早些去陪母亲。一句话就是早死。这折寿就能驱掉在铁筒炉上作的咒语。

"各人表一副孝心,你那套怪理论,傻瓜才信。"

"到此为止。"二姐说。

"好个到此为止!"大姐越说火气越大,"二妹,你比我从来多长了个心眼。你要烧,怎么不烧你自己?"

"你在咒我!"

"我就是要咒你!从小我让着你,现在妈不在了,我为啥子还要让着你,你以为你在家永远是老大!这口气我忍了几十年,大姐我告诉你,二妹,从今个儿起,我偏不听你,看你拿我咋办?"

我打断大姐:"大姐不要说了,你看二姐不行了。"

二姐喘气急速,她整个身体倚在桌子上,脸发白。二姐夫从里面房间里出来,说得马上到医院输氧!

他背起二姐就走。大姐要跟去,我一把拦住她,我说我去好了。

第七章

1

南岸区第一人民医院里全是看病的人，挂号看病拿药都排着长队，每个窗口顶头闪着号码，广播里在说什么，闹哄哄的，啥也听不清楚。不过多花钱，可看专家，可到特殊病房。二姐不肯让我多花钱，在我坚持下，才挂了不必排队的专家的号，住进特殊病房。

二姐夫看着正在输氧的二姐，说他出去买点东西。他让我坐在床边椅子上。

十来分钟后，二姐脸色好多了，她取掉夹在鼻孔的氧气管，说这病自从退休后，不教书，反倒严重。若是空气不对，人一着急，就得到医院。

我说："你不要跟大姐一般见识。"

"啷个会呢？"二姐说，"她这种没心肝的东西！实话实说，妈就是被大姐气死的。"

我吓了一跳，不等我问母亲去世前这些年到底怎么过的，二姐倒先说起来。

"你晓得不，妈倒是原谅大姐偷钱的事。幺舅和妈关系好，妈只有一个弟弟。幺舅妈得了乳癌，开刀后，本来已好了。幺舅很高兴，请亲戚去他家吃饭。"二姐拿出一根小钩针，一小团毛衣，扯出一节线勾起来，她看看我，继续说，"在幺舅家，大姐为一桩小事，与五嫂吵了起来。幺舅妈好心来劝架，大姐连舅妈一起骂。妈说了大姐。大姐马上与妈急了，骂妈。五嫂说，你连自己亲妈都骂，你会遭到报应的。大姐拿起一个大土碗，要砸五嫂和幺舅妈。幺舅妈当时就吓得晕倒了。幺舅很生气，说一场冲喜弄成如此局面。幺舅妈之后病就重了，活了不到三个月就死了。幺舅一直怪妈管教大姐不严，气死了他老婆。妈只有在心里怄气，转过身去训斥大姐。大姐不服，说那幺舅妈本来就对我们几个小辈不好，偏心眼，死有应得。气得妈要赶大姐出门。大姐说不用你赶，我自己有脚可走，我从此没你这个死脑筋的妈，等你想我的那天，我也不来见你。她掉头就跑掉了，妈一下子就气病了。"

母亲没有给我说过这桩事，我回家时母亲都是说旧事，新事母亲从来不碰。我问：

"什么时候的事？"

"大略去年十二月份。记得快到新年了。"

"妈妈就一病不起？"

"这场病生得厉害，她不吃东西，吃不下，吃啥子吐啥子，中间还进医院输过血。"二姐回忆说，在医院住了一个月，回家休养。幺舅来电话，母亲就直跟他道对不起，妈放下电话给大姐打电话，让她给幺舅道歉。大姐不干，妈说她没良心。大姐在电话里和妈对骂，一点不像个当女儿的，也不体谅妈在生病。"所以，妈从那之后，身体就一直未见真正好转。"

"二姐，五哥一定对妈妈好，那么五嫂呢？"这是我一直想知道的问题。

"她是郊区农村人，嫁到城里，虽然五哥嘴有残疾，也是鲤鱼跳龙门。我们家对她好，她有啥理由不对妈好。反正我晓得她做事勤快、麻利，不像三哥三嫂照顾爸妈时那么省吃，扣下钱来自己用。我回回过江看妈，锅里都炖有鸡汤或排骨汤，她给妈洗衣服也勤，用洗衣机，不省电钱。你五哥周末去钓鱼，妈妈吃鱼都吃厌了。妈自己一台彩电，五哥他们自己花钱买电视，和妈看节目没矛盾，妈很满意他们。大姐把妈气病倒了，也是五嫂把妈背到医院，不管是住院或是回家，都是她照顾。大姐听说妈病了，倒是跑回家，指指点点，啥忙都帮不上，只会给五嫂添事，倒要给大姐做饭。大姐还嫌饭菜不好，说是五嫂开的伙食差，妈是缺营养病倒的。"

五嫂每次在我回家时倒是很客气，对母亲也一样。除了我觉得母亲房里脏外，我看不到她有什么不孝之举。也许，母亲真是过得很幸福，母亲的问题都在于母亲自己，一老就变得唠叨、啰唆、性格也怪，脾气更怪，习惯也变得不可思议。比如喜欢吃怪味胡豆，还舍不得吃，只给孙子吃，不给媳妇吃，变得小里小气。说也说不得，一说，就赌气全给了孙子，一个人关在房间里生闷气，不吃饭，不和人说话。老年人呀，一到老都不好侍候。

二姐突然话锋一转:"小唐是个说话不算数的人,哪像半点知识分子?我最看不起这种人。"

终于,说到小唐了。算算时辰,这人该到重庆了。

我有预感,姐姐们不会放过他,她们有计划吗?我脑子这么一想,就摇摇头,她们都是些简单过日子的老实人。不过刚才二姐这么说,真有番要教训小唐的架势,肯定会狗血淋头地骂他。骂他好了,让他知道别人心里是如何感受,否则他这种人,哪会知道。

二姐放下毛衣钩针,把氧气管放回鼻孔,夹好。

从窗口看出来,这个医院新盖了两幢新楼,不过门诊部还是一样,简陋得很,痰盂和垃圾桶旧旧的,空气里有股强烈的刺鼻的苏打水和酒精味,让人心情变得沉重起来。很多年前,小姐姐的第一个丈夫得肠癌,住的就是这家医院。

二姐取下氧气管说:"这个医院让我想起一个人,说他罪有应得一点不过分,他不该对小姐姐三心二意,结婚前还想分手。"

二姐当然是在说小姐姐的第一个丈夫,不过她的话里有话:"人啊人,做多少缺德事,老天都看到眼里,不是不报应,而是时刻未到。"

我说:"可是小姐姐爱小唐。"

"她对男人总是看不清,执迷不悟。"说完,二姐插上氧气管。

我说:"都怪我,不该让她当初到伦敦。若不到伦敦,她就不会跟小唐……"

二姐取下氧气管,神情怪怪地说:"六妹呀,你得劝小姐姐,要跟你一样想开点！"

　　她像知道点什么，或在暗示什么。我未言语。二姐说小姐姐这一生很不容易，从小生下来就多病，得了哮喘病，别人高高兴兴玩，她只能眼巴巴地看，一动就喘。用了好多土单方才把病治好。那时候母亲和姓孙的人弄在一起，家里从没有清静日子可过，大姐回来吵，与母亲关了门说话。她们趴在门板上，听里面的动静，心里害怕极了。母亲把气出在二姐和小姐姐身上，处处看她们不顺眼。小姐姐十岁就帮着妈持家。父亲经常去山里找野菜，什么马齿苋、野葱，还有一叫不出名的野菜，山芋吧，弄回家来。小姐姐读高中后，在外面受了委屈，有时母亲说话，她就顶嘴。母亲有一次动手打小姐姐，下手重得很，把她的鼻血都打出来。

　　"晓得吗，六妹，因为你的存在，我们全家当时在街上抬不起头，做任何事，都会遇到人说难听的话，骂你骂妈，只有小姐姐个性要强，为了弟弟妹妹与别人对吵，维护这个家名誉。小姐姐高中毕业就到农村，除了忍受做知青的苦以外，还要忍受当时和她一起下乡的知青的冷嘲热讽。妈退休了，怕嘴有残疾、老实巴交的五哥去到农村受人欺负和学坏，就让五哥顶替回城。小姐姐对妈失望透了。好不容易小姐姐才调回城做建筑工人，每天担很重的灰桶在高楼上走来走去，别提多辛苦多危险了。小姐姐和第一个丈夫谈恋爱时，双方父母都不同意，他的家人全是船厂的，妈的坏名声在外。妈认为他家看不起自己，担心小姐姐入门后受气。小姐姐不听，一结婚，就出事了。她的命呀比黄连还苦！"

　　二姐终于停下来，她说："不说了，下面发生的事，你比我清楚。"看她喘得厉害,我赶紧给她插上氧气管。

2

我走到走廊上,去找厕所。楼道这层厕所被锁住,得下一层去,真扫兴,那儿排了好几个人,我只得耐着性子等着。

二姐说那席话,目的就是要我帮小姐姐。

我记不得小时遭受邻居们的欺负时,小姐姐替我说过话。也许她真那么做过,而我忘掉,或在我不在场的时候,出来替我打抱不平。人都有健忘症,记得坏事,记不得好事。

从我有记忆后,我没有看见过母亲打过谁。母亲心软,连杀一只鸡都不敢。整个童年,甚至少女时期,我只看到过一次,母亲被大姐气得头撞家里架子床的柱子。大姐朝母亲扔板凳,母亲躲不及,伤到膝盖,双腿跪在地上。大姐拿过菜刀,放在脖子上威胁要自杀,母亲腾的一下站起,夺过菜刀,给了大姐一个耳光。过后,母亲后悔莫及。

母亲在家里说话不算数,父亲重复她说的话,才算数,父亲在我们六个孩子面前讲话有权威。从来如此。若是我们怕母亲,是因为我们怕父亲,我们怕父亲,不如说,我们深深爱着父亲。也是因为父亲最喜欢二姐,二姐也成了真正主持家务的人。

父亲去世后,二姐的话,在这个家里仍然有权威。二姐要维持这个家,她的说法,想必有她的道理。二姐一向最抵触母亲,她心里只尊敬一个人,那就是父亲。

等我解完手,回到病房,二姐已在床上坐着,看起来精神好多了,嘴唇也不再苍白。她的手机响了,便取了氧气管,听到对方声音,她偏过身体,压低声音。直觉告诉我,她百分之八十是在对小姐姐说话。通话结束,她看看手表,低下头穿皮鞋,喃喃自语:"时间到了,我们得走了。唉,那个人上哪儿去了?"

二姐夫走了好一阵子,不过也该回来。我要出去找,二姐用一个手势止住,指着床边椅子,让我坐下。"六妹,好吧,我话讲明,给你打个预防针,你这次得站在小姐姐这边。"

我想了想,说:"二姐,小唐来我们家,你我只能劝人好,不能劝人散。"

"当然喽。"

我直截了当说:"你们有事背着我。"

"啥子事也没有。"二姐说,"你书里写我用柴火打你,你看我都不记得,你还记得。我们学校老师都说我。你想想,我做人也难。"

"你有话直说。"

"我们对得起你,六妹。你手臂拐,要拐向自家人。"

"那得看什么事?"

"如果人对我们家的人做伤天害理的事呢?你还好意思说,你还跟我讲原则性。你哪像我们的亲妹妹呀?"二姐声音高起来,输过氧气,她说话气定神闲。

正好二姐夫进来,他买了一些梨、苹果还有香蕉。二姐夫给二姐剥了一个香蕉,也递给我一个。也是的,二姐是个有福气的人,二姐夫对她永远忠实体贴。

小唐曾经也是如此,他在机场可以等晚点的小姐姐七个小时,等到后,丝毫不抱怨。她牙齿肿痛得要命,他陪她去医院,在急诊室里不吃不喝,焦急万分。他根本不会做菜,为了小姐姐可以专门开车一个小时到印度小店里买辣椒,做一锅极辣的红烧肉。有时,小姐姐发脾气时,他听着。尤其是小姐姐的女儿田田到伦敦后,他比亲生父亲还专职,大热天专程到中国办签证,陪飞到伦敦。十六岁的少女恨他拆散自己的家,使母亲和父亲离婚,对他不理不睬,他像没看到。结果临走那天,田田的父亲和女儿吃火锅,不小心把一杯滚开的水,全倒在她右脚上,疼得她惨叫。去医院上药包扎红肿的脚,田田倒没有怪父亲,反而安慰一再怪罪道歉的父亲,他是舍不得她离开,心神不定才失手。

这跨越东西半球的旅行,加重了小唐与田田关系的困难。他们乘飞机前,来到我在北京的家住了两晚,田田的父亲也来送行。田田受伤,只能我给她洗澡。她发育健康,乳房饱满,毛发性感,只是没一句好话给我。后来才知,她也恨我,故意让小唐看到她的日记,借他的嘴转告我,她以为我是帮小唐赶走她父亲之人,起码是她母亲的帮凶。幸好后来她与我日渐亲近,虽未说什么,倒是不断地买些小礼物送给我,以弥补之前冤枉我的内疚。青春叛逆之美,好险恶,首先伤害的人就是身边之亲人。

是啊,小唐爱小姐姐,就像二姐夫对二姐,好些地方,比二姐夫还体贴照顾人。

男女关系真是奇妙,好时两个人恨不得时时刻刻就是一个人,不好时比仇人还仇人。

3

我们在医院大门叫了出租车，一辆红色夏利。车子驶过一段柏油马路之后，便进入坎坷不平的土路。路侧时不时是山坡，有防空洞。防空洞有的做仓库，不过大都废弃，洞口野草半人高，石壁上挂满青苔，虫子老鼠寄生在里面，没准还有毒蛇在里面。

到过重庆的人都知道，重庆到处都是防空洞。

最早一批防空洞修在抗战时期，防备日本飞机空袭，到了七十年代为反帝反修打核战争，重新加深加固防空洞，因为人口递增，集中挖凿一批，使这座山城更像蜂窝。

野猫溪一带依山临江，有不少防空洞互相串在一块。小时我经过防空洞就本能害怕，经常会有一些小女孩被强奸，就是被拖进那些洞子里面。扼死后，要么留在洞里腐烂，要么扔在长江里面。"文革"武斗发生，派性双方到处抓人。天未黑尽，野猫溪副街上的人都赶紧闭掉院子大门，用杠子顶住门，各自把单位发的钢钎，包括剪刀菜刀，备在方便的暗处自卫，早早熄了灯。

但是白天孩子们不管这些，趁大人不注意，悄悄溜出家，脱光上衣，穿着一件裤衩，朝江边奔跑，朝防空洞钻去，朝最险峻的岩石爬去，不顾一切地投入江水之中。我怕江水，更怕三哥，若是我不跳江，他从此看不起我，就闭眼跳到膝盖深的水里。那时我四岁半。

三哥没有和母亲说这件事,怕惹火烧身。可是多事的邻居和母亲说:"你们家那小妹崽,胆大包天,敢跟大男娃儿下江去喝水,差点儿做了水打捧!"

那晚母亲阴沉着脸,我给她端水,她一喝嫌水太冷,叫我拿回去。我拿毛巾给她擦汗,动作慢了,她脾气就上来了,顺手将毛巾扔到我头上:

"下到江里去呀,狼狗心肠的龙王比我好,你一双可恨的鬼眼睛盯着我做啥?"

我泪眼花花,委屈地站在母亲面前。母亲不要我站着,她命令我搬堂屋那个很重的搓衣板,罚我到天井里跪下。我跪在那儿,不知过了多久,天都黑尽了,也没有家人过来看我一眼。突然听到街上哗哗的脚步,一群红卫兵气势汹汹经过,远处有噼噼啪啪放鞭炮似的枪声,院子里的邻居都吓得不敢叫。

母亲这才走过来,一把将我和搓衣板扯回屋子里。

堵车了,出租车司机掏出一根烟来,我请他熄了烟。没一会儿车子动了起来。

但走得很慢,走了好久,才在塑料厂后门停下来。我们下了车,下着一坡又一坡石阶,朝中学街走去。

4

中学街几十年过去,仍是这一地区的展览道,居民喜欢在自己满是污渍和霉斑的门窗前,甚至坐到门外来观看过路人。

我们三人走下时,他们议论着,说着难听的话。

我朝那幢白房子望去,在五层阳台上,坐着一个戴眼镜,肩头宽宽的男人。他身边还有一女人,戴着帽子,像是小姐姐。

小唐到了,和小姐姐相谈甚欢。不对,他与她形同仇敌,怎会是她?

走到中学街底端,已听到鞭炮声打枪一样响,一定又是远道亲人来给母亲送别。我回头看看落在身后十来步的二姐二姐夫,加快步子。

一进六号院子的空坝,我朝母亲的灵柩走去,给她烧九炷香,来不及给坐在桌子上的没打过照面的亲友说声好,就往楼上走去。

不错,坐在小唐旁边的女人正是小姐姐,他们促膝相连,很是亲热。西线无战事,我杞人忧天,听到风就是雨,姐姐们昨晚说要对小唐报复。也有可能小姐姐一见小唐,爱恨交加,爱战胜了恨,就变了主意。小姐姐表情自然,眼神带些欢快,看见我走到阳台来,赶忙给我让座,问:"二姐没事吧?"

我说:"她没事了,就在楼下。"

小唐先拍拍我的头,然后拥抱我。这次不同于以前,他抱我很紧,我眼睛一下湿了。他拍拍我的背,说:"六妹,不要难过。"

坐下来之后,我对他说:"很高兴你来。"

"当然要给母亲送行。她生前待我不错!"

"你喜欢吃稀饭,妈妈说你是稀饭穷县来的。"

小姐姐走到房间里去,她在床上整理东西,仍是一脸温柔,眼光也是如此。小唐低声说:"看得出来吗,你的小姐姐做了手术。"

我说:"对,她在做掉脸上的斑。"

"你只看到表面,难道没发现她做过乳房?变得挺而大。"

他的话吓我一跳。我没有注意到她的乳房。我喃喃地说:"不会吧。"

小唐把一杯红枣泡的水递给我,不用说这是小姐姐特殊优待他的。我大大地喝了一口,真是很渴了。

"你劝她另找一个人过日子,她看上去还不老,还是非常漂亮,身材保持苗条,何必跟我这种糟老头子?知道吗,我们之间没有共同语言,我和她是没话找话说,她总说英国餐馆的乱七八糟的事,谁得小费多,谁贪懒耍滑,对书本不感兴趣,休息时间看电视剧。这不能怪她。以前她没受高等教育。她不必回伦敦,就留在重庆,找一个家乡人,说家乡话,打打麻将,看看电视连续剧,走走亲戚,天天吃麻辣火锅,过她的舒服日子不好吗?"

见面两分钟还不到,小唐把我当说客。我说:"以前你可不这么看她,你跟她有说有笑,一起去买食品,一起去海边,一起去阿姆斯特丹,拍裸照,天天做爱,不亦乐乎。你现在是有了新欢,要抛弃她,才这么不讲良心地说。更何况,你最不该做的事,是让我来劝她,对你死心。"

"这一家子人,你最理性。"

"你知道吗,在她心里,她肯为你去死。"

"这等于害我。"

小姐姐进进出出拿东西,不靠近我们,也不打断我与小唐的谈话,又明显想听。我看她的胸部,的确比以前显得大,使腰更细,走动时,非常性感。小唐看女人有孙悟空的火眼金睛。从另一方面来讲,他知道小姐姐是为了他而做隆胸手术,若是他对她有感情,他应该感动,但这对一个想摆脱女人的男人来说,是压力,甚至是恶心。他以前来重庆,住过母亲这儿,更多是在对岸城中心,有时在旅馆,有时在小姐姐的住处,有一次他还带着妻子去。小姐姐不好意思跑去问他妻子,他要跟她上床,她如何想?

他妻子不吭声。小姐姐现在该明白,当时他妻子是如何想的,如同现在她的想法:想就地挖个坑,将他活埋,让那情妇陪葬,在地上立个牌子:"天下混账男人的下场!"

小姐姐对小唐的新女人恨得咬牙切齿,生生世世不忘那女人的仇。相比之下,他妻子面子上能忍,待小姐姐与他在床上时,他妻子拉上房门,到了城中心人最多的广场。那儿阳光明媚,大人带着孩子,情侣携手散步,一派吉祥。她双手塞住自己的耳朵,咬住自己的嘴唇,不发出声音。

"饿了吗?"小姐姐端着一盘糯米糕进来。

小唐摇头。

"尝一点吧。"小姐姐亲热地递一块给他,"这是你最喜欢吃的。"

"我很想吃。"我伸手抓过来。

小姐姐看了看我,又递了另一块给小唐。然后把我叫到厨房,关上门。"你这是什么意思?"

"我不愿意妈妈的丧期出任何麻烦。"

"你以为我会害他?你脑子有毛病。"

"你脑子才有毛病,隆什么胸?这样就可拉住一个男人的心?"

小姐姐气得浑身都在发抖，不过声音降低："钱是他给的，他以前要我做，说是生了孩子，乳房塌了，不好看。我原本是准备为他做的，可是他对我这副狼心狗肺，我还不想去受那开刀的罪呢？"她一把将衣服掀起来，"看见了吗，我穿的厚乳罩，衬起乳房。你该知道，他就是喜欢大乳房的女人，那女人会为他去做乳房，做眼睛鼻子。以前他说那个女人是一个圆冬瓜脸丑八怪，我怎么可能跟她呢？他以前向我保证，若是他跟她，那他就得赔我100万镑。他立了字据。他有哪句话真？但是我爱他，我不会放弃他，明白了吗？"

花园里的鱼池，是他们一起挖的，种的荷花也开了花。刚来伦敦时，小姐姐买来樱桃树、梨树、枣树和桃树。除了桃树生病，被砍掉，果树都活下来，结了果。小姐姐在网上看中一条英式西班牙猎狗，黑白两色，长耳朵，才一个月。他们开车到斯旺色乡下，把小狗带走。小唐给小狗取名雨果《悲惨世界》里的女主人公珂赛特的名字。珂赛特想家，夜夜哭泣，小姐姐就下楼陪睡在玻璃房的沙发上。珂赛特一天天长大，学会了开门，像一道闪电飞射出去衔回球，在溪水里游泳。有一天小姐姐在野地里躲起来，珂赛特找不到小姐姐，就找回家去，慌张走在马路上，汽车飞驰，差点把她压死。小姐姐吓坏了，急忙奔出来，把她带回家。小姐姐爱珂赛特，像养一个小孩子，每日陪她带到附近公园溪水。小唐有时也参加。

田田、田田的男友和堂妹围着小唐而坐，珂赛特也绕膝而卧，这是一个温馨的家。晚饭之后，小唐到小姐姐房里，告诉她，他不会离开她。他们做爱，他说以后带小姐姐到意大利希腊度假。小姐姐相信他，两个月前他们去了一趟巴黎,小唐说一直想陪她,得了这个愿。他们乘欧洲之星特快专列,两个多小时到巴黎城中心。他们把巴黎玩了个遍,小姐姐喜欢一个手工皮背包,他给她买了,一点不在乎价格。

小姐姐说小唐是在丢想头,给她一些纪念的东西,更是为了他自己。有一次他突然良心发现,说,真没想到他是如何昏了头脑,一个人伤害了这么多无辜的人,弄得几个小孩也跟着胆战心惊。

说得伤心处,小姐姐哭起来。

我把卫生间的一条毛巾递给她。她说:"都是那个贱女人,她在电话里骂我是工人,没文化。我骂她是骗子。她骂我:'坐车被车撞死,坐飞机飞机出事,走到路人被天上的雷打死,反正我就是要得到他,就是与你比赛。'哪有半点像知识分子的样子?有一次我乘火车赶去小唐家时,她也去小唐家,见了我,却怕得抬腿跑。我几步追过去,骂她,她回骂,我气极了,抓着她就是两耳光:'偷男人,我叫你偷男人!'小唐居然跑过来帮她,抓着我的手,那女人一把抓过我的手,狠狠咬我的大拇指,当时就有一块肉在她嘴里,血长流。我痛得叫救命。她被抓到派出所,故意说不认识我。我跑到她的大学里去找她赔医药费,她躲起来。我对她够留情面的。得了,不说她那些见不得人的事。我是看在小唐的面子上,没做。不然,他们会臭不可闻。"

小姐姐把她的手指举起来,给我看那女人咬的地方,的确伤口是新的,还未长好。小姐姐的手一定和她的爱情有关,一只手为第二个丈夫挡强盗的刀子,受伤,到如今都不灵活,另一只手和小唐找的女人在青天白日之下在堂堂国家高等校园里打架,被对方几乎咬断手指,流血致伤。我同情她,因为她是我的姐姐,但是我又不同情她,因为我的姐姐处理这样的事情应该更理智一些。

可是男女之情,在世间情感中,属最最超乎寻常,多少人为之生死不顾,江山都肯舍,自由甚至一生的信仰都肯舍,谁能做得到理智呢?

如果小姐姐说的是真的,不能说,小唐不爱小姐姐。只是他答应了那个年轻漂亮的女人,向她许了愿,他就要做到。作为一个男人,他心里一定很苦,有说不出来的痛苦,六十好几了,年龄不饶人,每半月必将一头白发染黑,不这么做,那长出来的白发,就会露出来,提醒他老了,死神在逼近!怀抱一个年轻的女人,可以借女人的青春抵抗衰老,可以靠性欲的快乐,延长生命。毕加索不断换女人,好些艺术家不断换女人,为的是刺激艺术灵感,越老换女人越勤,则是惧怕死亡。他们怕,小唐能不怕?他生一场病,就怕坏了,睡不好失眠,怕极,每晚得靠安眠药入睡。

听到我这么说,小姐姐止住哭说:"算了,你一向护着他。告诉你,他这次来重庆办妈妈的房子手续,是我答应不再去他学校找他麻烦为条件。"

我心里哑然,过了一会儿才说:"你说到,就得做到。"

小姐姐说:"只要他讲情,我不会不义。"

"小唐下楼吗?总不可能不见其他姐姐哥哥和亲戚吧?"

"这事你不要管,我来安排。"小姐姐说,她往楼下望望,马上变得有些紧张。

5

生活的残酷,常常是由我们最亲最爱的人导致的。小姐姐错在哪里?有错就在于她一心一意爱着小唐。

嫁人要对,母亲从未这么说。但是她审视我们这些儿女的眼光是这样的。她的一生和男人的关系,就是一盏灯,我们只要睁开眼睛,就会看见。可是我们一直闭着眼睛。母亲六十岁后,就不再过问儿女们的婚姻,她不过问小姐姐。小姐姐去了英国后,母亲想念时自言自语:"她好不好,像不像小时那么咳嗽?都说英国冬天冷呀。"

小姐姐就像道幻影,去英国后,为了爱一个男人,就彻底从母亲的视线里消失了,一直到母亲去世前,一共九年。关于小姐姐,母亲情愿记忆留在小姐姐咳得厉害,需要她和父亲照顾的小时候。那时小姐姐就在跟前,眼看得到,手摸得着。那些年小姐姐咳得无法上学,母亲不断地求偏方,后来父亲听人说,用蝙蝠肉和童子尿煮,忌盐,可治小姐姐。六号院子堂屋深夜会从天井飞来蝙蝠。父亲撑着木梯,让三哥打着电筒爬上去,对直照着蝙蝠眼睛,一下就捉住了两只。童子尿不好弄,邻居们认为母亲是个坏女人,都不肯给。没法,父亲只有带着小姐姐去街上站着求人,有好心人带着两岁小儿,解了尿。如此之法,吃了三个多月,小姐姐病好了。

小姐姐读书是全家孩子中最好的,借了很多外国小说来读,能背诵简·奥斯汀的《傲慢与偏见》、艾米莉·勃朗特的《呼啸山庄》好些段落,作文总是得高分,得过学校运动会跨栏冠军。那是邓小平出来主持工作，狠抓教育时期。邓小平1975年被停职，上大学成了泡沫，毕业生都得下乡当知青。小姐姐跟随母亲的船厂子女指定的农村，走的是很苦的四川宣汉，只产土豆，没有米吃。小姐姐盼着早点回城。母亲退休，却选了五哥顶替进船厂当工人，原因是五哥人老实，嘴有残疾，在农村不知要受多少罪。小姐姐隔了许久才调回重庆当了建筑工人，她一直对母亲心中有气。

家的概念对小姐姐而言，从来就轻淡。她心里早就对此失望，寄希望于爱情，她把爱情看作了家。她追求爱情，肯付出全部生命。

儿女逞强后面的无助，父母看得一清二楚，即使是儿女到立命之年，在父母眼里，他们也是同样的人。

母亲晚年也从未过问我的婚姻，记得她对我说过一次："去什么外国呀？你去了就算了，为何把小姐姐也弄去？妈妈想看你们都看不到。"

母亲的口气中隐藏着对我的不满。

母亲知我一向叛逆，在早些年，我是一个小女孩时，她就明白，我不听她的话。我离家出走，哪怕上了中专，有了工作，后来辞掉工作，到处鬼混，她就明白我在处理个人问题上专门对着她干。有一次，我带一个男朋友准备回家，在过江渡轮上，我越看这男朋友越讨厌，不想让母亲看。轮船到了南岸野猫溪码头，我对男朋友说："亲爱的，我变主意了，不想去家里，我们坐同一艘船回去。"男朋友觉得受到侮辱，在一家小餐馆喝醉酒，说了一夜话，把不满发泄出来。

还有一次，我走投无路，心情异常压抑，坐收班轮渡，带新交的男朋友回家。母亲已睡了，我敲开她的门，告诉母亲我结婚了。母亲在堂屋搭板板床，让出房间和她自己的床。

母亲让那男朋友避开一下，压低声音说："结婚大事，应该先告诉妈妈一声，你看那人右手在抖，不好使，有病吧，以后在一起生活啷个办？"

"这是我自己的事。"我想也不想地回答。

母亲说："你还是恨我？"

我说："我恨这个世界。"

母亲说："你这样回家，不算回家，我不希望看到你这个样子。你该学会爱，有爱，你就会快乐起来。"

我说："那你就当我没有回过家一样。"

第二天一早我和那男朋友离开了。母亲没有送我出院子大门。母亲的眼圈黑黑的，明显一夜没睡。我很想告诉她，我并没有结婚，一辈子都不想沾婚姻的边，但我就是不对她说，就是要气她，我哪里听得进母亲的话。

那时的我，任性而冲动，恃才貌不俗，不把母亲放在眼睛里，是个大大的坏女孩。那时生活如万花筒纷繁颠倒错乱，我把艺术当成生活，把生活当成艺术，让生命行经在一条危险的钢丝上，变着花样，做着各种让人让自己惊险的杂技，无心无肺。我是否真带了一个手有残疾的男朋友回家？完全记不清，也许是在梦中对母亲进行报复——她不关心我有无男朋友，有什么样的男朋友，都采取无所谓的态度。我过得如何，她也不关心。这是我自欺欺人得出的结论，其实对母亲来说一点都不公正。

做女儿，存心要伤害母亲，并不难。像我这样一个存心让母亲难过的叛逆的女儿，要伤害母亲，那就更容易。

离开中国前我回重庆看母亲，分别时，母亲眼里含着泪，但是向我挥手时还是尽量面带微笑。我转身后，母亲开始哭，哭了很久，仿佛把这一生因为我这个女儿受到的委屈和耻辱都哭出来。我知道，我当然知道，她一定为我高兴，可以到国外另一个世界去生活，可以远离这个从来就讨厌我伤害我的世界。可是她担忧那个陌生的世界，我举目无亲，像我这种孤儿一样性格、内向、极难开心、有童年创伤的人，不知要遭多少罪受多少苦！她要见我一面都没那么容易，她感觉多么孤单无助。在所有的孩子中，她一直都是最爱我这最小的，虽然她说十根手指不一般齐，根根都连着心，谁都爱，但她就是最心爱我。她哭呀哭，怎么也止不住。

在伦敦，我接到二姐的信，说到母亲在我走后，好几天都吃不下饭睡不好觉，大病一场。我呢，却没有什么反应，感觉一切时过境迁，母亲和重庆变得遥远。

我和自己选的男人踏上红地毯，我把在教堂的婚礼照片寄给母亲，一点不介绍他的情况。

不值得介绍给母亲。因为母亲也不感兴趣。

好了，等到带丈夫回重庆时，生米做成熟饭，母亲只能接纳他，对他好，希望他对我好，母亲一副笑脸。他对我不好，母亲也是一副笑脸。岁月无声，现世邪而不稳，母亲学会不让我看出她心里对我有一百个不放心。

后来我从英国搬回北京居住，母亲也没问原因，总是看到一个人回重庆看她,她也没问,她只是在偶尔通电话时对我说,"六妹呀,不要怕,太阳走,月亮出,月亮走,太阳出。"我写了弗吉妮娅·伍尔夫的外甥1935年到中国来教书和一个有妇之夫相爱的小说。此小说早在中国台湾和国外好些国家出版,2001年在国内一家杂志刊发。一位中国老太太,在英国告我损坏她死去的母亲的名誉,英国法院驳回上诉——西方的法律没有告死人名誉权受损这回事。老太太到北京海淀区法院告,法院拒绝受理。对方又到杂志所在地告。所在地中级法院判决我的小说是淫秽黄色小说,除重罚款,还必须在国家级报纸杂志上发表公开道歉声明外,此书禁一百年。

官司长达两年之久,花费我大量精力财力,也引起全世界,包括印度这样的国家连续报道,在中国引发了文学创作与法律一场大讨论,小说家何为之?文学虚构有多大的自由度和可能性?

有些报纸称我为官司作家,关于我的流言谣言满天飞。有些人见我之后,发现我并不是他先入为主的那种人,错看了我,向我道歉。

我不服判决,上诉×省高级法院。

丈夫说,若我想赢这场官司,原告有一个强有力的证据,就是他发表在报上的文章,点名我写的是原告的母亲。若他不是我丈夫,这条证据就不成立。他说,我们一起写信给英国法院,赶快申请法院下离婚文件,等这场官司过了,我们再重新结婚。

他说得有理,也没有理,因为法院要判决我输,并非这原因,比方前国家某部长都在法庭上为原告作证词,要法院判我罪,惩罚我。这是个有权人,我这个贫民百姓的女儿,怎能不输,惩罚你一辈子翻不了身。更何况我的小说谈了中国古时房中术,宣扬女人的性中心性主动性享受,以前中国文学从未有哪一本小说如此破格,中国这个百分之百的男权社会自然不会容忍,树大风必摧之,我当然是鸡蛋碰石头。

但是我被打官司打昏了头,能赢并结束这官司的事,我为什么不同意"离婚"?于是我无条件同意,并签了字。

很快英国法院寄来了离婚证书,上诉开庭拿着这证书,原告果然不再纠缠这证据了。×省高院开庭审理此案进行了两天两晚,惊动了全国媒体,有三家电视台专门来拍摄录像,当天辩论到晚上八点才结束。第二天继续。高级法院判决,我那本小说继续禁一百年,我赔款并公开在杂志上道歉,但可以别的书名和别的故事发生地出版那小说。

官司结果后,丈夫再也不提重办结婚登记手续之事。有一回,我问到他,他说,办不办手续,我们都是事实婚姻。之后我再也没提,直到三年后他再起情事,决定走得更远,不说实话,被我逮住,他恼恨不已。最后,我在电话里哭起来。他说:"你哭什么?有一点我想现在有必要对你说清楚:你没有权利指责我如何,我们早就不是夫妻,甚至法院也已下过离婚证书。"

我听了,浑身都冻住,马上停住哭。

"那以前你怎么说?"我本能地说。

"我不记得以前说什么,再说以前是以前,现在是现在。"他的声音一点也不含糊。

缓过神来后,我觉得自己是天底下最大的傻瓜,所有女人被人离掉婚都知道一清二楚,而我却不知。在他心中,我早就与他分手,但他之前不点明,是觉得还需要我,用他的话讲是为了帮我渡过没有他的难关。"你从来都不是一个普通的女子,你不会和其他女人一样。波伏瓦与萨特创造了多配偶制的传奇神话!你会输给她?"他如此说,我也不必找别的男人,最好为他做一个活寡妇。我喜欢男女间光明正大的离去,若是他说我们分开,给我理由,不管这理由会如何伤害我,我也会离开,我从来不会死缠着男人不放,哪怕我心会碎,如鬼一样活着。

我马上从北京飞回伦敦,在七年前我买的房子里,找到他。他对我周到,派小姐姐和田田到机场接我。到家后,他一晚上与我拉家常,像什么事也没有发生一样。

第二天上午,我过问我在英国的银行账,包括他的银行账。他很君子,一一告诉我,并写在纸上。我走进自己的房间,打开电脑,上网进入彼此的账号。我心里发慌,算了吧,别做了,可我一咬牙,操作起来,把我的银行账号密码改了。看着电脑上的数字,我三魂掉两魂,生怕弄错,把钱都乔丢了。关上电脑前,我发现自己手都在抖,一脸是汗。我走出自己的房间,他正站在走廊上,我走到他面前,告诉了他。

他当即叫了起来,脸色惨白:"那是我的钱,你怎么可以这样做?"

"不对,那是我的钱。多年来我一直相信你,从不过问,请你管,包括你买股票亏了,我也从不心疼。早在几年前本就该拿回,我还是相信你,可是现在,我觉得你不配,我要拿回来自己管。"

他还在那儿大叫大嚷,说不该告诉我账号密码,说他多辛苦,把每月余钱都存在那儿,说他没想到。

我说我也没想到,余钱?你用大笔钱却是从我的账上走。我再次问自己,真的是想与这个男人分手吗?我听着邻居花园家传来的狗叫和孩子欢喜的笑声,墙上钟表滴滴答答走着,他在走廊里来回走着,我的心给出了回答:"是的,没错。"

"你不能这样对待我。"他气得连声音都变了。

这是我认识他后,做的唯一一件让他看来对不起他的事,却是我自己真正想做的事。我对自己说,从此,这个人在我心底就死了,从此,我要做一切本是由他替我做的事,管英国账,做英国的税表,开银行支票,回复国外出版社的信,不管我多么不会做、不愿做这些事,会多么头痛,多么麻烦,我都不会求这个人。我必须完全彻底干净地摆脱掉任何和他有关联的东西,我要重新开始自己的生活。无论如何,我都要像过道里那尊石雕一样站立。因为我不够坚强,六年前回到中国生活,看起来是为了离开他,却是走得不成功,我还是生活在他的阴影之下,受他喜怒哀乐影响,包括他的情人们情绪的影响,我把伤口遮起来,伤口还疼,还流血。不,我不能那样生活,我不要看伤口,我要让血流尽,哪怕我会因此而死去,但是有一刻自尊。

事后,他准备找律师起诉我,他在纸上列好我们彼此在中国的几处房产、英国的房产和银行存款及股票,说要与我在法院见。我说,我一向怕你这种父亲式的男人,可我相信英国法院会公正。他听着,眼里对我充满恨。我拿回钱这件事,让他彻底下了狠心,与我一刀两断,也决定了他最后选择哪位情人作为以后的生活伴侣。

我马上飞到慕尼黑,借了一个女友在城中心的房子住下来。

一周后，他有邮件来，认为我和一个男人住在一起，男人那天在别处，从另一台电脑上，凭着密码和账号帮我处理银行账，否则我不会做，也不敢做。我摇摇头，可惜他与我生活过那么长一段时间，他自以为很了解我，却是从未认识我。连我母亲都说，六妹从小胆小如鼠，半天撬不开一句话，是个闷罐子，啥事不要逼她，逼急了，她连自己的心肝都敢摘下来给你吃。

临近圣诞节，慕尼黑街上火树银花，充满节日气氛。雪下得很大，我到住处附近的土耳其人开的小店里买牛奶面包，看着路人冒着雪花买圣诞礼物回家。我的家在哪里？我一直都是一个没有家的人，一直以为有丈夫的那个屋檐是自己的家，哪怕他的家的根已腐坏，我也当成一个家。事实上，好些年我都是客居四海，孤单一人，没人安慰，没人同情。

有一天深夜做梦，又梦见了从前的六号院子，看见了母亲。醒来看着窗外阳台雪中的枯枝，想那个穷家，比起其他任何地方都像家，因为有母亲。我想和母亲通电话，想告诉她，丈夫是一个怎样的人，不怪命运对我不公平，只怪我遇人不淑，在男人的问题上，我是一个失败者，失败得非常惨。我想对母亲说，生父在生前与我唯一一次的会面警告过我，我居然没有听！他说："你的身世，你千万不要透露给任何人，尤其是你未来的丈夫，绝对不能让他知道，不然你丈夫公婆会看不起你。以后一生会吃大苦，会受到许多委屈。"

他受了良好的西方高等教育，满脑子西方自由主义，却是个传统的中国男性中心主义思想的人，他对我，始终未像一个丈夫对妻子，也未像一个朋友对朋友，却只是接受了我认定他的父亲身份。他比任何人都希望我事业有成,可真这样,他又受不了,感觉到了冷落,不是我的冷落,而是时代,他的怨气久积胸中。

电话到手上,我拨了家中号码,听到了母亲的声音,我却说:"妈妈,我很好,和很多人在一起,我们会吃火鸡布丁,唱歌跳舞。新年时会放焰火。"

是的,我又一次与母亲错过心灵沟通的机会,我真想听到她对我说:"六妹呀,不要怕,太阳走,月亮出,月亮走,太阳出。"自然,我也错过与她在一起的机会。

不对,2000年从英国搬回中国,买了房后,我把母亲和二姐两口子从重庆接到北京住,是我与母亲离得最近的一次。记得有一天早上,我带母亲去雍和宫烧香,母亲在蒲团上念念有词,念叨了好些人,之后我与她坐在银杏树下长椅上,也未打破我的内心堆积的顽固的冰山。

我跑到庙里小卖部买了两支雪糕,母亲吃了一口,说:"这雪糕真好吃,甜得很,多像一个苦命人,苦尽甘来。"

她没看我,小心翼翼地问:"我的六姑娘,你还好吧?"

我说:"妈妈,我很好。你不要担心。"我说着,泪水就往外涌,生怕母亲看见,我站起来,对直朝小卖部走去,要买雪糕。母亲走过来,拉着我的手,很温柔地说:"我一支就够了。我们坐坐吧,这儿多清静啊!"

她和我坐在寺庙前的长椅上,久久没有说话。

6

又有几个亲戚从远处来与母亲的遗体告别。小唐不想下楼和他们见面,小姐姐说他坐长途车累了,让他躺在床上休息,休息好了,还要去办理母亲的新房钥匙手续。她关上房门。

大肚猫为没吃上中饭的人,新到的客人,操办的是肉丝面。小姐姐叮嘱厨师留一碗面不放辣椒花椒,她端到楼上给小唐。

我上卫生间,镜子里的我,脸色疲惫。

日照略微偏西,天上有几朵乌云悬挂。空坝里又添了几张桌子,吃过盒饭的人,也加进来吃肉丝面。

我帮着倒茶水,发现亲戚和朋友们都不怎么谈母亲,他们谈彼此关心的事,比如有多久没见面,几个孩子,在做什么,结婚了吗?老伴可在?有房子住,是商品房呢还是旧房?

这儿风水好,这幢白楼房是观景最佳点,两江三岸尽在眼底。哎呀,重庆是直辖市,应该想办法多赚钱,不要过穷日子。没钱时抽假中南海,没钱时买衣服先看价签,没钱时装有钱,有钱时装没钱。谈钱的话题一展开,马上小肚鸡肠地说东家长西家短,说的人津津乐道,听的人聚精会神。都说女人欢喜流言胜过男人,的确不错。

远近邻居走场子似的来去,像参加一个大节气的聚会,送的花圈多得垒起几层,甚至铺到街尾。

我抬起头来,发现小唐在五层楼上往下看,旁边没有小姐姐。楼下也没有小姐姐,不仅如此,也不见二姐大姐。我走了一圈,也没见他们的影子。

奇怪,这几个人到什么地方去了呢?

大肚猫拿着一个塑料口袋桌子上的一次性的筷子和餐巾纸。三哥五哥帮着收碗。一个瘦瘦的中年男人在用抹布擦桌子。我走过去说:"守礼哥,让我来做吧。"

"六妹,不客气。马上就完了。"

守礼是我母亲的干儿子,给公司头头开车,他说这两天睡觉少,还好上午补了一觉。我和他一起来擦桌子,边聊家常。擦完桌子后,我打听起他的伯伯和我母亲的事来:

"听说,我妈和你大伯关系很不一般,你知道吗?"

守礼一听,眼睛马上来神了。他拿起桌上一盒万宝路香烟,取了一支点上火。我们走到僻静处,他说曾听他的母亲说过,那是过去的事,算起来差不多有六十几年了,守礼的大伯很喜欢我的母亲。守礼的奶奶跟母亲在同一个纱厂做女工,母亲刚从乡下逃婚到重庆,人生地不熟,守礼的奶奶对母亲很好,也就是在那时,守礼的大伯认识了母亲,追求她。可是母亲对他没有感觉,只把他当成一个哥哥。没多久母亲遇上了袍哥头子,被他看上,并且与他结了婚。不到一年,袍哥头子找了新人,对母亲又打又骂,母亲心一横,抱着大姐偷偷从家里逃出来,但没有去找守礼的奶奶,因为担心袍哥头子会加害奶奶一家。大伯听说了,到处找母亲。"若是大伯那时找到你妈,可能他们就结婚了,那你们家的历史就得重写了。"

我追问:"那后来呢?"

守礼陷入回忆，然后说："大伯找不到你妈，认为她死了，他就死心，与一个下江女人结婚了，也离开了重庆。后来知道你妈活着，总找机会回重庆，想见到她。"

"他们见了面。"

"当然。"

"那么我母亲和你大伯旧情复燃？"

守礼很奇怪地看着我。

我说："我想弄清楚，我姐姐她们认为他们一直是情人，昨晚还说呢。"

"真是可惜她们那样讲。听我妈妈说，当年当着奶奶的面，大伯认干妈为妹妹，他叫干爸为妹夫。"

我松了一口气。

守礼说："可是大伯到死心里都装着你妈，初恋的人，不会忘记。我记得大伯1975年心脏病发作突然去世，大伯母从武汉拍来电报，当时好多亲戚都在我家里吃饭。大家都呆了，你妈哭得昏了过去。这件事，使在座的客人觉得奇怪，一传十，十传百，谣言就成真了。二姐当时也在场。"

我没有见过守礼的大伯，可是在守礼家看过他的照片，和守礼的瘦小的父亲像是两个妈生的。大伯相貌堂堂，不像重庆人，倒像东北大汉。不知母亲为何当时看不上他？人年轻，哪知什么样的男人才适合自己。失去机会，就意味着永远失去了，母亲心里也装着他的，不然与大伯的母亲为何那般亲，与守礼的父母一家也亲，对守礼也如同己出，这门毫不沾点血缘关系的亲戚竟然持续了几十年！也难怪二姐大姐会认为母亲和这个男人是情人关系。母亲其他的男人呢，姐姐们数出来的名字，要向哪些人打听才能知道究竟？蒻伯伯已不在人世，他是不是母亲的情人？

我皱起眉头想，视线里，大姐出现了，她拉着二表哥走。

我好奇了，与守礼点了下头，就跟了过去。大姐和二表哥在粮食仓库墙边，叽叽咕咕，神情很神秘。如果我猜得不错，大姐在向他们借钱。大姐借钱是假，要钱是真。

我上楼时遇见小米，对她说了这事。小米眼睛一亮："妈，真的找他们了？"

我看她话里有话，就问是怎么一回事？

小米这才说，因为她的男朋友在监狱里被人欺负，忍无可忍之下才反抗，对方被打断脖颈，需要赔偿，写信来请她帮助，她需要钱。她就找母亲。母亲骂了她，说没有钱。大姐想了一下，说二叔掌管一些移民安置费，官小权大，如今正眼都不看人，乡下亲戚们找他帮忙，他都不认亲。

二表哥看起来并不像一个贪官，可是，人不可貌相。

7

一般很少见午后起雾，还夹有大风，刮得塑料篷子哗哗响。幸好篷子一边依靠楼，另一边依靠旧院墙，非常牢固。我正在查看时，二姐和小姐姐进院子坝子大门，后面跟着三嫂和五嫂，她们要我一起上五层楼去。

小姐姐停在我家房门前，转脸低声说："换地方吧，小唐在里面。"

二姐看走廊上没人："那我们就在这儿说吧。"

"他们来了，我让他们走了。"二姐话倒简单。

我马上猜到是我生父那边的人,一问果然不错,是我的两个同父异母弟弟,还有我生父的大哥二哥——我的两个叔叔,说是要来给母亲吊丧拜祭。

"恐怕是把他们骂走的吧?"我看着二姐说。

"幸好大姐不知,也幸好他们没到这儿来,不然,她还会动手赶,把事情弄得一团糟。"小姐姐解释道,他们到妈妈的小店问路,妈妈就猜到是那个姓孙的儿子,他们长得一模一样。妈妈就让他们等在店前,下到坝子来告诉二姐。

"大姐打得过人家小伙子两个?"我非常不快。

二姐一听火冒三丈:"你没看到来了多少大姐的知青朋友,当然打得过。不过,不必那样。可是他们来,对我们家来说,不是啥子有脸面的事,尤其是妈妈的丧期,我们不欢迎那姓孙的家里任何一个人来。"

"他们来是好意,要说我身上也有姓孙的血液,你也要让我滚?"

三嫂说:"我们不管用意,只是不会接受他们。六妹,你见过世面,不像我们这些乡巴佬,这种时候,让一步得一步。"

五嫂说:"六妹,算了吧,不要管这些事。"

我看看她们几个人,心中火直往上冒,可是我什么话也没说,顺着走廊走,走下楼,看着母亲的灵柩半响,便走出院门,顺着粮食仓库的高高的院墙,下到江边。

我渐渐平静下来,看着江上轮船各自朝自己的方向行驶。

我朝坡上走去。从石梯右旁的防空洞里,传来两个女人的说话声,有一个女人的声音很熟悉。

我走过去,是小米和另一个年轻姑娘。她们一见我,就慌张地闪开了，年轻姑娘朝小米摆了一下手就走了。

"小米，你不会真吸白粉吧？"

"六姨，我啷个会呢？"小米口气并不硬地说。

"你有上小学的儿子要照顾。"我说。

"你放心，我可以卖粉也不吃粉。你不要紧张，我不会卖粉，我是说给你听，我清楚这种事的厉害性，我不想进监牢。万不得已，穷得没路可走，我只会卖血，卖我自己，这总是合法的吧。"

她说得很认真，也很讽刺。

我说："你肚子一定饿了，回去吃面吧。"

雾淡了些，太阳显现，我坐在江边的峭岩上。曾经和父亲在这儿坐过，他看着江上的船，拿着长烟杆，一口一口抽叶子烟，心里一定非常难过。父亲爱船，却半生不能上船，只能看船兴叹，到后来连这点机会也没有，眼睛完全瞎了。他保留着一个本子，上面记载着长江哪个地段有暗流和礁石，遇到紧急情况采取的应急办法。他把这个本子留给三哥，盼望三哥能代他上船工作。三哥受父亲影响，也偏爱船，希望能像父亲一样驾驶船。他从农村调回父亲以前的轮船公司，却因为家里无权无钱，分配到最糟的码头当装卸工。破灭了三哥从小的梦，他充满绝望，不仅对世界，也对这个家。

父亲只能在家做"家庭妇女"。母亲周末回家，很少看到他们亲热的样子，渐渐大一些，明白男女之事后，也没有看见他们亲热过，母亲从未与父亲坐在江边，母亲总是很累，脾气很怪，对我像是眼中钉，肉中刺。父亲沉默寡言,家里难得有笑声。我多么希望他们能爱我一些,关心我一点。

大姐从农村回重庆来生孩子,在阁楼上坐月子。母亲为了有吃到鸡鸭的开销,晚上还加班,抬氧气瓶,她卖命干活。母亲为照顾大姐,常摸黑走夜路回家,清早搭船厂的货轮去上班。

可是大姐不满意,她躺在床上,恨恨地说,她当初情愿到巫山那个穷得喝西北风的地方当知青,就是一门心思想离开这个家。

"这个家待你有哪点不好?"二姐那天正好从学校回来。

大姐说:"二妹,这个家给过你温暖吗?"

"妈都节省下五元,寄到农村给你,几年如此。亏你说得出这种伤人的话。"

母亲打断两姐妹,说:"养儿养女,图个啥?你已经当母亲了,你早晚会明白的。"

大姐现在都做外婆了,可是她未必就长大了。母亲说,一报还一报,不是不报而是时候未到。或许大姐的时候未到,或许大姐觉得时候早到了,她的大女儿很少回来看她,儿子呢,根本也够不着,都成家了,自顾自,唯有二女儿小米在身边,却形同路人。

家里哥姐有理由对我生父恨,对跟他有关联的一切讨厌,当然不会让他的儿子们来给母亲送丧。在他们眼里,我是母亲背叛父亲与家庭的结果,我才是他们不幸的根源、这个家不快乐的原因。

人要找到失败的原因,是容易的,找一个替罪羊就是。我成为替罪羊,若能减轻他们内心长期的不满和痛苦,我就不该感到委屈。

第八章

1

站在野猫溪副街的尾端八号院子外的空地上,往山坡下看,就可瞧见人从坡下窄小石阶走上来。这儿一些没贴危房纸条的住房,也是一副要垮的样子。垃圾倒下江边,堆成一座山,腐烂的烂菜叶烂菜帮,加上狗尿猫尿,各色塑料袋、碎玻璃、灰土旧衣物,臭气熏天。有个戴草帽的人背着篓子,专心地在垃圾中翻找易拉罐和玻璃瓶。一群群苍蝇乱飞在他脸上手上,他时不时地用手拍掉。

我捂着鼻子,朝街上端走去。

王眼镜穿着塑料拖鞋,站在石梯顶端,看着我说:

"大作家,你也有不高兴的事呀,我以为你过得比我们这些人好。"她神态兴奋,像是喝醉酒似的。

我最不愿意碰见的人,就是她,于是当没听到一样,走了过去。

"你怕我,你妈也怕我,你妈死了,也怕我。"王眼镜继续说。

我回头看了她一眼,她马上说:"臭妹仔,不要自以为是,你妈跟要饭的差不到哪里,晓得吗,我站在这儿看着她,真不知心里有多舒坦。"

"人都走了,你歇歇吧。"我说。

"真相,"王眼镜耳朵听偏了,她看见我开腔,就来劲了,"听着,臭妹仔,如果你不知自家真相,哪个可讲别人家真相,亏你还是个吃笔杆杆饭的人?方圆几十里,又不是我一人知道你妈喜欢去江边做喜气事呀。"

她摆出以前街道主任的架势教训我,说得口沫飞溅。我转过身看到坡下垃圾堆那个戴草帽的人,那是一个弯腰驼背上了年纪的人,因为草帽遮住头发,看不到脸,穿了一件棕色绒衣,看不出性别。王眼镜是指母亲像那人一样在大白天拾垃圾?

不可能。这个说法太伤害我了。王眼镜就是想伤害我,以此为快乐。她昨晚在六号院子大门前,恐怕就是想来侮辱母亲。

不必把人想得那么可怕。王眼镜对我这个被她欺负了一生的对象的女儿,道点隐秘,想看我难过,煽风点火,趁火打劫,寻点街坊聊八卦的料罢了。若是如此,那她说的母亲的事就不太像是假,她说的关于真相的话就太绝了。

王眼镜还在说个不停,我却没听,几乎三步并作两步往家里走。

2

从六号院子坝子,延伸到石阶下的七号院子,全是清一色穿黄袈裟的和尚,坐在地上,大略有上百来人,他们面朝我母亲的灵柩诵经。

山顶的雾突然消失无踪,天色一时变得粉红,人声淡去,屋檐麻雀也一动不动,可清晰地看见江两岸房子,跳跃为画中之物。

仿佛是进入另一个世界,我小心地从一坡石阶边上走,有时得侧身经过和尚们,还得穿过看热闹的人。到达六号院子后,大肚猫忙把我叫到楼房走廊里,低声说:"六妹,气派大吧。"

我反应很快:"该不是你的一条龙办丧?"

"你说对了。"

原来蒻伯伯的儿子送来的红包里,附了短信,说里面的十万元是他作为母亲的干儿子一点孝心,但得给母亲请庙里和尚来做道场念经超度母亲亡灵。他安排好了狮子山慈云寺庙,只要我们打个电话通知个时间就行了。三哥收红包时只顾钱数,未看到短信,整理账时才发现。他和五哥三嫂商量,又告诉大肚猫。大肚猫高兴极了,外人还以为他操办的丧事有眉有眼,说出来脸上多有光彩。

二姐打破不过问治丧小组的事,说这样太奢华太张扬,六妹不在,若在,肯定不同意。蒻家的钱定了规矩,没法用,丧事后,把钱还回去。

大姐不以为然,认为有人大手笔出钱,为何不把丧事办得气派?母亲在棺材里肯定高兴。

小姐姐一会儿觉得二姐有理,一会儿认为大姐说得在情。小唐和二姐的小儿子去办理拿新房钥匙手续,走前他对小姐姐说:"犹豫什么?"

小唐的话,他们不会信。几个人拿不了主意,就请幺舅决定。一向缺乏主心骨的幺舅听完缘由,当即点头称是。

大肚猫说明天出殡,和尚做道场,只得今天。

于是三哥打了电话,庙里管事说一直在等他的电话,马上就能来。慈云寺古庙在野猫溪轮渡口右前方临江的狮子山上,是中国唯一僧、尼共参的"十方丛林",庙里珍藏了许多十分珍贵的宝物,还有一株从印度移植来的菩提树,"文革"时树曾枯死。没想到十多年后,菩提树又奇迹般地复活。来朝拜的人络绎不绝,香火很灵。

难怪王眼镜会堵着我的路,说那些难听的话。她一定是看到穿黄袈裟的和尚们前来,不高兴才来对我讲那些话。

我走到母亲灵柩前,跪下叩了三个头,请母亲原谅。母亲生前,在这世上受够了罪和苦,灵魂必然会比一般人难得到安宁。母亲的干儿子,知母亲甚过我们这些亲生儿女,我们就没想到请庙里的和尚来念经。

大姐夫和一个头发做有波浪的女人一起上楼梯,他俩走得很亲近,引起了我注意。回来差不多一天了,我才第一次看到他,他是那种穿一件毫不起色的衣服,也有衣架子的中看男人,因为眼睛不好,添了副无边眼镜,更显得与众不同,相比大姐,看上去略为年轻一些,不像六十岁的样子。那女人听到身后有脚步声,停下脚步,转过身来,有点惊喜地朝我点头,我也向她点头。她穿得很讲究,项链手提包皮鞋都很漂亮,脸抹得很白,也扑了粉,模样不像中国人。我好像在什么地方见到过,可是想不起来。

我跟着他们也上了楼。二层楼三层楼全是人,四层也是,母亲的房子在五层,全是家人,都在窗口和走廊栏杆前看和尚念经。大姐夫把女人让进屋去,给她倒水,很是客气。

"六妹,不认识了,我是春姐。小时我背你过老厂那匹山。"女人声音压得极低。

我朝她伸出手,她双手握着我,我还是想不起来她是谁。

大姐夫说春姐在母亲的船厂运输班里做过,故此认识母亲。巧在春姐的妹妹是他的前妻,有一个日本母亲。1953年政府下令驱逐在重庆的日本人。春姐他们住在中学街,一共三姐妹,父亲原是个教书匠,一家子和日本母亲生离死别,三个小女孩和一个大男人拉着日本女人不放,不让公安人员带她走,人人看了都掉泪。1973年政府和日本恢复友好关系后,日本母亲要把三个女儿办出国,大姐夫那时与她的妹妹婚姻关系破裂,离婚了。可是两个姐姐一直与他关系不错。后来其中一个姐姐——春姐回国发展,在重庆城中心两路口开了一家日本料理。重庆人不喜欢日本料理,开一家倒一家,可春姐这家,经营得当,又增加一些重庆人喜欢的菜品,生意倒是跟得走。她听大姐夫讲,他的丈母娘去世,就赶来送丧,顺便想看看我。

"六妹呀,小时你特别喜欢我,只要我一人背你,连你妈都不要。"春姐回忆道。

我说:"有点印象。"

春姐看着我,眼睛湿透,她坐得离我很近,身上有股很好闻的味,和母亲身上的味道很像。那是母亲未老前的气味。小时我想她背我,有可能就是她身上有这股母亲的味道。

和尚们念完《地藏经》,开始念《金刚经》。

我听着那奇特的声音,感觉胸口没先前那么堵得慌。感觉有光照耀过来,那些光中有个踩高跷的人,头戴着曼陀罗花冠,朝我走来,向我低眉注视。

"时辰到了!"大肚猫的声音响起来。

我倾身往下看,三哥在对管事的和尚说着什么事。和尚们纷纷躬身退出院坝和院外石阶,双手合拢,说"阿弥陀佛"!

三哥五哥还有幺舅也双手合十,向他们致礼。

3

做道场的和尚离开后,姐姐们议论开来。五嫂说,奇怪,和尚念经时,她的腿一点也不酸痛,背脊也如此,像有股气穿透全身,舌头有股甜味在奔涌。二姐说,信则灵,不信则不灵。小姐姐有些心不在焉,她低着头在发手机信息。

大姐夫说,这次他开眼,整个南岸区恐怕只有母亲才有和尚念经这种高待遇,母亲的亡灵,不管生前遭了多少罪,都会得到神灵保佑,得到超度。

他后悔他的父亲死时没这么做,就是倾家荡产也该做,也是对后人好。他的迷信比大姐还强。春姐说,日本人最迷信,从前家里死了人都要请庙里的和尚来，现在丧事从简，可讲究的人家也不会少了这做道场一桩。

大姐听了不太高兴，碍于有春姐在，没有发作。春姐说是要去楼下给母亲烧香，我们朝下走时，听见大姐在和大姐夫说："你和她说不说？"大姐夫好像是含糊拒绝。

春姐跪在母亲灵柩前，给母亲烧了三炷香，又烧了一些钱纸。

我们下到院子大坝时，大姐也跟来了。春姐给母亲叩头，握着三束香，做完这些，她把一个红包交给我。我谢谢她，把红包交给三哥。

大姐挽着春姐的胳臂，说，女儿小米想见见她，说着把小米叫到跟前来。大姐夫也跟了下来，岔开大姐，对我说："六妹，那你陪陪春姐吧。"

春姐想到以前住的中学街旧居看看。

没几分钟，我们来到中学街，她凭着记忆走到杂铺店上边一幢木结构的房子前。锁着门，楼上两个窗开着，用一根铁丝相连，挂着大人小孩子的衣服。打听杂货铺的店员，店员说那儿住着一家三代，楼下住着老两口，楼上住了小两口。听见我们说话，好几个邻居从屋里出来，去问那店员我们打听什么。即使上了年纪的邻居，没一人认出春姐是谁，只是好奇地看着这个会打扮的女人。

当我问到春姐与母亲在船厂相处的那些日子时，她倒很愿意说旧事。

春姐下乡当知青，得肺炎后得以回重庆。病好后好不容易得到船厂临时工作，那是1972年初，她在母亲那个运输班子当抬工，也把她分到母亲的宿舍里。

她拿着钥匙,提着铺盖卷进屋,不到一分钟,从对面放下蚊帐的床上蹦出一个戴眼镜的女人,对着她就打,把她的铺盖卷扔到楼下地坝里。她吓坏了,抱着自己的头。母亲进门阻止,并让她去找房产科重新定房间。她后来被安排在同层楼另一间宿舍里,和其他三个女工一起住。

她们说,那个岳芸是个神经病,不和任何人说话。谁也不敢住她那间房,谁进去都会被打出来。

只有母亲一人例外。

母亲在那些女工心里成了一个神秘的人,不仅能与疯子相处,还有大大的坏名声。不过母亲对春姐很照顾,特别是春姐说以前就住在中学街,是那位日本人的女儿时,母亲对她更是亲三分。从母亲那儿得知,母亲住进那宿舍时,岳芸是个大学生,长相平平,不过对人有礼貌。岳芸开始谈恋爱,都要谈婚论嫁,男方突然对她说,家里不同意。岳芸非常伤心,再也不理男人,也不理睬母亲,把自己封闭起来。很快"文革"就开始了,岳芸非常忙,写大字报,参加辩论,她像一条恶狗,什么人都要咬,厂领导上了她的大字报,母亲也上了她的大字报。母亲是被镇压的前重庆袍哥头子的婆娘的背景,不知她从何得来,她把母亲反对大姐下乡的事也抖了出来,母亲生了私生女的事也一并抖了。厂里的头头被批斗时,母亲也被拉来陪斗,被当众剪阴阳头,母亲不让,还被打破了头。

母亲回到宿舍里,岳芸对母亲一点也不放松革命,要母亲单独给她背书、检讨,稍不对劲,她就对母亲进行体罚,让母亲饿饭。

岳芸成了船厂造反派的小头目，锋芒毕露。也许太顶尖了，有人揭发她父亲1949年重庆解放时，逃到台湾。她马上被抓起来，成了反革命的子女被批斗。岳芸的父亲是多大的国民党官，啥时跑了台湾，她不知道，从小母亲告诉她父亲死了，现在有了这反革命的父亲，她想不通，从五层楼上跳下去，想结束生命，却落到农田的地上。人没死也没伤，脑袋不好使了。那段时间母亲天天给躺在床上的岳芸打饭，照顾她。半个月后，岳芸起床，除了上班标明长江水位，就在宿舍里埋头写上诉材料，有时请事假说是到省里上访去了。

4

在我十八岁那年想考大学时，母亲说过岳芸，说岳芸是大学生，命很惨。我不认识岳芸，没有追问岳芸为何惨，母亲以后也没提。我从不知母亲在外上班，是和一个疯子住在一个房间里，更不知道母亲曾被陪斗的事。那年除夕我非要陪母亲去船厂加夜班，母亲的宿舍里，没见着别的人，也许岳芸睡着了，也许她恰好不在。

"文革"对我而言，充满恐惧，中学街上两个由旧寺庙改造的学校，红卫兵把老师戴上尖尖帽，在台子上批斗，他们胸前挂着厚重的大木板，在他们的名字上面写着可怕的罪名。我亲眼看见有一位老师被扯着头发撞地面，直到那脑袋撞成一个大肉饼。在场的人没一个叫停止，仍在高呼口号。那时每隔几天便有人狂跑着从院前大门经过，跳进长江里。那些山上山下神秘的防空洞，成了堆无人认领尸体的地方。造反派在江上开着登陆军舰，朝两江开炮，朝天门码头出现坦克。炮弹就在我的耳边飞啸而过，我和三哥五哥这些孩子爬在八号院子外的石岩上，看江上大战。

父亲为了把我们叫回去，差点被炮弹击中，他双手抱头，就地一滚，身后的八号子厨房砖墙出现一个大窟窿。都说父亲人好命大，有菩萨保佑。

二姐参加了"八一五"，大姐从农村跑回重庆，参加了"反到底"。母亲没有参加派性。有天夜里，二姐与母亲辩论得很厉害，说母亲革命不积极，应该斗私批修，她流利地背出毛主席语录，革命不是请客吃饭不是做文章。大姐与二姐交上锋了。最后母亲实在忍不住了，喝住两姐妹，说："革命，你们懂啥子革命，等你们懂的时候，你们的亲妈都没了！"

母亲从未那么凶，勒令大姐马上回到农村去，要二姐跟着大姐去。

大姐第一次听母亲的话，第二天就回三峡了，否则按照大姐的性格，她必然去外面折腾出一个天翻地覆来，结果一定是悲剧，弄不好，掉了性命。二姐不听母亲的，当晚走夜路回到师范学校。那个夏天重庆连续高温，热到蚊子都受不了，纷纷撞墙自杀。二姐还是不肯回家，好几年她都不理母亲，认为母亲没革命觉悟，她看不起母亲。

那时没有一个人注意到母亲戴着一顶帽子，母亲不让儿女们看到她被打破了头，也没让父亲知道，她自己把头发剪整齐，对父亲说，短头发洗起来利索。连我这个非常在意母亲一举一动的小女儿，也没注意。外面世界太血腥，革命轰轰烈烈，相比之下，母亲的这些小小穿衣变化算得上什么呢？像三哥，参加红卫兵队伍，爬上了火车，跑去北京天安门，接受毛主席的首批接见，全国各地革命串连，连家都不落。

那个夏天江水泛滥，涨到两岸轮船有好几天不通船，即使通船，也限定了时间，只开几趟而已。

母亲每周末都走山路回家。好些地方被水淹，只得绕道，要比以前多花一个小时，她回来怨声载道，有时生气，不吃饭。父亲每天一早去看江水涨退情况，然后慢慢走回来，在堂屋抽他的叶子烟，什么话也没有。那段时间家里，和外面都是乌云笼罩，阴暗，充满恐惧，随时都会有暴风雨降临，我过得战战兢兢，不敢造次。

我和春姐朝中学街路口走去。站在石阶上看那人来人往的路口，众人都走得昂首挺胸，自自然然，平常如昔。可我的母亲不是这样走路。记得我上小学前，有一次坐在这儿的石阶上等周末回家的母亲，我久等她不来，就看那路口磨菜刀的师傅，他的袖子卷到手臂，磨十几下，把刀口放在眼底下瞧瞧。我突然看见母亲从右边小路上走来。她走得很紧张，忐忑不安，又小心异常，仿佛路上全是地雷，一踩就响。可是当她看见我，马上就笑了。我朝母亲走下去，面前出现了一个高台子，母亲被人凶狠地推上去批斗。

我摇摇头，阻止神思这一恍惚，难过得低下头。

春姐说："都过去了吧。"

她眼里有泪，她说的话，大半是对她自己而言。人都生活在过去，想忘记。说得到，做却难。

我说:"我们回去吧。"

我和春姐一起慢慢往六号院子走。她说,她在母亲的抬工班不到半年,就到油漆组工作,与母亲的往来就少了。后来,她的命运变了,去了日本。"我怀念那时候,我更想念你妈妈,可惜我没早来看她。"她感慨地说。

我向春姐打听起蕳伯伯来,她想不起来。但是她说:"你问一个叫王桂香的人,那是你妈妈的同杠子连手,她俩关系很好,她一定知道。"

问题又推到王桂香身上,她成了解开母亲好些谜团的关键人物。可是王桂香没来参加母亲的吊唁,大姐说是通知不上。这根线断了。

5

春姐没待多久就离开了。她一走,大姐与大姐夫就吵起来,大姐说,大姐夫应该让春姐给小米一份日本餐馆的工作,就是端盘子也行。大姐夫解释说,那儿的架势不是夜总会,只要女人有三分姿色就可以,服务员个个是经过严格培训的餐饮学校毕业的,大学生居多。

大姐气坏了:"你话说得多难听,你不就是护着前妻家人吗?你存心不管我女儿!难道你娶了姐还想娶妹?"

三哥赶过来,阻止他们争吵。"你们也不看看是啥子时候,要吵,回家去吵!"

两口子住了嘴。

小唐回来了,小姐姐亲热地迎上去,陪他一起上楼:"手续都办好了?"

"很顺利,签个字就行了。"小唐说。

"我告诉你就是这么简单。"小姐姐说。

进门前,小唐停住脚步,一脸严肃说:"我是好人做到底,母亲的房子不是我的钱买的,我不会为难。现在房子的事,我办了,那也希望你说话算数。"

他话是说给小姐姐的,但也是对我说的,于是我说:"小姐姐对我说了你们的约定,你放心吧。"

"如果你不请我,我再也不会去你学校找你。"小姐姐说。

我们进了母亲的房间,房间里就我、小姐姐和小唐三个人。小唐说:"知道吗,这一路上我都在想母亲这一生真不容易。"

我问:"你见过妈妈的遗容了吧?"

"见过,她很安详。"小唐说。

我说:"你们信妈妈捡垃圾吗?"

"你听谁说的?"小姐姐惊讶地问。

"你信不信?"

"那要看谁说的。"小姐姐说。

小唐没说话,不过看上去他也很震惊。

我说谁说不重要,关键在于若这是个事实,那么母亲为何拾垃圾,为何家里那么多人没人告诉我俩?我们这些儿女在做什么?父亲在时,母亲不会沦落到如此地步,父亲不在了,母亲的境遇如此,如何解释?

二姐和三嫂走了进来,看来他们在门外听了一会儿。二姐说:"六妹,本来我不想说你,你连父亲的丧也未送,在英国就是不回重庆,你倒好意思来谴责我们?"

"你知道的,当时买不到机票,回不了,当时妈妈也认可了的。爸爸养育了我,给他奔丧是天大的事。"我气得说不出话来。

"晓得就好。妈就是偏向你,替你开脱。"

从二姐的口气上,她是知道些母亲的事的,我恳切地说:"二姐,能告诉我母亲的事吗?"

"告诉你啥子?"二姐说,"老年人老了,脾性都变了,小辈子能管得了?我们告诉她不要做什么了,她偏要做,我们要她做什么,她偏不做。她是老来小!"

我说:"二姐,你怎么反倒奚落母亲一番?"

小姐姐插话:"哎,你还没有告诉我,是谁说的呢?"

我回答:"八号院子的王眼镜。她说妈妈跟个要饭的差不多。"

"你看她会信那号人?"小姐姐很生气。

二姐说:"你知道王眼镜跟我们家势不两立。"

我说:"正因为是王眼镜,我才觉得不是假的。"

二姐说:"她明明在造谣!"

三嫂从我们身后蹿上来,拉开我说:"六妹,息了气。妈的丧事是大事。"

小唐也在给我递眼色,暗示我依了三嫂,我本想把这事问个水落石出,只好就此打住。

小唐朝我头一偏,走到外面走廊,我跟在他身后。站在栏杆前,他告诉我,因为有钥匙,他顺便把我给母亲的两套房子看了,说我真好眼力!会买房子———一年前是期房,位置在南滨路山腰上,离闹市近,购物方便,坐车也方便,房子看起来不错,方方正正,可以看到长江江景。从期房到现房,房子一下子就涨了价。

我看了他一眼。

他说:"我没有什么意思,我只是有点惋惜,母亲死的不是时候,未享受到这福气。要搬家了,她就走了。"

我眼睛一红,赶快掉转脸。

"我不会说话。"小唐说。

小唐的话倒提醒我了,一个月前我从意大利回重庆看她时,就告诉她这个消息,她嘴上说:"六姑娘真是有孝心,妈妈小时那么不照顾你,你还是一窝鸡里最能飞高最爱妈的,啥子时候都不忘当妈的。妈是哪辈子修的这个福呀?"

她没说想搬到新家,整个人看上去没有不喜欢,也没有特别喜欢,她像有话梗在心中,却没说出来。算了算,我们家从1950年从江北青草地搬到南岸野猫溪副街六号院子,就一直住在这儿,我们当儿女的,因为下乡当知青,因为工作,因为成家,各自离开,可父亲在这儿住了四十九年,母亲在这儿住了五十六年。也有可能,就是时间赶巧了,死神偏就在她马上住新房、就要离开这块伤心之地时,带走她?

我越想心里越难过。

6

阳光偏西,很黯淡。院坝外的铁筒炉烧得正旺,大师傅大展身手,他左右臂开弓,握着大长铁勺,在爆炒回锅肉。几个亲戚在帮着收拾桌子,摆碗筷,搬凳椅。

没隔多久,大肚猫宣布开饭,三哥三嫂安排亲友们分别坐上不同的桌子。小唐在靠楼梯一桌,他向我点头。我在他旁边加了一个位子,同桌有二表哥和小姐姐等人。

大肚猫和两个手下人在上菜:凉拌粉丝海带丝、麻辣牛肉和猪耳朵、魔芋烧鸭子、白斩鸡、芹菜炒肉片等,一共八菜一汤。看起来也干净,一吃味道不错。

小姐姐对小唐说:"你胃不好,我先给你盛碗汤。"起身去院门外。不一会儿汤来了,小唐接过来,放在桌上。汤是豆芽炖骨头,热腾腾的。

我看看汤,小姐姐看着我。小唐问:"你们怎么不吃了?"

我说:"我最喜欢喝汤,你知道的。"

小唐说:"那你喝我这碗吧。"

我拿过来,放在桌上。小姐姐说,她再给小唐盛一碗。她就到院门外,我跟着她,她对我非常生气。"你还是不放心,跟来做啥子?"

我说:"你搞什么名堂?"

"你还是以为我会在汤里放东西毒死他不成?"

"这是你说的。"

"最多让这不是人的东西犯犯肚子痛而已。"小姐姐笑了。"不过这样就太便宜他了。六妹,你放心吃那碗汤,老实讲,我没有放任何东西。"

"但愿如此。"我说。

"听好,这是我的事。你最好别管。"小姐姐说完,端着一碗汤,走进院门里去。我看着她的背影,感觉很压抑。

我勉强吃完一碗饭,开始喝骨头萝卜汤。舅舅说:"你们妈妈生前说她的丧事,不要办得冷清。"他四周看了看,"有二十多桌,都摆到院大门外了,她不会失望。"

不爱说话的二姐夫说:"该到的人都到了,除了两个远在伦敦的孙女外孙女没能来外,其他下辈人都来了。"

二表哥不说话,他绷着一张脸吃饭。看到我盯着他,他朝我勉强露出笑意。

我站起来,到了大门外。二表哥的妻子跟在我身后,也出来了。她说:"六妹不吃了,看看你身体并不太好,吃胖点吧?"

农村人向人表示好,就希望你吃胖点。我说:"你也不胖呀。"

她说:"我是那种再吃多少都不胖的人,证明没福气。"

我们朝做饭的大师傅那边去,那是六号院子外的一个依坡用石块筑起来的两三米的空地。做菜的炉子周围摆了很多洗净的蔬菜,还有一筐柴和煤球,一边是石岩边,很是清静。

二表嫂说:"大姐找我们借钱,我们没钱。别看我老公当了一个芝麻官,他老实,啥也学不会。忠县老家亲戚有困难找上门来,包括迁祖坟,他也死板死眼地回绝人家了。我说了他,他跟我发火,说不能开个头,开了头,就像洪水开了闸,没法收手。我说那是你的祖父祖母的坟,你不管?他说他是无神论者。"

二表哥具体做什么,我不太清楚,二表嫂与我这是第一次见面,把我当家人一样聊起来,让我感到亲切。二表哥说看过我的小说,自然不会忽略我那个批评三峡工程的小说,所以,我很想知道他的想法。

她说他这个人平时忙得出奇,这次我母亲去世,也可能是基于对我母亲的感恩,早年他在重庆当兵时母亲对他好,也可能是他没让迁出我外婆外公、也就是他的爷爷婆婆的坟,他觉得对不起母亲,他专门请了两天假出来。这倒是个好时间,等他吃完饭,你可抓住他好好谈谈。

我一直关心三峡大坝,尤其关心母亲的家乡忠县。我问她:"老家现在情况如何?"

二表嫂说,人畜饮水和灌溉用水的问题很大,新安置地大多是山坡,严重干旱,虽然有蓄水池、水渠,可年久失修,难以正常运转。加上水位上涨,原有的桥梁和道路被毁,新地方没桥,也没公路,车辆进出困难,严重影响生产和生活。洋渡镇搬迁前靠种植红橘和广柑,每户年产量500公斤,搬迁后就没了。像东溪镇,搬迁后,群众卖菜、小孩上学只好绕道,生急病生小孩更麻烦。村民反映这一情况,二表哥那段时间本来胃出血,还亲自参加调查组,到下面向群众致歉。

这时我看到二表哥边接手机边从院子大门出来,他眉头紧锁听着,最后说了一句话。收了手机,他朝我们走过来:"六妹,对不起,看来我得马上赶回去处理问题。"

二表嫂问:"要不要我和你一起走?"

二表哥说:"不必。"

他要我去和舅舅三哥大姐们打招呼,道对不起,就朝江边走去。

我与二表嫂送他到八号院子前的八号嘴嘴,看着他打了一辆出租车,急匆匆消失在滨江路上。

我担忧地说:"但愿不是太辣手的事。"

二表嫂说,大姐要借钱不是没理由,下边有些官乱来,连个村干部也会拿老百姓钱。有些贪官更弄出人命关天的事。

二表嫂说:"你二表哥就是想管也管不上,他不是一个贪官,但他也不敢和一些人斗。六妹,实话实说,我很怕。"

一时,我不知该说什么,正在这时我听到六号院子方向传来不寻常的吵闹声,马上拉上二表嫂往回走。

7

院门口来了两个叫花子,一个十二三岁,一个十五六岁,圆圆的脸,像是两兄弟,脏得周身发出一股浓烈的臭气。他们不要饭,而是口口声声说:"行行好,给点钱吧!给点酒喝吧!"邻居们围着,看热闹。

小米在我背后说:"肯定是有人指使来的。"

大姐夫冲过去,本来就是火暴脾性,这种时候更不饶人:"有要酒喝的叫花子吗?"他赶他们走。

叫花子不走,那架势非给钱才走,大叫花子露出奇怪的笑容,来拉大姐夫的手。大姐夫把他一把推倒,小的叫花子马上朝大姐夫扑上来。

大姐先拉开叫花子,家里亲戚扶起大的叫花子。

幺舅掏出二十元钱来,塞到大叫花子手里:"快走吧!"

两个叫花子赶快跑掉。

大姐说:"给钱做啥子,我们不要上人当。"

幺舅说:"大丫头呀,消灾图个吉利吧。不要再说了。"大姐也听懂了幺舅的话,拉着大姐夫到院门外去了。

大肚猫抬起左臂,扯开了嗓门说:"现在六点四十分,七点整,追悼仪式将开始!请求诸位远亲近邻赏小的一个面子吧。现在我们得把有的桌子收起来,请大家让开道!"

8

天色转暗,所有灯都拉亮。院坝里来了一批男女,拿着音箱和乐器,领头的在问五哥电插座在哪里。五哥连忙帮他解决。

七点到了,音响嗡嗡乱响。大肚猫说是音响接触不对,乐队正在检查原因。看来不能整点开始追悼会。我到了楼上,发现好几个人神情不对,他们在地上、床椅间隙处找什么东西。小米额头上是汗,她脸红通通的。

"怎么啦?"我连忙问。

大姐抬起身体来,对我说:"死猪烫不死的,倒霉透了,她把结婚金戒指弄掉了。"

原来如此。大姐一直咬定小米不是二奶,是明媒正娶的。我一下子就笑了。

"有啥好笑的?"大姐说。

"这是命呀。"

"你心肠好点,行不行?"

"她本来与香港那个人就没关系。"我说得比较客气,不想点清实质问题。

"他会回来找小米的。因为他们有儿子。"

"若是回来,真结婚,再补一个戒指,重新开始。"

大姐突然用手拂脸,我这才注意到她因为我的话双眼涌出眼泪。她说:"圣经里说,人为妇人所生,日子短少,多有患难。出来如花,又被割下;飞去如影,不能存留。六妹呀,我们女人家,命都难逃离苦海!"

大姐在我心里一下子扭转形象,之前她说信上帝,去教堂做礼拜,我还不以为然。看来她的确是信了,不仅信了,还读《圣经》,还用《圣经》感悟人生。生平第一次我感觉自己喜欢大姐了,与她的距离缩短。

小米和几个亲戚还在瞪大了眼睛找戒指,沙发底、椅缝隙、冰箱底,移开每个可能掉入的阴暗处。大姐说,"这是个不好的兆头,掉了戒指,可能那个男人永远不会要小米母子俩了。"她眼泪又花花地掉下来。

我递她一张纸巾,告诉她二表哥县里有事先走了。她说她知道了,二表嫂已和她说过。

有一年我回来看母亲,母亲对我说,我给她的金项链在路上被人抢走了。姊夫看大姐,天色稍晚,最多六点多吧,坐了三轮车回来,手里提着大姐给她做的香肠。在弹子石与塑料五厂那段小马路上，一般都有人，可是那天傍晚一个人也没有。母亲下了三轮车，下一坡石阶。一个手握扁担绳子的家伙朝母亲走上来，说："老人家，要不要帮忙，提啥子好东西，这么沉呀？"

母亲说："不用，谢谢了。"

那人靠得太近，母亲用手去护着香肠，不料他猛地抓住母亲脖颈的金项链，狠狠一扯，母亲痛得大叫，项链还是在脖子上。那人左手弹出一把小尖刀。母亲连忙说："你莫吓我，我把项链取下来给你就是了。"

那人抓过项链仓皇跑掉，母亲这才发现自己手在发抖。母亲说："那是你给我的项链，多可惜，遇上黑心强盗。"

看着母亲难过的样子，我马上把手指上的结婚戒指取下来，给母亲。那是一个紫水晶的金戒指，初看还行，久看觉得不是太满意，在我手指上偏瘦。母亲的手指比我粗，戒指只能戴在母亲小手指上，可是比我适合。

给丈夫通电话，告诉他发生的事。他满口说戒指给母亲好，我再给你一个。他没有再给我一个戒指，现在想来他并不是忘了，而是心里生气了。我怎么可以把结婚戒指给人，即便这人是母亲，也不能。迷信一些的话，婚戒掉了，就是婚姻丢了，我把自己的婚姻丢了，这能怪得着他吗？

第九章

1

乐队一共四男一女，四个大男人身着漆黑中式孝服演奏乐器，有电子琴和鼓，女歌手也是主持人，她化妆厉害，一身白衣白裤，披着半长头发，三十五六岁，除了脸上有麻点，长得倒有几分姿色。女主持人朝乐队做了一个手势，乐队响起《送魂调》。

大肚猫加入，他拿着一把唢呐吹了起来，顿时变了一个人，双眼有神，专注投入，显得生机勃勃。唢呐声比直接放安魂曲唱片要让人悲痛得多，所有人一下子从不同心境里进入与亲人的别离情绪。唢呐把开场调吹到高潮，乐队的全班人马，全都扔下家伙，齐刷刷地向母亲牌位三拜九叩，又哭又号，乱作一团。大肚猫从号丧调，转入《追魂调》，若不是经过千锤百炼，哪高、哪低、哪哑、哪扬，就会露马脚。

人的喜怒哀乐就像传染病一样，会迅速蔓延。主持人一脸是泪，让孝男孝女们分两排站在母亲的灵柩前，儿子在媳妇前，女儿在女婿前，戴白纱红点的孙辈在后面。不过舅舅、小唐都在行列之中。

主持人说："全体起立，默哀三分钟。"

哀乐稍微低了些，主持人用一种蹩脚普通话追忆母亲一生走过的历程，用的内容是大姐给她的版本：母亲1923年生在忠县关口寨，十七岁逃婚跑到重庆到六〇一纱厂当纱妹，后来生活所迫，靠在江边给船员洗衣服生存，遇上父亲，有六个孩子，有孙儿女九个，享年八十三岁。

大姐跳过了她的生父袍哥头子，直接讲母亲遇上父亲的故事，也跳过了我的生父。大姐大多取材于我写母亲的那本自传，唯一不同的母亲的岁数比我书里大了。她心里没把握，来问我。母亲到重庆时，为了进纱厂，把出生年龄改小三岁，解放后，登记户口，把岁数改回。后来为了找临时工，又把岁数改小两岁。来来回回改岁数，母亲自己都糊涂了。母亲一会儿说她生于1927年，比父亲小十岁，一会儿说她生于1925年。我们几个姐妹更不知道母亲多大，以至于大姐给主持人母亲的经历时，我们争论不休，谁也说不准母亲多大，只记得母亲的生日是3月31日。最后，我说，母亲说过她属相猪，那么可推算出母亲是生于1923年。

"古往今来，人世间，帝王将相，才子英雄，谁能不死？大江东逝之水，淘尽千古英雄，我们的好母亲呀，你一生好名千古流芳，永垂汗青。母亲的恩情比海深，我们像鱼儿游在其中。我们的好母亲是一个纯洁善良的人，一个有同情心道德感的人，一个受老幼尊敬爱护的人，一个让人们永远怀念的人，愿母亲在天堂和父亲一起过好日子，穿丝绸衣服，吃鸡鸭鱼肉山珍海味，睡席梦思大床，看背投彩电，打麻将，用金子做的马桶和浴缸。在天堂,不要忘了和我们一起看2008年北京的奥运会,为我们中国人加油!我们的好母亲,你的儿女们再次悲痛地呼唤你:我们的好母亲!安息吧!"

主持人的这些话,可以放在任何一个死者身上的套话,老腔陈调,有的地方夸张十足,配合着哀乐,却煽动得场子里的悲伤到了顶点。大姐首先放声大哭起来,所有人都哭了,一片唏嘘声,有的掏手绢,有的擤鼻涕,有的悄悄抹去泪水,站在我对面的小唐也湿了眼睛。

主持人清清嗓子,宣布由孝子孝女代表讲话。

我们几个女子正在互相推让,大姐一把接过话筒,说她来代表。她说,母亲是世上最好的母亲,她小时候爱和母亲吵架,因为母亲总反对她,下穷苦的夹皮沟三峡当知青,去了才知道母亲是对的;母亲反对她跟第一个丈夫结婚,说表哥表妹不适合,结果等到她要离婚时,才知道母亲是对的;母亲总是先一步知道对错,她这个女儿不孝呀,母亲要原谅她。她朝母亲灵柩跪下来,叩三个头算是谢罪。

大姐说完,大肚猫又吹起安魂调。

主持人拿出镜子,整理了她的妆和头发,把戴在头发上的白麻布带转了转方向,一步一步走到母亲的灵柩前,叫了一声:"妈妈呀,你死得好惨!"就如亲女儿一样扶棺痛哭,一声声撕心裂肺。

"妈妈啊,我的亲妈妈,叫妈妈不应,哭妈妈不醒。洒泪泣血,追忆妈妈。妈妈幼时家境贫,逃婚到了大重庆。世道坎坷多风雨,天作之合嫁我父。六个子女蒙厚爱,出外卖力养全家,劳苦功高恩情深。妈妈啊,我的亲妈妈,叫妈妈不应,哭妈妈不醒。黑纱白花,缅怀妈妈,你撒手去,亲恩未报扼腕伤。"她全身痛苦得哆嗦抽筋,最后泣不成声来,仿佛马上就会闭气倒地。

最后是由三哥三嫂把她扶起来,给了她两百元辛苦费,她才离开母亲的灵柩。

小唐对我说:"她是真哭。"

我有同感:"是啊,有的人流眼泪,但一眼能看出是假的。"

大肚猫听见了,接过我的话说:"我的作家妹子,这是一门职业,真归真,但不会真痛极攻心,昏迷休克。想号多久就号多久,该停就停,收放自如。吃我们这碗饭的人得懂些心理才是,响动搞得太大,四面八方的邻居就会提意见,弄成噪音污染了。搞小了,你们这些死者亲属,不高兴。"

那个主持人换了一身红衣,真把丧事当喜事办。她兴高采烈地发点歌单。大姐拿过来,马上给母亲点一首歌:《世上只有妈妈好》。那边马上开唱,调子起得非常高。

有妈的孩子像块宝,投进妈妈的怀抱,幸福享不了。
世上只有妈妈好,没妈的孩子像棵草。

大姐跟着唱。她带了头,亲戚朋友争着为死者点歌,二十元一首。通俗歌曲内容五花八门,女歌手改了改词,赢得满堂彩。

小唐来了兴趣,问大肚猫:"这种乐队悼念的形式,岂不是一次群众大集会?"

大肚猫说:"观众会不少,平时亲朋间邻居间很少往来,这时也变相地联络了感情。"

"那你吹唢呐多长时间了?"

大肚猫说他是家传。父亲传给他这本领,反复练习,临场发挥才会惊天动地,哪高、哪低都非常讲究。吹鼓手在以前可不是下贱的行当,这一行的祖师是孔夫子孔圣人,吹鼓手的家里都供奉着孔圣先师的牌位,他父亲死得早,为了供养母亲,给人吹唢呐。

2

独眼邻居马妈妈一口气给母亲点了五首歌,引起我注意,一般好几个邻居凑钱点一首,还要商量一番点什么歌好,主意不同,还要讨论过去讨论过来。这儿人都穷,除了打麻将肯出个大团结,那是由于可能会赚回,其他花费都得好好掂量。可是马妈妈不在乎钱,她好像在表达一种特殊感情。她跑上跑下,张罗邻居们给母亲送花圈,借吃饭桌子凳子,就跟自家过世了亲人一样。她住在这条街的瓶颈口,开了一家杂货铺,往来人都得经过她的眼睛。若想弄清母亲生前的一些事,问她是不会错的。

于是,我走到马妈妈跟前,问她:"可以卖一些蜡烛给我吗?"

她说杂货铺里还有一盒,不过只有五根,不知够不够?

我说够了。

她让我等着,她马上去店里取。

我说:"我和你一起去。"

两分钟后,我和她到了杂货铺。马家小女儿照顾着店铺,晚上打公用电话的人较白天多,站在店铺外边,专心地听正在通电话的人的内容。我好奇地打量,店铺柜台上摆了几个玻璃瓶子,装有糖果花生米之类的东西,里面右侧一墙酒瓶香烟,还有一些粉丝海带干货什么的,里面开了一盏小灯,看不清楚。

马妈妈善解人意地说:"六妹你见过世面,不晓得有没兴趣参观一下我这狗窝?"

我说:"我妈妈说过,金窝银窝,不如自个的狗窝,能让我参观狗窝,真是太感谢你了。"

马妈妈开了大日光灯,让我注意靠楼梯处有一块地,因为地湿、起潮,面坏掉,她找人来修补,还未干。楼下除了店铺,还有一个吃饭间,外加厨房,还算干净,一个大圆桌木凳,柜子,还有一个大水缸。楼上二间睡房,搁了彩电,堆得乱七八糟的电影碟子,地上有脏衣服,看来是她女儿的房间。下楼梯时,马妈妈说当初买下这个房子只有楼下两间房,烂得很,墙板稀到能看见街上,好在屋后是溪沟,与他人房子间有块小空地,他们在溪沟上面架空,加盖了,打通原房子,又添了楼上一层,成了现在这个样子。

"六妹,你随便坐。"马妈妈说。

我坐在吃饭桌前:"马妈妈,我妈爱和你摆龙门阵吗?"

"你妈爱摆呀。她以前老爱上我这儿来,有时顺便买点盐酱油。"马妈妈的声音听起来有些警觉,"不过那是以前,后来她就不来了。"

我问她原因。

"你妈没说,但我猜得到,是啥子原因。"

那必是有人管着,不用问马妈妈,我听得出来话音。马妈妈从厨房冰箱里,拿出一杯可乐递我,我接过来,谢了她。她说:"六妹哪,你妈妈有一次对我说,孩子就是一种人质,是我们这些做妈的生活的目的。"

"我妈妈这样说?"我一惊,母亲这话含义深奥,朝哪个方向理解都不会错。

"你妈妈在我眼里是最有水平的人,她见识多!"马妈妈感叹道。她说,1963年,她搬到六号院子住,发现院里邻居街上人不理我母亲,说我母亲是坏女人,其实大半出于嫉妒。我母亲长得好看,人又聪明;大半害怕居委会,人都是旧思想老观念,因为这个女人既是被镇压恶霸袍哥头子的老婆,胆大包天,敢不顾一切与人私通,养私生子。众人眼里我母亲连针眼儿那么一个优点也没有,可马妈妈不这么看,虽然公开她不敢,但私下里,她常向我母亲讨主意。她带着感激说:"这个房子就是你妈出主意让我家儿子买下的,包括这个店铺。那时买房多便宜呀,能买到好位置。得谢谢你妈呀,她就是看得远,说这儿开铺子必得生意好。"

我更吃惊。

马妈妈说,她比我母亲年轻十五岁,却不如我母亲。她与我母亲在一起摆龙门阵,两人爱感叹,老了做人难。耳背眼花,记性坏,想起前事忘了后事,颠三倒四,病还多。

我说:"是啊,每个人都得走这一步,谁也躲不过。马妈妈,你知道的,我人不在重庆,完全不知道母亲生前过得如何,现在母亲不在了,我才发现其实自己是一个盲人,对母亲的好多情况并不知晓。马妈妈,你一定晓得我妈妈拾垃圾吧?"

马妈妈脸发青,直直地看着我。"我不晓得。"但紧跟着她问我一句,"你啷个会如此想?"

我说:"不瞒马妈妈说,是王眼镜堵住我讲的。"

"那个婆娘嘴里能吐出好家什?"

"所以,我要问你。"我重重地叹口气,"马妈妈,请告诉我吧。"

"你拍拍屁股走了,我还在这儿活到死。"

"马妈妈,我只是要知道真相而已,我向你保证,我不给你惹麻烦。"

马妈妈眼睛里的坚定,有些改变,我握着她的手说:"请你看在我死去的妈妈的面子上吧。"

马妈妈说:"六妹,好吧。不过,你听了不要难过,你妈妈她的确捡垃圾。"

我眼泪马上流出来,我母亲真的跟那个垃圾堆的人一样,在臭烘烘肮脏的江边捡垃圾。

马妈妈说:"六妹,不要哭。"她把一片纸巾递过来。

"再告诉我一些,好吗?"

"不是我亲眼看见,是有人看到的。"

我止住哭。马妈妈说,真不该讲这些给我听。她让我千万不要告诉家里人是她说的,不然她儿子知道了,绝对不会饶恕她。"算了,你妈妈人已不在世了,说什么都没用了。"

马妈妈打开柜子，拿了一盒蜡烛，交给我，她不收我的钱，让我回去参加丧礼了，她要替下小女儿，小女儿得睡觉，明天要上班。明显是下逐客令，我只好谢了她，站起身来，往六号院子走。

3

这一坡石阶，从小走，一次次踩上去的脚印，该有马蹄厚了吧，从未像这一次走得如此困难，脚踩下去，像烧铁烫得惨痛。母亲拾垃圾，不走这条路，她走下面的石阶，直接通向江边，捡垃圾，也不必走原路，从江边有一条路可直接通向弹子石或野猫溪废品收购站，卖完那些烂玻璃瓶子、旧报纸、烟盒废塑料袋子，把几块钱小心地装好，才回家。她手上脸上全是灰，脏脏的，回家得好好洗手和脸，也许，她在回家之前，就在江边把自己清理干净。

不，我无法接受母亲捡垃圾的事。

那完全是马妈妈虚构的。她也说了，她是道听途说。一定是这儿的人恨我母亲编造了这故事，让母亲脸面扫地。退一万步而言，他们说他们的，对我而言，并非亲眼所见，我有一千个理由来怀疑它。

问五嫂吧，她会怎么说？二姐不是已经回答了，老年人脾性变了，不好侍候，自有主张，她要做什么事，谁能管得住？再说，她有事情做，也好打发日子。

等等，二姐未必知道得一清二楚，二姐也是听人说，未必亲眼所见。

五嫂自然知道。她与我同龄，与五哥结婚时，很温顺，人长得有模有样，跟小姐姐五官相像，个子也几乎差不多，常有人把她俩认成一个人。父母都是母亲船厂边上的农民，她高中毕业回到乡下，没有找到工作。和五哥结婚后，就到了我们家。结婚后生有一子，她态度变了，嫌五哥是兔唇，自己跑掉。五哥上下左右都找遍，找不到，登报后也没人影，就死心了。突然有一天，有警察打电话来，问五哥是否有五嫂这个人？

五哥说："是的，她不见了。"

警察说她在河南，被人卖了当老婆，受不了虐待，逃了出来，害怕被人追击，只得找了警察。

五哥问母亲："怎么办？"

母亲说："怪可怜的，赶快让她回来吧。"

五哥对警察说，他愿意出路费，请警察帮助她回到重庆家中。

母亲在五嫂回来之前，把家人叫到一起吃饭。说了五嫂之事，同意五嫂回家，要大家不要看贱了她。

二姐很生气，说："这种东西以为这个家是一个商店，可进可出。"

大姐说："贱人有贱命，她以为遇上帅男人，结果被骗被卖，当了人家的老婆。河南那种地方，解放前穷，解放后更穷，说是两兄弟甚至几兄弟共用一个婆娘，她在床上侍候了兄弟们，床下还得侍候公婆和小姑子，耕田种地做饭，稍不如意，男人会动粗，打她，日子能好过吗？她想回来，没门。她没女人贞洁了，她败坏了这个家的门风，脏了五弟的名字，她以为五弟好欺负，她也不想想，我们几个姐姐是吃糠喝西北风的吗？"

三哥也不同意，说母亲不应该纵容这种女人。三嫂说，好马不吃回头草,她有志气也该志气到头,实际一点,应该给五弟另找一个对象,好好重新开始。

小姐姐说:"就是嘛,重新找一个,对五弟好一点,人老实一些,像她那么好看的女人,早晚都要跑。"

母亲说:"你们都说的有道理,可是五弟五嫂有一个儿子,儿子需要亲妈,你们就不能容许改错,谁能保准人一生能不有个闪失。"

父亲坐在那儿,一直没开腔表态,突然说:"你们听妈妈的,这事就这样定了。"

母亲说:"等她回来,谁也不要提河南之事,人都有个脸,每个人都要好好对她。"

那时六号院子还在,二姐详细地写信到伦敦来,说五嫂回来后,一家人对她像什么事都没发生过一样,她很感动,变了一个人,对五哥好,对儿子好,对父母也孝敬,不过还是照常拿家里东西给娘家。除了这个小毛病外,她也不再在妯娌间说长说短,搬弄是非。不管怎么说,妈妈是做了一件好事。

有什么值得怀疑的,母亲当然会那样做,母亲总是以一颗善良的心待人,母亲从不会认为一个女人的贞洁,不幸被坏男人玷污,是大问题。母亲从人性本质出发,她的宽容和同情心是天生的。

对五嫂,从她嫁给五哥后,我与她没有相处过,她长在近郊农村,人却聪明,学什么东西都快,所以,一点也不像是农村姑娘。假若要我远距离想她这么一个人,我真是想不起来什么具体的事,除了被拐卖到河南当人家的老婆外,在我记忆里倒是深刻。她被卖河南那年,经常发生四川女人被拐卖到河南,绝大部分是重庆大城市的女人,这在当时是一个大事件。很多重庆女人就此生活在河南,运气好的,遇上好人家,在那儿生儿育女,生活一辈子。五嫂的问题在于她运气不够好。

大姐偶尔也在我回重庆时给我吹风说,五嫂根本不爱五哥,经常跑到外面去玩,打扮得妖娆,去勾引男人,仍想钓一条大鱼,丢掉五哥。大姐的话,信几分就几分,不信也可以。不过,就我自己而言,我从未看清五嫂是一个什么人,虽然我一向看人看到肠子底端。

我心里没有主意,怎么和五嫂谈母亲拾垃圾的事。五哥一向老实,让着她,我不想五哥有任何麻烦。

4

乐队继续在唱歌,是乐队里那个键盘手,替换女歌手,声响开大了一倍。他唱得气宇轩昂,右手拿麦克风,左手一直举得高高的,也不嫌累。

"啥子时候结束?"我问三嫂。

三嫂说政府有规定,像北京上海这些大城市,办丧事夜晚一律不准有乐队,但是小一点的城市因情况自定。重庆南岸规定晚上过十二点不让唱,否则影响周围居民休息。一旦公安局收到举报电话,就会来罚款。

我看了手表,现在才九点过一点儿,还早着呢。

小姐姐不知从哪里弄来一把二胡,她坐在乐队前,调了调弦,清清嗓子,唱了起来:"哪个能思不歌?哪个能饥不食?天不绝人愿,故使我见郎。"

小姐姐唱的该是南朝乐府《子夜歌》，一个叫子夜的古代女子，曾经沧海难为水，因悲哀而歌，不论是豪门或是平民，甚至鬼魂听了，皆为之感动，纷纷唱她的歌。

这可能吗？

除非是江浙人的父亲教过她？不可能，我从未听过父亲唱过歌，一次也没有过。

小姐姐出国前，父亲的侄女从浙江老家来重庆看过母亲，她教小姐姐唱？

可是小姐姐用四川话唱出来，《子夜歌》听起来别开生面："我作北晨星，千年无转移。欢行白日心，朝东暮还西。"

小姐姐在下乡当知青时学会拉二胡。只是听她说过搞知青汇演，却从未亲眼见过，我在伦敦那些年，也没机会一睹真功夫。她边拉边唱，一支又一支，唱给她爱的人听，要挽回他的心。她唱呀唱，唱给棺材里的母亲听，希望母亲能明白她多么渴望被人爱。

小唐专注地听着，眼睛亮亮地看着小姐姐，无疑给了她鼓励。小姐姐从一个朝代唱到另一个朝代，牵牵绊绊，月圆月缺，从古至今无别，仿佛她活着的目的就是为了此刻。她唱进了角色："高楼谁与上？长记秋晴望。往事已成空，还如一梦中。"

这时有人碰碰我胳膊，是三哥，他让我看楼上。

是五嫂，她比画着我有电话。我便上到五层楼去。

"六姨，是我，田田。听说追悼会开得不错。"

"还算吧，听见了吗，你妈妈在唱歌，唱得非常好。"我说。

"她是一根筋,为了爱情,她什么也不顾。"田田说。随后她告诉我,机票太贵,外加她在上学,不能回中国来给外婆吊唁,真是对不起外婆。她说她担心她母亲,要我多留心眼。小唐离开伦敦前给了田田一千镑,作为她考上伦敦商学院的奖励。言下之意,不要她管她母亲与他的事。小姐姐对田田非常生气,认为她成为小唐用钱收买的走狗。田田说,现在她几头都不是人。她可以不在意小唐的感受,可她不能不管她的母亲,看着母亲一天天消瘦下去。昨天她的母亲让她查一下她的电子信箱,结果看到一个朋友给母亲的信,说小唐准备结婚。

田田自作主张删掉了,以免她母亲方便上网时看到。

她不知道她是否做得对?她要我答应,别告诉小姐姐她电话的内容。

我对田田说,只要你的做法是为母亲好,起码为她将来好,就不要内疚。

小唐准备结婚,他不会告诉我。不过小姐姐早就估计到这点,她也因此警告过小唐,若是不把她安顿好,他和那女人就没有安稳日子可过,她会闹个天翻地覆。

曾经因为什么事,小唐与我通电话,说小姐姐根本不了解他,小姐姐以为闹就可以闹成,比如她之前闹过她的前夫,但小唐才不吃她这一套,越闹他越要离开她,越要对着她反对的事做。

我说,你又不是十几岁的少年人,干吗对小姐姐做叛逆事,有脑子吗?

他说,他这一辈子,年轻时被打成"五一六"分子,把他下放农场,"文革"时他又被整治到兰州一个偏远煤矿,矿里的头头一直把他当眼中钉批斗。"四人帮"打倒后,全国恢复高考,他考研究生。可是矿里头头就不是批准,也不准他请假。他不畏一切,跑去参加考试。他考上了学科状元,京城学院来人政审时,矿里头头说他政治思想有问题,对现实社会强烈不满,从不与人说话,看不起无产阶级,煤矿里放电影,从不看。总之,这也有问题,那也有问题,说得太严重,让政审的人都不相信。最后,非要调走他不可。他说,不怕小姐姐秦香莲似的闹,他不怕。实话说,现实都未让他改变思想,小姐姐那样没智慧的女人,凭着一股妇人家的泼悍歪理就能让他服气?简直是笑话。

小唐记性有问题,小姐姐的前夫并非因为小姐姐闹,就和那个打工妹断掉。当小姐姐说和他离婚后,他马上就和打工妹结婚了。小姐姐要找小唐闹,其实是弱者表现,破釜沉舟,鱼死网破的结束。田田了解她的母亲的天性,所以担心。

小姐姐那时一天只睡一个小时,眼睛大面积充血。有一天眼睛痛得睁不开。她打电话给我,我在罗马,因为小说得了意大利一个文学奖,本打算整个夏天在意大利旅行,结果接到她电话,就飞回伦敦。

本地诊所医生给小姐姐联系能马上看病的医院,比较偏远。我大着胆子开车带她看病,因为只有中国驾驶证,我开车很慎重。她闭着眼睛,说小唐收到她的电话,听到她眼睛病得快瞎了,没一句关心的话。小姐姐气得不行,眼泪哗哗而下。

我递给她手绢,继续开。好不容易开到医院,我才松了一口气。我们找到了治疗室,等了半个小时,才轮到医生检查。医生说小姐姐是用眼过度。

小姐姐说，她只是近段时间哭得比以前多。泪水流多了，也会有事。

医生说："笑一笑吧，没有什么过不去的事。"

小姐姐说："是呀，有什么事过不去呀。"说着她哭了起来。

医生说："这眼睛得自己爱惜，这样吧，开点药，一次点三次。"

我牵着小姐姐的手，走向停车场，她让我给她滴眼药水，说好难受。不过进到车子里，她觉得好多了，不像之前那么痛了。

我发动车，发现汽油快没了，决定去加油。开了十来分钟，看到了加油站，我让车子缓慢滑进。前面停有一辆车，我本该踩刹车，却踩了一点油门，车子往前驶去，我马上踩刹车了。但是撞了前车的后车厢，撞了自己车的前挡，车牌也歪了。

那车里的女人，跑下车来，看到我惊慌失措，她马上要我车子的保险号码。我说在家里，给了她家里电话号码，我解释："你看我姐姐眼睛病成这样，开车送她去医院，急了，不当心撞了你，请原谅。"

她说，"你撞了我，你得赔我。"她指车上旧伤，居然说也是我撞的。

我要了她的电话号码，战战兢兢地加油，交费，回到车里对小姐姐说："坐好，我们走吧。"

这一路上好压抑，小姐姐第一次不和我说小唐了。我们路过超市，都不敢下去买食品，生怕再出差错，就这样，好不容易把车开回家，把小姐姐安顿到床上休息，这才打电话告诉那女人。没想到，那女人要私了，她开了一个天价。

我气坏了，告诉对方，得保险公司处理。

几天后丈夫回伦敦，一看车子，气不打一处来，他骂我和小姐姐笨。他给保险公司打电话，那边承认在加油或是特殊情况下，可以由第三者开车，赔偿没问题。保险公司让对方开到指定地点，检查后只赔了五百镑。

他马上处理自个儿车子，开到修车行，要一千镑修好撞坏的地方。他说不要了，反正要离开伦敦，就打电话叫拉烂车的人来，拉车子的人一看那辆1.6升四缸汽油引擎的红色罗孚车，眼睛都发绿了。那桃木仪表板、完好无损的真皮座椅、制冷制热空调系统，加上镀铬外饰条弧度优美，车子既有老爷车的风范，又有着绅士风度。若是修好卖给车行或自个儿贴在网上，起码三四千镑。

他一向心疼钱，换了平时，绝对不会把车子扔掉。可是他死了心，就是要做给我看，他要扔掉所有与我相关的东西，离开我。他没待多久，就走了。

母亲那时生了一场病，被送到医院吊盐水。可在我和小姐姐的脑子里，完全没有她的一席之地。我们被不幸的婚姻弄得精疲力竭，情绪压抑。小姐姐自杀，我也想自杀。但她自杀在前，吃药，到马路上撞行驶的汽车，把头埋进浴缸里淹死，她把手伸进电源，她拿着菜刀，要自毁面容，然后抹脖子。趁我出门买菜，她就把自己的双腿划成一条条，正在划动脉，我回家了。用尽家里所有的云南白药，才止住血。我不能眼睁睁看着她死在我面前，我若是死了，谁来埋葬小姐姐呢，指望她的女儿田田？来收尸体都不可能。小姐姐拉着我的手，泣不成声，现在才懂了，养孩子不是图回报，一旦孩子成人了，你顺着她还好，不顺着她，她就跟外人没两样。是啊，在这个人情冷漠的英国，她连个送行的人也没有。

母亲住院的时候可能特别想念我和小姐姐，我们已好长时间没打一个电话回去。哪怕我们知道她生病，也没给她打电话。

2005年整个夏天，我在做什么呢？

现在让我好好冷静一些，好好回想。

如果我去问小姐姐说，她必定说，一年前，从5月开始，她的灾难开始。

对我远不止是灾难，灾难开始在这之前，用句老话说，那个夏天只是雪上加霜。5月母亲节之前，有记者采访我，我说我要回重庆看母亲。5月之前的三月末一天，是母亲的生日，我没有回重庆，没寄礼物，没在电话里唱生日歌。母亲一定等着，往年我都打。这年我与丈夫的关系进入白热化阶段，痛苦把我整个人烧化，完全变了一个人，冷漠无情，我只想到急功近利。母亲生日时，我赶到上海，为了是与上海一家影视公司签一个长篇的影视版权，此公司要成立我的个人影视工作室，我认为这比母亲的生日重要。

整个5月，南方好几所大学请了我和丈夫去演讲，我本可以不去，可是他非要我去，我就去了。媒体报道我与他的婚恋关系，有一个专写《知音》《家庭》那样的杂志的写手，采访了我，根据我说的一些细节，杜撰了我的爱情故事，写得天花乱坠。以后的记者懒，未采访我，沿袭那个故事，统统美化我与他的婚姻。我呢，在大学做演讲时，当下面听众问起我这方面的问题来，我也说他与我相亲相爱。我真是有毛病，毛病还不轻，自己抽自己的耳光，我真是天下最贱的东西。为什么不讲实话？

结束南方讲学旅行，我去了首尔，我的小说韩文版出版，那儿的出版社请我去做宣传。我本是和丈夫一起去重庆一所大学，只得取消，让丈夫一个人去重庆，他当然不会去看我母亲。我从首尔回北京，感觉他对我躲避再三，要我买手机给他。一个大男人要女人买手机本来就是笑话，可我还是买了手机送给他，并教他使用。

5月之后的6月，发生什么事？

6月之后的7月呢？

再往后，2006年新年前后，在伦敦或是在慕尼黑，之后，我去了哪里？直到2006年10月25日——昨天母亲闭上眼睛。日子往回倒，那十个月，我在做什么？很可怕，我完全不记得，那一段时间成了空白。母亲记忆出了差错，她把日子逆时针过；我呢，情愿顺时针加速越过，不想记起过去时。

故事永远催人老，我不善把自己的痛处翻找出来，亮给朋友。想想呵，我连母亲这个世界上最亲最爱的人都不说，我还能告诉别的人吗？我把所有的苦水吞回肚子。

5

我打完电话，站在门前，看见五嫂在走廊。我向她招手。她走了进来。我说:"五嫂,我们能谈一谈吗?"

她说:"啥子事?"

"我直话直说,你不要在意。我听说妈妈死前捡垃圾?"

她一点也不吃惊,说,二姐已给她说过这事,叫我不要没事找事。母亲有段时间只是爱买报纸看,觉得报纸扔了可惜,就把报纸收集起来,到收购站卖。她和家里人一起说了母亲,母亲也就没再做了。

她的样子不像撒谎,说得滴水不漏,这个故事的版本,我愿意听。我本该罢休,可是我内心有股奇怪的力量,不满意她的回答,直接把话扔过去:"那你为什么没告诉我呢?你不会还有什么事瞒着我吧?"

"六妹,我不晓得你在说啥子?"五嫂口气并不坚决,她好像是在找什么人似的看了周围,才说:"你在怀疑我,我有事不告诉你,我能那么做吗?啥子人嚼舌根,造谣?真是肠子节节长,没一节是好的!"

我看着五嫂的眼睛说:"当着我妈妈的棺材,你告诉我实话。"

"好女儿易做,好媳妇难当。"她说完,一甩手就出了房间。

我一个人在屋子里。明显是有事,不然五嫂会非常生气,非常愤怒,可她没有。我从窗子看下去,没有看见五嫂。坝子里亲朋好友挤坐在桌子前,喝着茶水剥着瓜子和水果,专心地听歌,在歌单上用笔画圈点歌。那边唱卡拉OK早就完全成了喜唱,唱到好处,大家一片喝彩,台下的人兴致高的,跑上去高歌一曲。

小唐走进来,说他上了好几次卫生间,肚子不舒服,想休息。

"那我找小姐姐。"我说。

"为什么非要找她不可?"他声音不悦。

"难道你没明白她是为你才唱乐府《子夜歌》?"

他点点头。看得出来他也着实吃惊,他与小姐姐在一起那么些年,一点也不知她有如此才能,起码那二胡拉得不比丧事乐队的水平差。"真人不露相。这个家每个人都有秘密。"小唐感叹不已。

"是啊,我该向你恭喜!"我平淡地说。

小唐马上紧张地问:"你这是什么意思?"

"放松吧,没别的意思。"

这句安慰他的话,却让他更不安。他说:"总不可能全随女人们控制过日子吧,男人也能做自己的主。打个比方,湍急的河水,有各式各样的漂浮物,它们朝各自的目的地去,谁也阻止不了,可是它们是那般无奈。"

他的声音在喧哗声中,非常遥远,可是我听得见,就是看他的口形,我也明白他说的是什么。这回他的比喻,触动了我,也许是他说了真心话,让我感觉他心里负荷极重,作为男人,他有多么失败。他曾对我说过,女人是多么凶猛的动物,一个比一个可怕,都来不及多想,便从一个火坑跳入另一个火坑。

"想什么呢?"他问。

我叹了口气,说一回到这儿,就想起过去,心里就生满霉点。

他说:"记住吧,你和我始终在那里,彼此不会突然背过脸去。"他的眼里有泪。

我的心很痛,隔了一会儿才说,"你注定是那种活得轰轰烈烈的人。"

小姐姐上楼来,打断我们的谈话:"猜到你们就在这儿。"她手里提着一个皮包，对小唐说："我们先去二姐家休息吧。"可是她朝下走了两步阶梯，突然想起什么似的，对我很不高兴地说："你给五嫂说什么了，她在下面哭。"

6

小唐转回房间里去，要用卫生间。我忘不了小唐看我那一眼，不奇异，但有暗示，似乎在说："瞧，你终于惹马蜂窝了，还不小心？"

我下五层楼梯，准备好挨姐姐嫂子们训。乐队正在放香港歌星奚秀兰的歌，有人在跟着唱，跟着舞，表演得有激情。不过声音没压过歌星："花儿为什么这样红？为什么这样红？哎红得好像，红得好像燃烧的火，它象征着纯洁的友谊和爱情。"

可是姐姐嫂子们看见我，像什么事也没发生一样。大姐二姐三嫂五嫂围坐一桌，在和新来吊唁的人讲母亲死去那一刻的事，她们如何害怕，如何悲伤到乱七八糟的程度。听的人聚精会神。五嫂说那一两个小时里，她五层楼跑上跑下不下五十趟，通知人，拿东西，人急起来不觉得累。

看起来，一切风平浪静。如此结果，出乎我意料。

这个晚上喧闹无比，不时还在放鞭炮，空气一片浑浊。朝母亲的灵柩跪下烧香。蹲到此售盗版DVD电影电视碟片的小贩，让人挑片子。大门外有一个大铁桶棉花糖机器，糖粒撒进去，转绕出一圈圈丰盈蓬松的云朵。白炽灯下，孩子们跑来跑去。

王眼镜走上石阶，一身酒气，她手里抓了一根白手绢，煞有介事。王眼镜一出现，就被三哥看见，大肚猫反应更快，拦住她。她就院门外哭开了："我来是哭丧，哭丧你们会吗？不会，让我来教你们。"她看着三嫂，"出殡时，你这当家的长房媳妇要唱'开大门'，否则石妈会在阴间受罪。"

"她醉得把你妈当成石妈了。"大肚猫对三嫂说。

"赶快扶她走吧！"三嫂说。

"我不走，我就等着这一天，我的儿呀，我的老头子，我都没有给你们唱。我的石妈老姐姐，你不要恨着我。"马妈妈让她的媳妇女儿把王眼镜拉起来，另一个八号院子的邻居也加入，把王眼镜拉走。她不肯走，脖子扭着说："脑门心顶着个领导，领导交任务，革命群众现在还得听领导的话，谁敢不听？"

小唐下楼来，这一幕已近尾声。他跟着小姐姐往院门外走。我说我不想去，想留到这儿与大家一起给母亲守夜。小姐姐看着我的眼睛说："六妹，求你了，今晚你得陪我们。"

我们三人下到江边约里克咖啡馆那儿，等出租车。

临近午夜，南滨路非常安静，对岸的灯光映在江水上，山上六号院子传来的吵闹声成了背景声，很不真实。我、小唐和小姐姐并肩站在一起，路灯之下，我们的身影投在地上，看上去是那样互相信赖地依靠在一起，尤其是他俩的身影非常亲密。怎么就不可能持续一生呢？多少年的路都走完了，走到这儿，再往前，不就成了。

人是自寻麻烦的动物，说起来再可怜，也是自找的。

从山坡上又下来六七位参加追悼会的人,不过有两个人开车的。都是二姐夫那边的亲戚,我们不熟,但他们认得我和小姐姐,问我们要去哪里,就让我们上车,说带我们去。

开车的小伙子放了简·伯金的歌:"昨天是一天,像任何一天,像每天一样孤独,同样是伤心地度过这一天,太阳下山时没有我,突然有人踩着我的影子,他说,喂!"

"他想问我,我不在的时候你做什么?为什么你在自己的影子里独自哭泣?"

车里的人都在专心听。

夜色贴紧车窗,江水扑打着岸。没一会儿,小姐姐叫停车。

我们站到马路边,与车上的人招手道别。

这一坡马路很陡,但是爬上去就是二姐的家。我和小姐姐走上去,不累,小唐就不一样,直喘气。有一个卖藕粉的小贩还在马路边,小唐说:"我们吃一碗吧,拉肚子都拉饿了。"

小贩赶紧请我们坐木凳,我们看小贩把磨好的藕粉倒入翻滚的开水里,那是一个旧式铜壶,下面燃着木炭火。

一人盛了一碗,小唐接过来,教我们轻轻吹,以免太烫,会伤了嘴。

小唐一口气吃掉半碗,这才停了下来,说他当年下放到农场,在母亲的生日时偷跑回上海家中看母亲。夜很深了,母亲就是给他做了一碗藕粉,甜甜的,待到母亲在"文革"中被抓走,后来得了乳癌,当然不能医治而惨死。他想念母亲,就会想到母亲给他念书,他十三岁就是一个失眠者，想得太多，睡不着觉，气得天天捶地板，也是那一年得了肺病。共产党赶走国民党统治中国没几年，上海作为直辖市，一度也像其他中小城市物资缺乏，搞配给制，连肥皂牙膏都难买到。他因为是少年肺病患者，得到政府配给，可有半斤牛油。母亲给他做菜时，省着牛油，就把牛油绕着铁锅上边抹一圈，让菜有牛油味。母亲会哼唱江南小曲。他跟着唱，母亲停下来，看看他，笑他五音不全。他想念母亲那笑，回回都会想母亲做的藕粉。只要遇到卖藕粉的，他都不想放过。可是与母亲的藕粉相比，都没那甜腻的味道，放再多糖，也没用，每当此时，他就更想母亲的藕粉。

我端着碗，鼻子发酸。以前他回忆母亲多于父亲，可是从未说过这个故事。小姐姐对小唐说："再来一碗吧，这个藕粉不错。"

小唐说："是呀，这藕粉有些接近我母亲做的藕粉的味道，可能是因为我来给你们的母亲送行吧，老天让我尝到我母亲的藕粉。人得做善事，不然老天不容。"

我泪水直往下掉。小姐姐背过脸去，她不想让我们看到她的表情。我敢肯定，在这个夜晚在这一刻，小姐姐是绝对爱小唐的，她忘掉他所有的坏。

7

小唐第一个进卫生间洗澡。他吃了安眠药，就进了卧室休息。我第二个进卫生间，脱了衣服沐浴。哗哗的热水声中，我听到门打开，走廊里有人在与小姐姐说话。我没有关水,靠近浴室门听。

"不要。"小姐姐说。

"改计划,该先通知一声。"外边的男人说话。

"没法打电话。你们先回吧。"小姐姐说。

进门锁门的声音。小姐姐进厨房倒水。我回到沐浴蓬头下,继续洗。我的第六感告诉我,姐姐他们有事,小唐来了,仅一个肚子痛,不足解恨。

难道他们要杀了他?

仅仅这么一想,我浑身就出汗了。我一直在观察他们,可是并不见他们做任何事,除了小唐的肚子有问题。

难怪姐姐们对我离开,不和他们守夜一点反应都没有。他们要对小唐做什么呢?小姐姐犹豫,改变了主意。

我穿了睡衣,出浴室,小姐姐进了浴室,她关上门。

这两室一厅的房子,是二姐的小儿子申请贷款买的,这个小区规划不错,对比北京房子,这儿有假山石水池喷泉,树都是从山上直接移植的百年老树,环境好。我给母亲买房时也选择了这儿。二姐当教师的城中心原住房正拆,她就搬到小儿子这儿来。装修简单,地砖也是白色,家具也是白色,显得面积比实际的大。进屋时,小唐感叹地说,一个小青年可以有如此之房,他这个教授在中国尚住在大学分的破烂小房子里,真是不公平!他说他得考虑在南都市买房子。

小姐姐说,你有那么多钱,就是该买房。

小唐马上说,他只是说说而已。

小唐进了一间卧室，把门关上。另一间卧室，给小姐姐吧。我拿了衣柜里的毯子，到客厅大沙发上。这儿宽敞，阳台可看到陡峭山崖下的江景，空气畅通。

小唐急匆匆从卧室出来，敲卫生间的门："对不起，拉肚子。"小姐姐马上拿着换下的衣服披着毛巾出来。他马上闪进去。

小姐姐穿上一件超长的T恤衫，我说："还不找药给他止住拉肚子？"

她说："我不知道二姐家的药在哪里？"

我在屋子里翻箱倒柜，终于找到了药盒，把两粒黄连素一杯凉水，放在小唐睡房里床头柜上。

他没一会儿就出来了。我对他说："止泻药在床头柜上。"他谢了，就进去了。

小姐姐一直沉着脸看我做这些，然后进了另一间卧室。

我熄了灯。阳台外传来的微微风声，喧嚣轻了，从峭崖上传来蟋蟀的叫声。我闭上眼睛，几乎即刻就睡着了。

8

他推开了她，她重重地倒在地上。

我惊恐地睁开眼睛，以为是梦。可是并非梦，两间房间里灯光倾洒进客厅，小姐姐在小唐房间里哭诉："为了挽回你的爱，我愿意做一切，难道你没有心吗？我们今天非说个清楚不可。"

"听着,我本就不该上你当来重庆。"小唐说。

"你到这儿,在我妈的丧期,还和那个野婆娘通电话,以为我睡着了。你说天下女人死完了,你也不会和她在一起。你离开伦敦时,对我一再保证过。"

小唐说他被小姐姐晚上拉二胡唱《子夜歌》感动,他想一个人想想,可是小姐姐这样蛮不讲理,干涉别人打电话给他,他受不了。他指责小姐姐多次半夜追击他大闹校园,每次打国际国内电话,都是粗话辱骂。小姐姐最不该的就是跟他的学生在电话里瞎说他双重婚姻,让二姐也加入对他胡乱谩骂。无论原先多相爱,经过这些手段,一切已经没有修复的可能。他这一辈子,都没有受到如此侮辱,被弄得这样惨,现在只能与世隔绝。所以,她再对他做什么事,已经完全没有意思。

小姐姐从屋里跑出来,一看我就说:"你听见他的话吗?"

我坐起来说:"你们俩能不能不吵了,你们不睡觉,我要睡觉。"

"你能睡得着吗?"小姐姐说,"这个人明天妈火化后就走掉,再找他,就难了。"她转过身,对准小唐房间:"好吧,你第一次把话说出来。你把事情做绝了,我才那样做。你去找校领导,以为他们会帮着你,你错了,你不过是他们利用的工具,用你的名义来招博士生。"

小唐很惊异小姐姐的话,他沉着脸说:"我们不是一路子人。"

"你只管自己回国。你完全不管我们这些人在伦敦如何活,可你会管珂赛特吧?"

"你不是送了一个好人家吗?"

小姐姐养猎狗珂赛特两年多。狗知人情,自小唐走后,狗到处找他,趁小姐姐大门未锁死时,狗将两只前蹄抬起,伸直身体把门打开,出去找男主人。有一次一周都未落家,把小姐姐急坏,准备贴寻狗启事。清早狗回到门前叫唤,瘦成皮包骨,腿还受了伤,她一把将狗抱在怀里。她告诉狗,她决定回中国找小唐,狗才放心地叹了口气。不可能带狗回中国,听说带进北京,首先是要进机场外的狗审查站关一个月,才让领走。这么大的狗,要上中国城里户口难,上不了户口,狗只会被抓走,杀死。因为狗想念他和她,总是吠个不停。左右两个邻居很客气,后花园篱笆外那几个邻居极不高兴,虽不是同一条街,在地铁站或超市见着了,却从不打招呼。

有一天傍晚,小姐姐买菜回家,脸色大变。大门上有红色油漆字:"婊子,赶快滚!"

第二次居然在大清早,两块大石头把客厅的双层大玻璃窗砸碎,玻璃碴飞满沙发和房间。这种邻居私下的暴力,对一个单身的中国女人和年幼的女儿而言,充满恐惧。警察来了,无能为力。小姐姐不可能到什么地方都带着狗,她下了狠心要把狗送走。她和田田在网上查,可以收养珂赛特的人家,都宁愿领养年幼的狗。问周边认识的人,都不肯要。最后找到莎瑞乡下一个人家,愿意领走珂赛特。这人有自己的农场,还养有同种类的两条狗。小姐姐给珂赛特洗澡,边洗边哭,珂赛特不断地亲小姐姐,安慰她。后来发现她拍照,珂赛特情绪不对,像条疯狗一样在花园里狂奔,朝天咆哮。

门响了,领养人来了,是一个健壮的中年英国女人,开着吉普车。小姐姐抱着珂赛特哭得死去活来,珂赛特也哭红了双眼,不肯出门,两个女人把狗往吉普车里推，珂赛特踢门，门关不住，小姐姐狠心地堵住门，硬把珂赛特塞入车里。

小唐听到珂赛特到处找他那儿，有些动容，可是他什么也没有说。

小姐姐说："我发誓此生再也不养狗了，我不算人，我不是人。为了你，我连自己的亲妈都不管了。为了你，我连珂赛特都不能要了，我恨我自己，为何要爱你呀！我这九年在英国，你知道我有多么孤独吗？我所有的心思都用在你身上，你突然间离开，我一点思想准备也没有。你将心比心地替我想一想吧，我都五十岁了，你要离开我，至少好说好散，让我后半生好好地过。不行，我不能这么算了！老天会帮我来惩罚你的！"

小唐说："你能做到的无非是更彻底破坏我们之间的关系。"

我不知道小姐姐是怎么做到沉默的，等到小唐关上房门后，她也走进自己的房间，熄了灯。

黑暗立即布满客厅，我坐在沙发上，不知过去了多久，觉得阳台的风有些凉，就起身去把那敞开了些的落地窗关严，却发现小姐姐头靠在卧室的窗台上，呆呆地看着江水。

我朝她房间走过去，对面门里小唐已经睡熟，打着鼾。我走进房间对她说："小姐姐，看在妈妈的面子上，什么事都别做。"

"你放心，第一，我不会害死他，第二，我不会轻生。"

她的态度很冲。

"那我洗澡时，你在门外跟什么人说话？"我想也未想就说出来。

"胡扯！你耳朵出问题，要么就是你的幻觉。"

小姐姐生气地指着门,我只得离开。

咚咚咚。有人敲门。

我睡着,雷声阵阵,滚过天边。我翻了一个身,继续睡。不对,的确是敲门声。两个卧室的房门紧闭,整个房子里静悄悄,显得安静得可怕。我穿上衣服,看看手表,是早晨五点四十分,什么人这么早来?

我打开门,三嫂站在门外,手里拿着豆浆油条:"生怕你们睡过了,我专门来叫醒你们。"

我让开她,进了卫生间洗漱。她去叫小姐姐和小唐起床。

我对镜梳头,直觉告诉我,三嫂并不是来叫醒我们的,她另有目的。等我出卫生间,她们马上停止交头接耳,让我吃桌上的油条。小唐走进卫生间,他与三嫂打招呼,与小姐姐点点头,像昨晚什么事都没有发生过一样,一切正常。

我的右眼跳了起来。迷信说"左眼跳财,右眼跳灾"。接下来,还有什么可怕的事会发生?这个早上我变得很不安。

第十章

1

我们叫了一辆出租,小唐坐前座,我们仨坐后座。

天色阴暗,车辆不多,交通情况异常好,十二分钟到离家最近的南滨路上,在意大利约里克咖啡馆位置停住。之前我没有注意到这家咖啡馆,大玻璃窗的咖啡馆竟是非常摩登,已成时髦青年喜欢的去处。早晨当然闭门。我们朝上爬石梯时,三嫂说,今天不仅是送殡日,也是送三。人死三天,灵魂正式去阴曹地府报到,或被神佛的使者迎接。她的母亲死时,没送三,她总梦到母亲来找她吵架,说她没孝心。

八号院子前静悄悄,转过去,就看见七号院子六号院子,全是人,拿着花圈。我紧跟三嫂穿过人群,进到六号院子空坝里,倒吸一口气。

家人们在绕棺材而行,边走边撒花生米。我们赶紧加入队列,经过大肚猫时,我说:

"不是七点才开始出殡吗？你没等我们。"

"别生气，没错，是七点开始，可是我掐算时辰，差五分这刻对你母亲最好，就提前了。"

三哥把馅食罐递给三嫂，叫她拿好。三哥把灵前祭奠烧纸所用的瓦盆举起来，狠狠地往地上摔，瓦盆摔得粉碎。有不少声音叫好，粉碎好！吉祥八辈！

大肚猫叫："起杠！"

一前一后四个杠夫抬着母亲的棺材朝院门走去。天色仍然暗淡，院门外的白炽灯亮着。鞭炮炸响，人们抬着花圈跟随。状如铜钱的纸钱，扬撒在三哥五哥脸上身上。

路上不时有围观的人，上了中学街，就进入空旷的小路，上端是小学，下端是中学的操场。

爬上最后一坡石梯，到了塑料五厂上的土马路上，天已大亮。大肚猫和四个扛夫开始移灵柩到灵车上。鞭炮持续了十分钟，烟雾之中，三哥三嫂指挥人分别坐进大客车和一些小车里。母亲的干儿子守礼让我进他的车，我发现莫孃孃已坐在里面了，还有她的儿子小毛，这给了我一个惊喜。

"六妹，我昨晚来时，你已离开了。"莫孃孃说。她接到大姐打到公社的报丧电话，再由公社把信息转给她，晚了一天赶到。她该是母亲差不多的年纪，除了掉了两颗牙外，身体硬朗，口齿清楚，瘦瘦精精的老太太，头发盘了一个髻，看上去最多七十来岁。她说到母亲未与她告别就走了，眼睛就红了。她从衣袋里掏出一个手绢来擦泪水。

莫孃孃是母亲从乡下逃婚到重庆，一同进纱厂当女工的姐妹，后来莫孃孃嫁了个重庆农村人，一直与我们家有往来，每年少则一次，多则好几次。二姐三哥不喜欢她来，认为母亲总拿钱给她，可是母亲说："你们没看到每回莫孃孃来，都大包小包带些红苕片咸菜鸭蛋什么。"也是的，收成好时，她还带香肠腊肉。有时自己不来，让儿子带来。

三哥不屑地说："农村人，和我们没什么语言。"

母亲说："那是和你没话说。"

每次莫孃孃来，一般都是过年前后，都要住一天以上。家里没睡觉的地方，母亲和她还有我挤在一块，父亲在堂屋搭竹凉棍睡。莫孃孃话多，从公猪母猪说到儿子大毛和小毛，说到村子里娶媳妇生大胖儿子，再说到承包地撒种小鸡小鸭生了多少蛋。母亲睡着了，她还在说。楼上楼下隔一层楼板，薄如纸，哥哥姐姐们听得一清二楚，嫌她吵，不高兴莫孃孃是有道理的。

父亲好客，哪怕有时母亲加班，没回家，莫孃孃来家，也好好招待她，不让姐姐哥哥当面顶撞她。莫孃孃来，倒是对我好，教我缝针线纳鞋底。

"亲戚，亲戚，不走不亲。"母亲的话，仔细想来有道理。但是莫孃孃与母亲如同姐妹的关系，不走也亲，我感觉到这点，因为从我坐进车里，莫孃孃就一直握着我的手。她说："六妹，没想到，好些年没见你，你都这么大，莫孃孃老癫东了，也该跟随你妈妈一样进黄土。"

我说："你肯定活过百岁。"

莫孃孃说:"你妈妈很为你骄傲,每回我看她,她都说你半天。"

莫孃孃也许知道一些母亲的事,可碍着守礼在,我没有问心里那些疑团。

2

车窗上飘了几分钟小雨点,但是未下大。不到四十分钟我们的车队就驶进了四公里火葬场的车库。两个穿白衣戴白手套的工作人员从灵车里抬下母亲,把她放在一个推车里,要进电梯。我赶快拉开车门跑过去,叫道:

"请等等!"

推车停了下来。我走过去,看着母亲,母亲异常瘦削的脸上没有布,右眼帘上有块瘀青,之前未注意到。帽子歪了,我帮她正了正帽子,理了理露在外面的花白的头发,又帮她牵牵衣服,按习俗帮她把鞋带解开,我轻轻抚摸母亲的脸和脖颈,把自己的脸贴在她冰冷的胸膛。每回与她离别时,我都想对她做,却都未做过,这次做了,可是她已停止了心跳。我努力控制住泪水不掉出来。"妈妈,我们这次真要告别了,妈妈,我不想你走,我没有做好准备。妈妈,哪怕你死了,可你还在,我眼睛还能看见。一旦连你的身体消失掉,我不知道自己怎么办?"

工作人员等得不耐烦,在边上踱着步。

我不管,我还没有与母亲说完话,我要亲口告诉母亲,我这三天来想到的一切。可是大肚猫叫来三哥和五哥,他们强行拉我走。

我不走。"妈妈，我要把心里的话告诉你呀。你一定要听完才走。"

莫孃孃也来了，她拉着母亲的手，叫一声："我的老姐呀，你死得好苦好冤啊！"她泣不成声。

我死死抓住母亲的身体。他们用力撇开我的手，把我和莫孃孃从母亲的身上拉走。

那两个工作人员把母亲推进电梯，他们大声叫道："在楼上去等。"我一回头，电梯门关上。我忍住泪水，不哭出来。我回过头，看见三哥在和大肚猫说话，本想说说他，可看到他一脸无辜样，就算了。

大肚猫把我家的丧事全完成，该忙下一家了。他上了灵车，那车子很快就驶出我的视线。

3

火化馆厅很大，地面墙面倒是洁净，安排着七八排长椅，坐了好些人，今天火化的死者不少。有玻璃隔开厅，里面是火化间，好几台升降机器，从楼下停尸间上来，直接送入熊熊燃烧的火炉。死者亲属透过玻璃可以看到送尸体进火炉，最后成白骨再送出来。四周有奇怪的标语，"人口数量降下去，人口质量升上来""含悲而来，满意而归"。像"尊重遗体，轻抬轻放"，倒是让人看了感觉放心。小唐拿出一页纸来，小姐姐马上递给他一支笔，他把标语抄下来，又要到外面去看，小姐姐陪着他。

我问工作人员："什么时候轮到我们的号码？"

他说:"快得个把钟头,慢的话,那就说不好多久。"

大家一听,都只能坐在椅子上。

莫孃孃要上厕所,我陪着她。从厕所出来,我抓住这机会问:"莫孃孃,为何你在母亲面前说她死得好苦好冤?"

"难道你不觉得你妈妈这一生活得苦和冤吗?"老太太反问我,她的脑子清楚得很。她并不想往我的思路走。"你妈妈她做人不是小肚鸡肠,绕来绕去,她这种人少见。你晓得蔪伯伯吧?"

我朝她点点头,可是我的心急促地跳起来,是呀,我怎么就没想到问莫孃孃,不一定要找母亲在船厂当抬工的连手王桂香阿姨,真是得来不费工夫。

莫孃孃说,除了我生父养父,恐怕要数蔪伯伯,在母亲生命中占重要位置。

"那么我姐姐们说,他是我母亲的情人是事实?"

"六妹,听我讲来,你再做判断。"

他与她最初认识时他是运输船轮机长,她是抬工,那段时间刚随南山一个搬运队来造船厂不久,休息时也不说话,愁眉苦脸的,给他印象很深。他上前和她搭腔,她也非常冷淡,是那种发自内心深处的冷。

那是1964年冬天。

莫孃孃说那段时间,其实是母亲与我生父分开后,两人在朝天门废弃的缆车道边见面,他看着母亲抱着还是婴儿的我朝渡口走去。那是他们为了分别,无数次见面中的最后一次见面。两人都忍着内心疼痛,铁了心肠分开。

生父非常想念我母亲和我，鼓足勇气跑到船厂找母亲。母亲在运输班的休息工具室里不开门，他去找母亲的好友王桂香。王桂香去劝母亲，母亲还是不见他，母亲把嘴唇都咬出血印来，王桂香只能劝他离开。就是那天，母亲感觉喘不过气，心发慌。她和王桂香阿姨一起抬东西时，不小心掉下跳板。恰好蒭伯伯的船停在边上，他看见了，跳下水去，救起母亲。

从那之后，母亲开始注意到蒭伯伯。有时王桂香向他开玩笑，要他请她们去家里吃饭。他当真要请她们，说他的妻子是船厂幼儿园教师，做一手好饭菜。可是母亲她们没去他家。他的船不时会到上游南岸弹子石，运输班偶尔分了一些不要的边角木柴，她们就会搭他的船，他还帮她们把木柴运回家。

母亲同屋的岳芸是个激进分子，"文革"一开始，岳芸首先揭发母亲是袍哥头子的婆娘，反对女儿响应党号召上山下乡。母亲被弄去审问，然后押上台批斗。母亲受伤，没有人敢看母亲。

蒭伯伯得知，带了一篓干桂圆风尘仆仆来看母亲。他刚下船。他关切地问母亲伤如何？他说母亲失血，桂圆可以补血。母亲被打破了头，涂了金狮子药包扎了布，躺在床上休息。母亲请蒭伯伯随便放，说伤快好了，没事的。

蒭伯伯一看桌上全是岳芸的大字报笔墨，没地方放，地上更脏，到处是墨和纸团，沾着泥土，像屋子里没住人似的，而门背后有钉子，就顺手将桂圆挂在上面。

没想到岳芸从身后走过来，指着门背后一张画，说他遮住画了。那是一张宣传画，解放军工人学生在一起高举小红书的宣传画，顶上是红太阳红旗，中心是穿军装的毛主席，画中引了毛主席语录"人民解放军应该支持革命左派广大群众""军民团结如一人，试看天下谁能敌"。

蔚伯伯说："那儿有钉，就是拿来挂东西的。再说，你就不应该把画挂在门后。"

岳芸说："我愿挂哪儿就在哪儿，你管得着吗？"

蔚伯伯发现这十来平方米的女工宿舍，墙上全是主席画造反革命画，贴得没空地了。

母亲坐起来，想去把桂圆摘下，可是岳芸动作更快，把桂圆取下扔到走廊。蔚伯伯一下火了，对她大吼起来："你害人还不浅吗？"

岳芸吓坏了，没作声，心里恨上他，当晚就去控告他。

第二天一早蔚伯伯就被抓起来，罪名是反革命，胆敢将臭水果放在主席画像前。中午时分，他的妻子带着十三岁的独生子来找母亲想办法。他们找过厂人事科科长——派性头头，他放话，若是母亲去求情，他会考虑放蔚伯伯。母子二人给母亲要下跪。母亲拦住说，千万不要，她会去找派性头头。

母亲不等头上的伤口长好，就去找那个派性头头。母亲见过那头头后，好几天情绪不对劲。莫嬢嬢说，母亲只说，蔚伯伯并未放出来，那头头网开一面，批斗人时，母亲再也未陪斗。

母亲在路上遇到蔚伯伯的妻子。她指责母亲只为了她自己。母亲说她说话算数，该做的都做了。蔚伯伯的妻子把脚往地上一跺，说："天知地知。"转身就走。母亲站在那儿，什么话也说不出。

1967年夏天"反到底"与"八一五"武斗，在红岩柴油机厂发生冲突，首次使用枪弹，死伤无数，打响重庆武斗第一枪。此后，武斗全面升级，使用小口径步枪、冲锋枪、轻机枪、重机枪、手榴弹，甚至动用重武器从巷战到野战，规模越来越大，死的人越来越多。

驻扎重庆的54军支持"八一五"派，后驻扎重庆的53军支持"反到底"派。

1967年夏天，美丽的山城重庆变成了血雨腥风的战场。

那是7月9日，船厂下游一个兵工厂的"反到底"派和一所学校"八一五"派武斗，就在船厂幼儿园门外，幼儿园大门紧闭，老师孩子们正在上课。蒴伯伯的妻子一个人冲出去，她说幼儿园都是小孩子，叫他们不要在这儿武斗。"反到底"不由分说，一些人冲进幼儿园去。里面传来孩子大人恐怖的叫声。

蒴伯伯的儿子闻讯朝幼儿园赶去，母亲也赶了过去，武斗的人已走掉。蒴伯伯的妻子的血流得一条街全是，母亲抱住倒在血泊里蒴伯伯的妻子，她喘着气，双眼直直地盯着母亲，等到儿子扑上来，她把儿子的手交到母亲手里，要儿子听母亲的话，认母亲为干妈，说完就断气了。

母亲把少年放在我们家里，第二天就带他去莫孃孃家里。后来他要求到边疆云南去当知青，莫孃孃阻止他，要他去和我母亲商量，要去一个近的农村。他说他已报名了。走前他去沙坪坝公园，他和他的母亲告别。

1971年9月13日，毛主席的接班人林彪的三叉戟飞机在蒙古温都尔汗坠毁，并未传达文件，也没有游行，可消息在老百姓间传开："晓得吗？林副主席出事了，他死了"。过了好一段时间，才有中央"红头绝密"文件下达。

老百姓议论纷纷："原来林彪这个龟儿子，好坏呀！自己跑了吗就算喽，还要把黄（黄永胜）鳝、泥鳅（李作鹏、邱会作）也要带跑喽。""他真是个背信弃义的东西，他敢背叛毛泽东，敢投靠苏修帝国主义，是大叛国者！""人算不如天算，飞机油不够，迫降时爆炸起火，机毁人亡。活该！"

整人害人者有此下场，真是大快人心！国家总理周恩来抓住机遇，大力推进领导干部的解放，使一大批被关押、被迫害、被打倒的党、政、军领导干部，获得平反昭雪和恢复领导工作。1973年邓小平恢复国务院副总理职务。他的复出，使一些派性中被整治的人，问题轻的人也得到释放。母亲闻讯，不断地跑轮船总公司和公安局，替蔫伯伯和妻子叫冤，蔫伯伯被放出来，继续在拖轮上工作；他的妻子被追为烈士。蔫伯伯与母亲来往密切，两人有感情，可是蔫伯伯被抓时，被造反派专踢下身，生殖器和腿受伤。1980年底母亲退休后，两人很少见，不过约定每年蔫伯伯的妻子忌日，他们都去沙坪坝公园红卫兵墓园。母亲都做上凉面带上苹果桃子、一小瓶白酒、一束菊花到蔫伯伯的妻子墓碑前。

母亲和蔫伯伯少讲现在的生活，话题全是过去，过去的一切，尤其是发生在沙坪坝公园的事仍然在追击着他们，环绕着他们的记忆。在1967年那个可怕的日子发生后，学校八一五派为了鼓舞自个士气，追认蔫伯伯的妻子为烈士，抓了反到底派俘虏，决定隆重安葬蔫伯伯的妻子，他们把地点选在沙坪坝公园，挖好坑，把棺材放下去后，叫一排四个俘虏跪在坑边，头目指挥别人从背后朝俘虏们开枪。枪响后，有一个十七岁的女孩被毙掉，她一身蓝色学生装，拴根牛皮带，铜扣锃亮，脚上穿着解放鞋，齐耳短发下一张秀丽的脸，大睁着恐怖的双眼。她的尸体被推进坑里，陪葬。

其余的俘虏得在公园挖墓，处理之前积下来被对方打死的尸体。天气热，尸体早就腐烂、臭气熏天。他们跪在那些尸体前，先向尸体低头请罪，再清洗创口，注射福尔马林，给尸体打扇子驱赶蚊虫、苍蝇，才推到大坑里。最后他们的下场与那位女学生一样，当了陪葬。

母亲对墓里亡灵说话，一边将白酒洒在碑前。蒯伯伯坐在一块石头上，一根接一根地抽烟。有一次他对我母亲说，他老婆生前对我母亲很嫉妒，不让他提起我母亲。母亲说，之前她对我那样愤恨，没想到她临死前居然那样信赖我。1980年开始清理阶级斗争队伍，抓在"文革"中漏网的打砸抢分子，人事科科长被投进监牢。岳芸文革前期整人厉害，后来她虽被整治，可清算时不管这些。最后刑事罪免掉，因为她神经不正常，据说送到了精神病医院。

都是下午两点到，近五点离开，一起坐公共汽车到朝天门码头，他们在这儿分手，母亲坐到弹子石的渡轮，蒯伯伯坐到白沙坨的渡轮，风雨无阻，几年如此。

母亲这天准备了祭品，按时到了坟前，可是没有等到他，就明白他出事了，直接去了莫孃孃家。那天下着小雨，母亲手里有伞，可是母亲情愿淋着雨，莫孃孃从未见过母亲那么失魂落魄，嘴里喃喃说："他走了，不告诉我一声就走了。"

莫孃孃马上明白发生什么事了。她用干毛巾给母亲擦头发脸上的水珠。她接母亲坐下,给母亲倒了一杯热茶后,听母亲说完事情经过后才说:"可怜的人,一直不再婚。他心里一直装着你。"

"可是我连身上一根汗毛也不能给他,我的心装着丈夫和儿女,没有空地了。"

那是1983年秋天。天色很晚了,莫孃孃要留母亲住下来,可母亲说:"我得回去,否则你妹夫会牵挂,睡不好。"

翦伯伯是在妻子忌日前日突然中风死在船上的。他的儿子去看过莫孃孃。莫孃孃说,他是个有志气的人,从云南考大学出来,做了几年机关公务员,就到海南下海,现在做公司做得很大,可还是不忘恩。

我告诉莫孃孃,母亲的这个干儿子花巨资请和尚念经。

莫孃孃说:"这孩子呀,他以前就说过,日出日落,自有定时。冥冥之中,自有天意。恩情不能不报。"

4

母亲与翦伯伯的事,在船厂的流言蜚语最多,小姐姐的第一个丈夫知道,小姐姐就知道,觉得没脸面。家里哥哥姐姐都见过翦伯伯,他来过家里吃饭,父亲待他像亲兄弟一样,让哥哥姐姐们不解。父亲是大气魄的男人,他也最了解母亲,占据母亲心的人是我生父,并非翦伯伯。翦伯伯就像母亲的一个兄长,二十年情谊下来,就跟自家人一般。

翦伯伯死后,不知母亲与他的遗体告别没有?他的儿子按照之前父亲的叮嘱，把他的骨灰撒在朝天门到白沙坨的一段长江里，母亲是否在场？母亲想必知道，为何他会如此做的原因，这一段江水皆与他与她之间的故事有关。他是宁波人，又是独子，他的儿子也是独子，对祖宗一套不当回事。

想一下，母亲从1964年认识翦伯伯，到翦伯伯去世之间，母亲已年过四十，不再拥有女人最好的日子，枯萎了，并一步步变成一个老妇人，街上最普通的老太婆。可是翦伯伯对母亲却心意不变，说明他是真的爱着她。我记忆里的翦伯伯，看母亲湿热的眼光，小女孩的我，都有所发觉。母亲那时已不好看了，都没有女人的线条，她因长年体力劳动，身体走形，腰成黄木桶粗，可是在翦伯伯眼里，她仍是美的。他爱母亲是爱母亲那颗心。他不在了，母亲肯定去过庙里为他点灯，这是母亲表示悲哀的方式。

母亲失去翦伯伯之后三年，又失去我的生父。在我十八岁生日那天，母亲带着我，进城中心认父。我完全不认他，不仅如此，我故意冷漠他，甚至故意与母亲作对，对她进行同样的处罚。母亲和他怎么可以等十八年才告诉我身世，周围人都知道的秘密，仅我一人蒙在鼓里，把我当作大傻瓜。

母亲那些年是如何度过来，我不知道。我离家出走，好些年没有音讯，后来除了与二姐有少而寡的几封信，也未返回她的身边，事实上，从那之后，就从未回到她的身边过。她也失去了她最心爱的小女儿。是啊，那些年母亲睡着也是大睁着眼，她迅速老去，牙齿掉得更厉害，背驼得更厉害，她的心比黄连根还苦，以至于我后来回到她身边，她绝口不提那段时间,就是一个证明。我不止一次发现,母亲看电视常看到屏幕上起麻点,双眼还盯在上面。房间里一直开着灯,也许她根本不在看电视,有可能她怕黑,有可能她需要一些声音,填满脑子,才不被另外的声音占领。母亲经历了什么样的遭遇,她内心深处没准一直在回避着什么?

在莫孃孃看来,母亲真是活得苦而冤。

莫孃孃本可以不告诉我这些,因为只有她知道这些秘密,也可像母亲一样把这些秘密带进坟墓去。可是什么原因让她改变想法呢?于是我问她。

莫孃孃说,她最看不得一些人对母亲的态度。

二表嫂与二姐上厕所,看见我们,就走过来。我介绍二表嫂与莫孃孃,莫孃孃说她早认识了,昨晚她们睡一床呢。

二姐把我叫到边上,说:"六妹,莫孃孃的嘴里吐不出象牙来,她最后一次在我们家,与我们大吵。"

"为什么呢?"我问。

"因为她嫌妈妈吃得不好。"

"那可能是真的。"

"岂能听妈妈一面之词?我们家的事,还轮不到她来发言。"

"所以,你把她赶走了?"

"我没赶她走,莫孃孃脾气坏,自己要走的。走了好,免得弄得我们一家人不团结。"二姐说,大姐多事,就不该通知她来。不过矛盾归矛盾,她来,也行,可是不能再没事挑事。

现在大肚猫不在,三哥虽为长子,可是缺乏组织能力,二姐身上有了压力,她要赶快回到火化馆,看母亲的号码到没有。

我扶着莫孃孃,跟在二姐身后。不必莫孃孃说,我也能想象,莫孃孃来看母亲的那天,家里有多乱。父亲不在了,母亲说话,不会有半点权威。莫孃孃捅了马蜂窝,她怎可以指使母亲与她的儿女作对呢?绝对不行的。"穷亲戚!"在他们眼里莫孃孃真是不受欢迎,他们不顾母亲的感受,让母亲几十年的结拜妹妹难堪,让她滚出家门。虽然二姐说,莫孃孃是自己要走的。从那之后,莫孃孃就没有再来看母亲了。如果我问,她一定是这样回答。可怜的母亲,到晚年,身边一个可以说知心话的人也没有。

莫孃孃之所以会打破她对母亲的允诺,将母亲与蒯伯伯的事告诉我,完全是因为她受不了母亲的儿女们,尤其是他们对母亲的那种不尊敬态度。那母亲的儿女们若是知道莫孃孃对我讲的这些事,他们会怎么说?不管他们怎么想,有一点是存在的:母亲秘密太多,秘密皆是不能亮在光天之下的龌龊事,不必一提。

5

火化馆的看厅里,挤了好些人。有一年轻女子火化,重新整了容,妹妹呼叫着哭号,母亲哭着要奔过去:"我的乖女儿!哪有我白发人送你这黑发人!"从旁门进到火化室。家人拉住她,她还要奔过去。

好不容易他们一帮人到外面去了。

三哥进进出出，他对幺舅、莫孃孃等老辈子们解释，看母亲的运气了，中午前能不能火化？三哥已塞给火化工两条香烟，但是他们说，其实今天尸体并不是太多，而是殡仪馆推出火化套餐：火化、遗体告别仪式、VCD制作、骨灰盒和预约等。好些项目其实没必要，但家属如果不要这些项目，还得签字自愿放弃，多收的几千元费用也不退。参加套餐者优先。三哥说实在找不到熟人，只有付冤枉钱参加套餐。他说之前有个打工者从搬运货物车上摔下来，被送到殡仪馆，躺在冰棺里一周了，还没火化，是没人付费。后来有好心记者报道此事，公安局来人调查，最后才责令雇用打工者的单位付钱，才火化。

长椅上坐着家里的亲戚朋友们。二姐夫买了可口可乐雪碧饮料给他们喝。

五哥和三嫂进来，就对我们说，问题解决了。原来五哥托了一个鱼友的亲戚，在这个火葬场当二把手，说按特殊情况处理，侨属，优先，下一个就火化母亲。

我们家因为我入了英国籍，好些年前按国家政策算侨属。每个姐姐哥哥及子女办了一个侨属证，升学孩子可算分，分房可算分，在单位加级算分。可是我们家的人都不懂使用这些优先。比如母亲，好些年造船厂欠她退休工资，若是按政策，退休金得照发，有特殊困难还应当给予照顾。五哥生性老实巴交，母亲从小到大都护着他，退休后，让他顶替进了造船厂当电焊工。后来造船厂裁员，一半人失业。若是知道自己是侨属，可能压根不会掉工作。有两三年，五哥靠着鱼竿蚯蚓到江里钓鱼，到街上卖生存。江里鱼少，索性到山里河沟里钓鱼，结识了不少鱼友。有时五哥在农贸市场卖鱼，被其他小贩欺负，嫌他卖的钱便宜，正好被一个鱼友遇见了，才知他早就失业，就给他介绍到铁路局当电焊工。这次他被三哥逼得没法，只好去求鱼友帮忙，让母亲尽快火化。果然五哥运气好，此事真让他办成了。

三哥高兴地拍了拍五哥的肩，说："好弟娃，有出息了，会交朋友。"

在场的亲属朋友都松了一口气。

穿着淡蓝色上衣戴白手套的工作人员在清理前一个尸体火化，死者家属交给一条龙丧事公司处理，全部包了。他们在门外等着一条龙办事人取了骨灰盒离开殡仪馆，钻进加长轿车里。

母亲的尸体由升降机运上来，她头朝里，脚朝外，盖了一张殡仪馆的白床单，黑布鞋白底露在床单外。工作人员问我们要不要与她再次告别，不过只有一两分钟，只有我和小姐姐进到里面，其他人都站在玻璃窗前。我向小姐姐借了相机，就问工作人员："可以拍照吗？"

他看看我，说原则上是不让的，必须由殡仪馆统一拍照拍录像，不过你得动作快一些。

我对母亲说："妈妈我给你拍照了。"母亲的脸在我的镜头里，她似乎动了一下，感应到我又在她面前。我的手发抖，按下快门。

我擦了擦泪水模糊的眼睛，又按了一张。工作人员把我和小姐姐推出来。

我飞速地跑到玻璃前看母亲。他们起动机器，缓缓送入炉子。

有一道门自动关上，看不到里面火化情况。大家都安静下来，等着。

不过有人很好奇，便问一个耳朵夹一支香烟的工作人员，他不说话。

邻居带来的朋友，留着小胡子的男人马上接上话，说开了。他说他看过："那头呀，有个小口的小门，工作人员用带钩的铁钢钎，伸进去，来调整尸体最佳位置。想想吧，烧过几个尸体后，炉膛温度巨热，四周墙的耐火砖都通红刺眼。"

听的人都聚精会神，给了他鼓励，他伸直腰，继续说："尸体一送进炉膛，晓得吗？头发和身上穿的所有行头，在点火后即刻烧起来，整个尸体变得赤裸裸，皮肤收缩紧绷。隔不了一阵子，全身皮肤扩张，像个小娃儿玩的气球被吹大，两条腿稍稍张开，往上曲弓，上半身略微仰起，头离开炉面十多厘米高，两手往外曲张，呈拱形。哎呀，死人子，被烧时都会在炉子里会站起来！"

听的人都倒吸了一口凉气。

小胡子点点头："早先很多老年人不愿意被火化，就是怕站起来。"

我坐在第一排，看着相机里母亲留在这个人世最后的形象，心疼痛得麻木。我拒绝听小胡子的话，他的话像蚊蝇一样在耳朵边嗡嗡叫着。我怎可想象母亲在炉膛里火化情景，这是无法忍受的。母亲会害怕吗？没人不怕，母亲想必也一样，她会拉着我的手。

感到我的手里有母亲的手，我们紧握着彼此的手。母亲该得到我的呵护，在我成人之后。我不曾得到过呵护，母亲在我幼年时给过我，那时的记忆模糊，长大后皆被记得的母亲对我的冷漠代替。在我十八岁前想考大学那段时期，她对我最坏，她有时骂我，用完全不能入耳的字眼，跟同街同院子邻居的母亲骂孩子同样的方式，让我怀疑她不是我亲妈。

我听到母亲心疼地叫了一声,似乎她知道我的想法,为此补偿我。

看到我平静了,母亲松开了我的手。我知道这回母亲永远地走了,她化成了灰。

6

我从未想过母亲会死。十年前有过一个英国心理医生问我,你守过一个亲人死吗?

当时我摇头。他说他守过父亲死去。五年后,他又守过母亲死去。他对我很看不起,死人的事都没守过,你这个人其实没有经过人生。

我见过陌生人死去,在童年。

"这些算吗?"我问英国心理医生。

"算,但是跟至亲之死不一样。"

那时我不太认同他的观点,现在我有些懂了。自己的亲人死了,是自己身上那部分与之相连的东西死了,包括与之相关的记忆也会跟着死。谁胆敢说与亲人的记忆永存?

母亲成了一个骷髅头和一堆灰,被坑板原线送回来。火化加冷却,花了一个小时。工作人员用铁铲敲碎骷髅头,他招呼我们几个儿女进入里间,亲自拣骨灰。我看那工作人员的脸,发现他奇丑无比,他凭什么拿着铁铲朝母亲的头猛击?他头上要对遗体轻放小心的标语是做什么的,我马上想到那个举着六十五斤重木板朝母亲头砸去的"文革"造反小子。他和一尺之外那个工作人员一样，下得了手，都一样。

可这两个人不知，这次他们击碎的不仅是我母亲，还有我。我整个脑子变得混沌不堪，非常疼痛。如果死去，可以救回母亲，我情愿死去。我拾了母亲的左脚和右脚骨头，我手上的铁夹被三嫂接过去了。

我机械地看着两个哥哥三个姐姐在坑板前低头拾母亲的骨头，后来又进来大姐的女儿、大姐夫、二姐夫、五嫂、守礼哥、二表嫂、莫孃孃和幺舅，他们用铁夹，将母亲的遗骨放在一个小铁筐里。最后，没有坑板上夹得一点剩，工作人员让我们离开。他们把小铁筐里的骨灰倒入绸布里，将绸卷裹好，放入事先由我们选好的双鱼白玉石雕骨灰盒里。

"要移灵仪式吗？"出来一个工作人员问。

大姐问："是不是外面在做的那种热闹事？好啊！"她看着三哥，三哥看三嫂和二姐。

小姐姐马上投了大姐一票，三哥问了价格，还算合理，就点点头。

我们跟着工作人员转到青纱白花装饰肃穆的仪式厅，四个年轻男子等在门口，像是精挑细选出来的俊气，一身黑制服白手套，黑领带黑皮鞋。他们将一块红绸布对角系结包着骨灰盒，放在厅堂右侧长方小木桌上。

厅堂正中间有一顶古式福寿轿子，其中一黑制服男子请三哥到右手处一盆子里净手，再转向桌前骨灰盒跪下，净盒，端盒前行到福寿轿前。由轿前右侧的一名男子接住，与左侧一名男子一起，轻放在轿中央位置。

全部人站立在门外，一男子走上前，同时哀乐响起，他手拿一张

纸,用重庆普通话念悼词。我印象深刻的句子是:

所有的生命都是一部不平凡的历史,当亲人离别人世的最后时刻,才觉得珍贵,才感到难分难舍。生死无悔,逝者无憾,我们永远把逝者怀念。

悼词念了两分钟,这比大肚猫的一条龙追悼会像追悼会,没有那么黑色幽默,虽也是人人皆可用的通稿,却一句顶万句,所有人统统哭湿了眼睛。

他们让直系亲属进厅,进行默哀三鞠躬。四个男子挺直腰走方步,请墙上母亲灵像下来,交给次子五哥抱着,让他走前阵,他们双手托着福寿轿,跟着五哥,让三哥跟着轿子,其他人跟着三哥,朝厅堂外走。下了台阶,才用肩膀扛着,神情悲伤,既显大气又显庄重,身后伴有三人乐队吹奏古时哀乐。果然如大姐所说,很是热闹。

他们把骨灰盒移交给三哥,一男子打黑伞,一直护送三哥上大客车。

7

小唐离开小姐姐,跟随我一起钻进守礼哥的车子,他坐好后,很生气地说:"为何你不请我一起坐?我比你年老,你该照顾我。"

我说:"对不起,是守礼哥让我坐的。"

我请莫孃孃进来坐。她说情愿坐大客车,这么低,坐着反而不舒服。大姐对我叫:"为何你不跟我们一起坐大客车?"

二姐对她说:"不关你的事。六妹身体有点不舒服,快点上车吧,我们还要去莲花山,还得去上父亲的墓,告诉他这件事。"

大姐进了大客车,嘴里不高兴地咕哝着。

下火葬场的土路,停了好些车子,路变得窄小。好几辆载着人的三轮车也挤在道上,费了好几分钟才下到正马路上。不一会儿到了莲花山,三哥带着我们去墓区办公室。办公人员查到父亲的墓是双墓,把母亲的骨灰盒接过去了,做登记。

我的脑子还是处于机械状态,仍旧疼痛,我都想不起最后抱一次母亲的骨灰盒,也没有对母亲说一句话。我跟在哥哥姐姐身后,他们做什么,我做什么。

父亲的墓在莲花山公墓左侧半山腰上,1999年6月15日去世,火化后,存放骨灰一年四个月,在第二年10月21日下葬。主要原因是没有选好坟墓。母亲和姐姐哥哥们意见不一致,正巧有父亲浙江老家侄子来重庆,要把父亲的骨灰带回家乡埋葬,说是父亲会赞成,他一直想回家乡。三哥反对,五哥最不肯表态,也说那样每年清明想上父亲的坟,都不可能,一是远,二是没这笔旅行费用。母亲更是反对。关于合墓,母亲也没有表态,弄得一家子人不高兴,大姐嘴快,问母亲,你是想和别人合墓吧。母亲说,只想一个人待,或许将骨灰扔进长江吧。过了好几天,她说:"合墓吧,免得你爸爸孤单,离他老家那么远。"

听说南山莲花山公墓不错,母亲跟着儿女们去看了,印象不错。

第二次，由大姐二姐去选具体坟位，她们选了一个靠山顶的地方，面朝长江，为的是父亲的魂，可以顺江而下回家乡。守墓人在一边说："那坟旺女儿。"

"不旺儿子，对吧？"二姐说。

"对你们好。"守墓人说。

"那不行，得一碗水端平。"大姐说，"我们家有两个儿子，也得旺。"

守墓人说："你们心好，会有好报。"于是他帮着找一个位于半山腰的面朝长江的坟，旺儿女。最后选好黄道吉日，尘埃落定，我专程飞回重庆。

下葬那天清晨，请的巫师，也是择墓穴之人，他说人死有气，气能感应，在地下运行，影响活人。之后他的话便听不懂。大约两分钟开场白后，他变戏法从身后拿出一只公鸡，摘取其颈毛后，取小刀割破，口念咒词，滴血祭魂。他把快死的公鸡放在墓穴前，公鸡不断扑腾，最后死在墓穴北方。公鸡死在墓穴外哪个方位，哪个方位的子孙就会兴旺发达。巫师拣掉公鸡扑腾下来的鸡毛，提起公鸡，让鸡血在墓穴周遭滴下，说是这样鬼邪不敢靠近灵柩，反而自己会遭殃。

放父亲骨灰盒前，巫师让三哥把五谷杂粮编成的五谷囤放进墓穴里，上面盖了一张小烙饼。每个儿女往墓里扔土。我们背对墓穴，巫师封上墓穴。巫师让我们儿女及孙子们背对坟掀起衣服，巫师朝我们身上撒了米，看谁接的米粒多，日后父亲就给谁送财运。我衣服接的米粒多，姐姐们说，父亲竟然偏向我，不公平。离开父亲坟时，我们绕墓转三圈，在回家的路上也严禁回头探视。否则看见死者的灵魂在阴间的踪迹，对彼此不利。

我们回到母亲的家，按照巫师叮嘱，洗手后，用酒来擦净，表示今后再也不死人。我们尊重父亲江浙老家习俗，喝长寿汤，吃长寿豆。汤是肉骨头做的，豆是普通的大豆，意在添福添寿。并端了好些长寿豆给邻居。

那年种的一棵小榕叶，现在已三尺高，像把大伞罩着坟墓。这儿背靠南山群峰，风光秀丽，居高临下，俯瞰长江东流。近年两次遇大暴雨，塌方，周边好些坟都遭祸，就父亲的坟墓完好无损。公墓管理人员也称奇，说是此坟墓好风水，有神仙保佑。

事先准备好酒和水果，在上山路上的小摊上买了香、钱纸、冥币和纸房子之类的东西，还买了几束小菊花。公墓为保持空气清新，不让放鞭炮。

每人都到父亲坟前烧香，大姐哭跪在那儿，对父亲汇报："老爸，妈来了，我们把母亲的骨灰暂放在存放处。快一周，慢则四五个月，最迟不过明年清明，妈就会与你团聚。不过老爸夜里可去看妈。"

我跪在父亲坟前，把三炷香点上，举起来。风吹树叶响，好像父亲在坟里在说："六妹呀，你母亲非常孤独，所以我把她接走。"

我双眼顿时蒙满泪水。

记得父亲生前对我说过："六姑娘，我的孩子，不要把你的钱给人，他们对你和母亲都不公平。你该照顾好你自己。"

父亲在警告我。我脑子不像之前那么疼痛，《论语》说，父在，观其志,父没,观其行。

父亲一生宽容待人,勤俭节约,为人正直。他对我,对母亲生命中的男人,皆是如此。生父呢?也是一个好人。我从未与父亲说过生父,父亲从未说过母亲生命中那些男人,父亲在我生命中缺席,所以,我和男人的关系一错再错,我的婚姻更错,不是找丈夫,而是找父亲般的丈夫。

父亲坟前儿孙们在烧香、烧纸钱。生父的坟前呢,从建他的坟后,我就再也没有回去过。我几乎从未梦见过他,除了那一次外:

我听见门外有奇怪的动静,赶快从床上爬起来,拉开房门,过道里什么也没有。突然一个老男人在角落里,他也看见我,也和我一样吃惊。我想掉头跑回,却很困难。不过我终于回到房间,想起那个人很像生父。可是他并没有那么老。我手里有一件东西,打开灯一看,是一张字条,竟然是父亲的地址,在重庆石桥铺一家塑料厂。我坐了很久的公共汽车,好像有一天一夜,终于到了站。我下了车,天已黑尽。我几乎没问人就找到生父的单身宿舍,在二楼拐角。我推开门,他不在。我坐在床头。他进来了,看见我,脸色一下子苍白。不过,马上变得很高兴:"你是六妹,没地方可去吧?谢谢你想到来找我。"他把床让给我睡。我困得要命,倒下就睡着了。清晨,鸡未叫,我睁眼,发现他在屋里点煤油炉子做鸡蛋面。他把鸡蛋面放在小桌子上,手里有了几枝竹叶。他说你转过身去。我伏在床上。他的竹枝抽打在我背上腿上,很痛。奇怪我没哭,反而心里充满喜悦。他打够了,把竹枝扔在地上,揉揉双手说:"我们两清了。好闺女,吃面吧!吃完就快点离开这个地方,这不是你待的地方。"

我吃完面，拉开门时，走近生父，一把抱住他，对他说："爸爸，原谅我。"

我转过身，一步跨出门，跨进阳间，走了一会儿黑森森的路，看见远处太阳正在升出地平线，温暖地照耀在我身上。

生父与我在梦里和解了，他像一个严父那样打我，以此来处罚我对他对母亲做的所有不是。生前我从未叫过他，我恨他。可是在梦里，在我陷于绝望之中，我走向他的怀抱。我坐在公共汽车上看到的城市建筑街景路人穿着打扮，并不是九十年代，反而像八十年代，我十年流浪在路上的日子。可他打我时，我的样子像是五六岁，十二三岁，那时我最淘气，处处逆着母亲干，让母亲发火。

生父和父亲，身上都有一样东西相同，没有与我谈论过我的婚姻。这是为什么呢？他们信赖我的母亲，认为我的母亲会引导我。我的母亲试过，当她认清我对她的叛逆胜过她的其他儿女，就听之任之。我的母亲没有由着她的性子管束我，大半是以为我最终不会像她一样对命运认命。

我看着父亲坟碑上我丈夫的名字，花圈上丈夫的名字也是连着我的名字，很不是滋味，像根刺卡在胸口。父亲会怎么想这个人？生父会怎么看这个人？不必知道答案，他们会跟母亲一样的态度。献给母亲的花圈，今天回家，最多明天之后就会处理掉，可是坟上的名字，怎么办？我不知道该不该告诉三哥，请石匠把那名字打掉，起码让那儿空着，比有他的名字好。

下山的路上，我又想，有那种必要吗？丈夫的名字在那儿，就是一段历史，我想要抹掉那段历史，不是太可笑而是幼稚。

8

按旧时习俗,火化或安葬完毕,出殡队伍得把白灵幡换成红旗,亲属得脱下孝服扎上红头绳。现在办丧事没那么讲究,出殡穿戴什么,回来还是一样。五哥捧遗像走前,三哥三嫂跟后,所有人跟着他们仨,列队返回。回龙队伍不能重复去时路。五哥择弯曲小路走。说是小路,也是可以走一辆车子的土路。小姜哥站在坡上,向三哥三嫂招手,说三娃子,你们的下山饭干脆就在我的火锅店进行吧。

小姜哥从前住在中学后街水沟那儿,他的父亲也是下江人,与父亲同过一条船,当过二副。改革开放政策后,他是这一带第一个做生意的人,开了好些火锅店,成了头一个万元户。

二姐对我说,小姜哥真是生意人,也算有钱人,犯不着来凑这点热闹。

抹不过老街坊的情面,母亲的下山饭,三哥与二姐商量后就选在小姜哥的火锅店。

小姜哥倒是热情,走上前来就对我握手:"六妹,我是冲你来的。以后还请你签一本书给我,你写我们南岸,我要好好感谢你。什么时候你有时间,我好好给你讲讲我的个人感情故事,你写写我们这种人吧。"

我说:"好啊。"

"我今天是专门冲着你妈妈丧事过江来的。在我这儿办,包你们家满意。"

他让服务员给每位客人打老荫茶,安排坐下。店面不大,三十多平方米,两个大间,可是干净,炉子已点燃火。店里墙上挂的全是老重庆几个有名的城门黑白照片,倒是有品位。三哥和三嫂安排亲朋们坐下,一共有五桌人,剩下五个人,暂时坐一桌,说是还有人未到。小唐、小姐姐和我一桌。他跟着我去卫生间,在过道那儿等着我。见我出来,他说:

"你知道,我不能吃辣。再说,我今天下午得走。"

"那么我陪你到另一家餐馆吃午饭吧。"我说。

他点头称是。

于是我对三哥说,也对小姐姐说了。小姐姐这次也没说要和我们一起。

我们出了火锅店,走了不到三分钟,经过了几家小面店,他不满意,我们继续走,就看到马路对面有一家小餐馆,看起来不错,就进去了。从窗口可以看到石桥广场的公共汽车站,那儿有好些人在排队,一旁是居民楼,晒着洗过的衣服被单,花花哨哨。

小唐把菜单递给我:"还是你来点吧,你知道我吃什么不吃什么。"

我一看,全是有辣椒的,辣白菜辣黄瓜辣四季豆,当然肉片鱼豆腐里面放的辣椒会更多。不过卤菜不会放辣椒。所以,我点了一个卤牛肉和腐竹,一个清水豌豆尖汤,一个西红柿炒肉片,让服务员不放辣椒和味精。

服务员离开后,小唐说:"够了。我不拒绝四川菜,但是受不了巨辣,更受不了超级咸,仿佛咸罐子打翻。四川人口味重,真是不怕得病。"

我说:"你知道的,我们家其实和一般四川人家里不同,母亲是四川人,喜辣麻;父亲是江浙人,喜欢清淡,不能吃辣麻。从小我们家做菜都是分两种味道,菜好之后,先装一碗清淡,再放辣椒和花椒。"

餐馆里没有什么人，凉菜马上就上来了。小唐向服务员要了可口可乐，我则要了一壶菊花茶，放了冰糖。

他动了筷子，胃口不错，吃了一会儿，他说，他未想到自己来参加我母亲的丧事，否则不会有机会与我见面，也不会有机会坐在一起单独吃饭。

我说："难为你专程跑一次重庆，你为母亲最后送行的心意，和办母亲新房子手续的心意，我不会忘记。"

他说："你怎么这么客气？"

我说："我一向客气，只是以前你没觉得。"

他叹了一口气，说起小姐姐到南都大学在校园追他之事，他很痛苦地回忆那过去的一幕，足足有好几分钟。

我没有插话，他的叙述基本和我所知道的相似，小米讲给我听，小米听她母亲讲，她母亲听小姐姐讲。只是角度不同，口气不同，他就成了受害方，小姐姐成了报复方。他说，他跑不过小姐姐，不过他会躲，她终是找不到他。"你没听说这些事吗？两个女人打起来，我没法帮谁。"

"因为她们爱你。"

"才不是爱我，是要争个输赢。女人怎么一个比一个难弄！"他喝了可口可乐，说吃完饭后，就直接到我家拿他的包走人，不想与小姐姐见面。

"打个招呼吧。"我说。

"你转告她吧，对我死心了吧。"

"你最好直接告诉她。"

他说:"因为她听你的。"

我说:"你弄错了,她是一个独立的人。我一直压着她,不让她弄出事来。"

"她可以通过法律途径寻求解决,"他停了一下,"而不必采用法律之外的办法。"

我叹了一口气:"旧话我不提,你心里清楚,也不必提谁负了谁。"

"只是让她再也不要来威胁什么我欠她一百万英镑,我要过自己的日子,她也要过自己的日子。你可以说我自私,但我就是想为自己活着。"

他的眼神非常冷漠。

我说:"在不损害他人前提下的利己,是最受人尊重的。想一想,谁不想为自己活着,小姐姐也要为自己活着。"我告诉他,曾读到一篇文章:羊群被猎人追击,被逼上崖顶。最后无路可走,要么跌下崖底死,要么跳到对岸山峰。几乎是一刹那,羊群自我组合,一头强壮的大公羊配一头小羊或一头虚弱的母羊,一对对有次序地朝无法企及的彼岸山峰跳跃过去。大公羊竭尽全力跃到最远极限,快坠落时,一同跳跃的小羊或母羊,以它脊背为踏板,猛力蹬踏,再度跃起,跳到对面的山峰。那只公羊作为跳板,摔到崖下尸骨无存。小羊和母羊,却得以逃脱而生存下去。

他听完,非常生气地说:"你讥讽我这人类,反不如一头公羊。原来你跟她一样恨我!"

"你看错我了。我想说的是,我不希望你那样对待小姐姐,她除了你,什么也没有,你是她的生命。你若是不想害她死,那么就好好与她道别。来得漂亮，走得也漂亮。"

他不说话。空气沉闷，室内温度也上升，得透气才行。我请服务员开窗。楼房里有家人在放CD，轻轻的音乐飘入，像是舞者在舞蹈，节奏非常强烈，很像贝多芬的《第七交响曲》。不错，就是《第七交响曲》第二乐章。死神扛着刀临近，穿着黑衣的人们低头默哀，号手吹出的声音，深深地嵌入破碎的心里，到处是小桃红，从浩瀚的三峡大湖里升到水面。

曾与他在伦敦家中，他把收集的古典音乐唱片一张张介绍给我，放在唱机上，其中也有这张唱片。那时没有小姐姐的存在，也没有其他人的存在，那时风和日丽，街上荡漾着茉莉花香。虽然我对国家前途、人类理想幻灭，童年的可怕记忆追击我，可我依然渴望在这样一个奥斯汀笔下的宁静小镇，得到爱和抚慰，是的，最终时间会洗却一切。

我看着他，他的眼睛跳过我瞧着门口，说："谁能做到完人？难矣！"

9

服务员把准备好的账单拿给我。小唐不好意思了，说："习惯了要你付，现在还让你付，就不对了。"他把账单拿过去，掏出钱包来，付了账。

他这句话让我很伤感，好多年的事都浮现在眼前，遇到类似的场合，都是我付账，小唐心安理得。我们两人正顺街沿走，突然我的手机响了，接过来，一听，是一个熟悉的声音，是一个非常好的朋友的电话:"你方便说话吗?"

我看看小唐,小唐说:"回母亲家的路我认得,这样吧,我先走着,你忙你的事。到此,我们道个再见吧。"

我让对方等我一分钟。我对小唐交代了几个明显的路标,伸出手去,与他握手。他没有看我的眼睛,大概还在为我刚才的话生气。看着他的背影走远,我才说:"这样与小唐分手真是让人心里难过。"

"你们单独在一起?"她问。

"我们刚才在一起吃饭,当然,话不投机,不愉快。"

"你还想愉快谈话吗?"她在那边笑起来。

我非常窘,她大概也觉得不该在这时候开我玩笑,便打住了:"我问你,有没有一个记者要采访你?"

"没有。"

"那就好。"

我说:"等等,我想起来,有个记者发手机信息来,要来采访我回重庆之感想,想我谈谈我的书。我婉拒了,大概是听到我母亲去世的消息吧。"

她说,希望不会再有记者来找我。她很抱歉没能参加我母亲的火化。

她说有些事应该让我知道。

我握紧手中的手机,仿佛手机会离开我,我尽量放松口气说:"请你讲。"

10

她说她与《重庆信息报》记者Y的老板是朋友,知道Y是我的粉丝,采访过我的母亲。听到这儿,我的心就扑腾了一下。

我几个月前在网上读到过重庆信息报记者去南岸找我母亲的文章。她沿着我自传里的描写,找到三个老院子,见到了好些我书中的人物,其中有整治我母亲的王眼镜。我母亲开心地告诉记者,我前阵子刚回来为她做了生日大寿。

她在电话那头说:"这个Y记者去了,要找你母亲,邻居说你母亲在江边垃圾山。"

我心里扑腾得更厉害了,母亲果然在捡垃圾!邻居独眼马妈妈说的就是真的。那个王眼镜心里有多么嘲笑我和母亲!

记者觉得奇怪我母亲怎么会捡垃圾?她多了一个心眼,问周边好几个邻居,他们各说不一,说是我母亲经常被饿饭,没有吃的,不许吃中饭。吃饭的时候,母亲夹菜,夹不牢,菜掉在地上,要母亲拾起来吃,母亲再夹,被打掉筷子。叫完饭后,母亲饿得没法,只好到厨房,吃剩饭,被抓住,扯过碗来倒进马桶。

母亲到中学街路口马妈妈杂货店,马妈妈塞了两个包子给母亲,被五嫂看见,骂了一宿,问母亲为什么要拿别人的东西吃?丢人现眼,让她没面子。

母亲说:"饿。"

五嫂一听更火了,骂母亲给她添事,年轻时不要脸,老了不知好牙。她让母亲自己洗衣服,自己做饭,要分开吃,母亲爱吃稀饭,她爱吃干饭。

母亲发现钱少了,提了一句。五嫂恼羞成怒把母亲房门撞得打雷一样响。母亲把耳朵塞住。五嫂说你这老不死,不识相,都要等到孙子来拿钱,证明你真老成一块烂木头了。母亲说你不要这样骂,我儿子对得起你,我也对得起你。五嫂朝母亲扔过去手上的杯子,砸在母亲肩头。母亲说你不要动手。五嫂说这个家我做主,她连菜带盘子扔过去,盘子中了母亲的后脑,没出血,但母亲痛得叫了起来。五嫂说,你告诉谁去都没有用,没人相信。

母亲从那之后,经常忘事。

与母亲同楼层的邻居说,一家子人给母亲开会,说六妹的事是丑事脏事,她写书出书,也不能改变事实。母亲受不了,高血压发着,送去医院。也有邻居说,母亲失去记忆,在街上见了长得像生父的人,就追上去,叫小孙。

还有一次母亲在轮渡口站了一天,说是等小孙,小孙与她约好要带食物给她的六个孩子吃,闹饥荒,都饿死人,不等到小孙,回家孩子们怎么办?

"你见过小孙叔叔吗,我好想他!"母亲对来找她的二姐说。

"他死了?"二姐说。

"不对,"母亲说,"他没死,他说了他会等我的,有一天我们会生活在一起。"

听着手机里好朋友的声音，仿佛有一扇窗户在我一片漆黑的心里打开。存放在里面的诸多问题和迷惑渐渐露出端倪。我首先看见母亲的身影，她还是那样走路，小心翼翼，生怕踩着地雷一样，背有些驼，头发有些散乱，她眼睛里充满企盼，等在野猫溪轮渡口跳板前，在不断朝下走的乘客中间搜寻我生父的身影。她忘掉我生父已去世，在她心里，他是不死的，他不会丢开她不管。那些日子，她生活在过去，她在房间里换衣服，照镜子，不满意，又换一件衣服。她在厨房里忙碌，准备饭菜，要请小孙来家吃饭。隔一会儿走到阳台上去看街上，等不到他，她拿起电话，要催他不要迟到。

母亲手中的电话被家人拿掉。家里没人时她会和小孙在电话里聊上数小时。

母亲如此做，他们当然受不了，母亲身上烙刻着一个红字，小妹妹就是涌奸的结果。母亲带着这些符号出外，公然找小孙，与人说小孙。他们商量过后，决定要送她去养老院，可是我母亲到了那儿，不同意。她脑子突然异常清醒，说是要打电话给她最小的女儿。这一说法打消了他们的想法。

母亲夜夜做噩梦，凄厉地叫喊："你不要走！""天哪，都是我身上掉下的肉，不要对妈妈这样！"她有时起床来，去搬沙发和桌子顶住屋门，说是红卫兵来了，来抓人。"岳芸你快点躲起来！"

"孩子他妈，你不要死！"她把叫醒她的五嫂当成蒭伯伯的妻子，一把抱在怀里，泪如雨下。

更多时候，母亲尖叫，哭着哀求："求求你，不要这样，你放了他！"有时，听不到她说什么，只有一声声惨叫。

也许只有一两个月，也许一年，甚至好几年，母亲都这样度过。

母亲开始到江边捡垃圾。遇到认识的人，母亲佯装不认识，把身子转过去，或把头上的草帽压低，遮住自己的脸。家里人知道母亲在捡垃圾，他们赶到江边，把她手里的网眼塑料袋子一脚踩在地上。

"吃不饱，哪个饿着你了？"母亲成了一个被儿女训斥的小孩子。

"完全不听说，妈老得没记性，把她架走。"

"不要，不要叫我走。"母亲看着几个人上来架她，吓坏了，连连后退。

他们停住了。母亲看着江上的轮船，自言自语："日子真难过！现在江里菜叶子太少了，连个菜帮都没有。哪个办？"

"老颠东，这是啥子年代，不是那灾荒年了。"

母亲摇摇头，弯身拿起地上的网眼塑料袋子，把一个空玻璃瓶子放进去。

不，我无法接受，如同无法接受她的死讯一样。母亲的记忆停在过去那些艰难度过的日子里，现实生活里极端孤独，她才靠追述过去度日子。她最怕饿肚子，家里大小六个孩子没得吃的，就会生病、饿死。父亲有一阵子没回家了。她到父亲的轮船公司去问他的船什么时候回重庆，均没有消息。这都是她的心病。灾荒年之前，外婆到重庆，已是重病之人，就是缺食物营养才成那样，后来医治无效，撒手走了。乡下的一个个亲人，也因为没吃的，死了。城里的三姨和两个儿子先走，三姨夫从牢里出来找她帮助，她却爱莫能助，没多久，他就死在石板坡的公共厕所里。母亲怕呀,她成天提心吊胆,战战兢兢,省着自己那份粮食给孩子,瘦成皮包骨,只得把所有的孩子支出去捡能吃的东西,她自己也不例外。

母亲没有安全感,她内心充满矛盾,活在矛盾里。看到儿女们对她捡垃圾之事如此憎恨,她也恐慌不已,不知该如何办。可是她一到天亮,就想走出去,到江边。年轻时母亲美貌如狐,开朗大胆,聪慧而心细,心里认定什么事就不会改变。母亲老了,变得懦弱胆怯,行为怪癖,经常一个人关着门哭泣、发呆,拒绝说话。

长久与这样一个老人在家里相处,谁都可能失去耐心。我可以想象那段日子,他们心里有多压抑,有多无奈。母亲的失忆——像他们咒骂的是得了老年痴呆症也好,是故意折磨后人也好,母亲是存了心不接受现在式。她出走好几次,一次去找大姐,要大姐收留下她,她不能住在六号院子那儿,那儿的人对她像法西斯。大姐留她下来,一天不到,就受不了母亲说到小孙。母亲那时候毫无保留地谈到自己多么爱他,结果她被大姐赶出来。她对五哥诉苦,会弄得一家鸡犬不宁;告诉二姐呢,二姐只会指责她不会做老,绝不帮助改变现状;三哥三嫂听之任之,不想管。幺舅一直生母亲的气,认为母亲从小宠坏大姐,造成大姐对幺舅妈的那般伤害行为,让他失去妻子。

母亲去找到莫孃孃,莫孃孃留下她,可是母亲觉得给莫孃孃添麻烦,那两个儿媳妇口里没说,长住的话,心里不会乐意。母亲坚决要走。母亲可能还去找了好几个从前的朋友,比如守礼的母亲,但她是要强之人,不肯给外人添麻烦。于是她去了沙坪坝公园红卫兵墓园,母亲坐在蔺伯伯的妻子坟前。有叫卖菊花的小贩路过,母亲买了小贩篓里的所有菊花,放在坟前。风吹过,整个墓园充满菊花的芳香,她想念蔺伯伯。后来还是决定找自己的儿女。可是小姐姐远在英国伦敦,小女儿远在北京,她不能找,能找的都不可能容忍她谈小孙,做那种抱着临死之人的噩梦、到江边捡垃圾。

母亲最后一次是去看父亲的坟,她在坟前哭了,说:"老头子,你不该走,你走了我好孤独。"母亲可能也去找我生父的坟,可是她知道生父的农村妻子不会让她看,那就远远地隔着山坡看生父。她坐汽车长途站下了站,最后在长江大桥上迷了路,她望着脚下的滔滔江水,在桥上走来走去,最后抓住栏杆,像一个受委屈的孩子失声哭了起来。

天黑时被好心的清洁工看到,她从桥这头清扫到桥另一头,发现母亲神情不对劲,就穿过桥来。清洁工送母亲到野猫溪轮渡口,直到母亲识路了,仍陪着母亲到家里。她直肠子直说,把一屋子闻讯找不到母亲的人训斥一顿。这人走后,母亲被屋里所有的人臭骂,用词之难听,都是前所未有的。

母亲从那之后再也未去寻找一个庇护之处了。她死心了。也许,她站在长江大桥上,看着不远处的家,重庆卷烟厂巨大的牌子很远都能看到。那是家吗?母亲摇摇头,她没有家,家在哪里?她想往下一跳,一了百了。

母亲没有那么做,母亲苟活下来。

Y记者去了江边垃圾山,与母亲推心置腹地说话,母亲间间断断说了好些事情。离开前她问母亲:"若是你的六女儿知道你捡垃圾,她会多么难过?"

"你千万不要告诉她。你千万不要把我带去公安局,我不捡就是了!"可是母亲马上自问,"可是肚子饿了怎么办?"

她本想如实写一天下来的收获,所有的报纸都追求新闻独家和发行量,竞争厉害。这个月不仅完成任务,还会得到奖金。这肯定是一个轰动性的报道,光看标题就够吓住人的:著名作家的母亲捡垃圾,过悲惨的晚年生活。过轮渡时,她脑子里全是我母亲惊慌恐惧的眼神,尤其是母亲回忆饥荒年那种颤抖的口气,她感到自己的心一阵绞痛,下船过跳板时,决定什么都不写。

第二次她路过南岸,顺路想去看母亲,结果吃了一个闭门羹。邻居告诉她,母亲在医院,她从垃圾山摔下,摔伤了。

"毁誉听之于人,得失安之于心,取舍应之于道,进退存之于礼。"这是我的好朋友与Y记者通电话时所说。她问:"你想要她的电话吗?"

我不说话。

她说:"你心里怎么想我都理解,知道吗,我一点也不愿意告诉你这些?我觉得自己是在你伤口上撒盐。所幸你母亲已走了,她受苦的灵魂终于解脱了。"

我看见了树,黄桷树最多,山峦隐在楼房后面,云隐在山后面,天异常阴沉,好些灰尘在风中飘舞,我看见人们在路上走或站着,墙边全是各式广告。

难怪莫孃孃会说:"我的老姐呀,你死得好苦好冤啊!"

那些事发生了,不由我做好准备,他们跨越时间和历史,所有的东西瞬间建立，烙印在我脑海。

我终于与她通完电话，她讲的关于母亲的事，几分真几分假，已不重要，重要的是进一步证实我回重庆这三天来所掌握的信息，母亲的晚年并非我之前看见的那样。我记不清最后我是怎么和她说话，我手握手机，大口喘气，足足过了两分钟，我感觉好受多了。我看见面前走过的人，有从商店走出来，有背着书包的小孩子，有牵手的母女，有叫卖咸菜的小贩。

我似乎走出了母亲火化后脑子一团糨糊的状态。

好了，让我重新整理一下思路。

母亲摔伤后，一直吃不下东西。那时我在意大利深山里写最后一部旧上海传奇故事。我接到二姐儿子的电子邮件，给母亲打电话，母亲答应我，她会吃东西，她有话要对我说。

可是等到我飞回重庆，母亲见了我，什么都没说。母亲跟我是多么像，因为担心我知道详情，会不安、不快乐。我呢，什么也不告诉母亲自己的遭遇。在我小时，我受了欺负，母亲带我出走，到力光幺爸家，隔墙就是动物园，传来老虎的叫声，我害怕极了。母亲说："放心吧，我的乖女儿，有我在，就有你在！"

我在，可是母亲不在了。

人人都知道的事实，就是我被蒙在鼓中。十八岁以前，关于我的身世，是如此，现在关于母亲的晚年，是如此，我对他人的愤怒远不如对自己的厌恶和憎恨，我恨不得立刻抹了脖子。

第十一章

1

我朝前走,时间继续,还是停止,我都不在意。我第一次发现弹子石通往中学街的每一条小道都跟以前印象差老远,并不是房屋修高添了楼层,有些地方,四十多年都不变,但是转了一下方向,扭曲了一下身体,就变得不真实了。记忆在找寻熟悉场景,那些公共厕所还在原来的地方,那两个大池塘还在,那些防空洞也是原貌。那一坡接一坡山,还是随便乱倒垃圾,臭水沟横流。那些扛着扁担、手拿绳索的棒棒,穿得像叫花子般,为了挣几块钱,在焦急地东张西望,等着有人叫,每隔十来步墙上就贴有专治淋病、梅毒、尖锐湿疣的门诊广告。

这个把钟头像好几个世纪过去了,现状实实在在如此:

母亲被火化了,我们在做下山饭,感谢乡亲好友亲戚们。

还有小唐走了。

是的，顺着这条小径，走捷路我还可以追上他。

亲朋好友们一定还在吃火锅。他们想走都不成，火锅会留住人的胃，几个小时慢烫毛肚腰片黄豆芽，神聊过去现在未来，都不够。

我朝家里走去。

六号院子的坝子已清理干净，看来是大肚猫的手下做的扫尾工作，那些帐篷全拆了，地面一点爆竹灰烬都没有，那些绕墙贴的挽联，正对面院门的巨大的花牌，那些横幛和黄白鲜花，都消失不见。要么他们烧了，要么他们省钱，又派用到下一个丧家。

这儿一点也看不出来是办过丧事的，准确地说，仿佛一直就是如此，跟以前我回到这儿一模一样，母亲还是在五层楼上等着我，只要走上楼梯，到了左手那个门前，走进去，叫一声妈妈就能听到她答应，就可以看见她。一切都是我虚构的，一切都是一个梦，只是这梦比以往的梦长得多，要做三天三夜，不，做了四十三年，从我出生那刻开始。

我上到五层楼，推开房门，叫妈妈，没有人应声。

当然，一切并非一个梦。

母亲不在了，她已死，被烧成了一把灰。她到另一个世界去了。

小唐也不在，房子里似乎一个人也没有，阳台上也没有，等推开厨房，发现里面有一个不认识的面孔，一个圆脸姑娘在那儿整理从菜市场买回来的肉和蔬菜。

我问她："我姐姐她们呢？"

圆脸姑娘不说话，好像是一个哑巴似的。

这些人吃火锅耗时可以有长江的水从涨水期到枯水期那么长。对此我服气了。我从茶壶里倒了一杯老荫茶水来喝,突然有一个念头闪过心中,我一下子来了精神。

不可能。

我马上否认。可是那个感觉还是强烈地占有我。我马上搁下杯子,朝门外走去。

下楼梯时,我想起厨房里那个姑娘该是三嫂的二叔家的闺女。

昨天我与小米相遇的防空洞,里面一个鬼也没有。我只得出来,又走入一个防空洞。小时候害怕被强奸,控制自己不回想那些被奸死的少女横尸洞里的惨相。那时觉得防空洞阴森可怕,尤其高,又深又远,像魔鬼的窟穴。现在也觉得阴森,潮湿,好些地段淌着水,可是没有那么高,也不觉得深远。

我走出防空洞,精疲力竭。难道我的判断错了?

江上汽笛、公路上的喇叭声交汇在一起,我更加心烦意躁。我站到一个石崖上,下面是沙滩,可以看到江心的乌龟石,那是长江与嘉陵江交汇处往下不到一百米靠近南岸的一个小石岛,枯水期可以从岸上走过去,涨大水时,只露出一个帽来。不识这一段水性的轮船常在这儿触礁翻船。

两个月前本是处于主汛期的长江,却一改往年水深河阔、风大浪高的雄壮,出现不同寻常的低水位,在重庆出现人畜饮水困难。这个夏天整个重庆,包括长江流域的大小城市持续高温,有时高达43摄氏度,出现1949年以来最严重的干旱。老百姓都说百年枯水和高温是因为三峡大坝拦水发电。

这个月水位升了一点，可乌龟石还是露了头背在水面，有不少小孩子在上面玩耍，捉小鱼，拣有纹路的卵石。

有炊烟在沙滩上冒起，还有几个人。我看过去，他们很像我的姐姐嫂子们。有几个人朝野猫溪渡口方向走去，还在回头向她们招手再见。

我走近路穿过南滨路，下到江边，看清了，的确是我的姐姐嫂嫂们，她们蹲地上烧东西。那是母亲床上换下来的被子被尿打湿的衣服，堆在母亲卧室阳台的东西。

"你来了。"大姐回头看见我。但是我对她们一肚子气，我不回答。

小姐姐仍是埋头在烧，不过明显泼了汽油，火旺得很，烧了一会儿，就没了。

小米还有几个相近年纪的姑娘也在。

"耳背了？"大姐不高兴地说。

"你们太过分了。"我说。

"这种事轮得上劳你大驾吗？"大姐说。

我的本意不是说她们烧母亲临死前的衣裤、花圈没叫上我，按习俗也得烧掉那些东西，我是想说她们生前对母亲不好。可是那儿的气氛怪怪的，除了大姐外，其他人皆视我不见，她们脑子在别处似的。不错，她们脑子在想着刚才做下的可怕的事。小姐姐站起来，故意背过身去。

我朝她走过去，一把拉住她的胳膊："现在你称心了吧，告诉我，你把小唐怎么样了？"

2

小姐姐吃了一惊,也让我自己吃了一惊。人也怪,被逼急了都会有兽性。之后我再回想这一刻,也奇怪,那个时候我瞳孔一定放大了一百倍,每个字都带有杀伤力。小姐姐的回答异常平淡:"不错,我做了想做的事,现在称心了!"

她果然对小唐下手了!

我想一耳光扇过去,可是我只是把手握紧。"他是我丈夫,还轮不到你来对他做什么?"小姐姐一愣,呆住了。其他人全站起来,奇怪地看我。我对她们一字一顿地说:"你们的做法有多么不该!你们都未意识到。我对你们失望透了,我不得不说,我有多么讨厌自己身为你们的妹妹!"

她们面面相觑,哑掉了。我转身就走。

我爬上坡,来到南滨路上,穿过马路,往歪曲陡峭的石梯上走。

身后有个声音在叫,我也不回头。

旧粮食仓库墙壁生满野草,有不少脚印踩出一条小道,我一步深一步浅走着。后面的人跑得气喘吁吁,"六妹,听我说。不要让我追你,我心脏病都快追出来了。"

小姐姐与我站在小道边上,脚下是峭壁,本是两幢依山而建的吊脚楼,现在成了危房,只剩下部分木头木梁和碎瓦。有一坡弯七弯八的石阶被灰瓦遮挡,看不见下端。那儿有一个防空洞。但是若从下面小径走，可直接经过。我看着她，几乎就是这个追我的过程，她一下子老了，样子看上去好可怜，好让人心疼。我本想对她说什么，却说不出，她是我的亲姐姐啊。

小姐姐说，小唐在我母亲家里取了包，下山坡想到南滨路叫出租。小姐姐从旁边一小道出来，说有东西给小唐，不管他如何对待自己，她都会理解。她要给他最后一个亲吻，告别之吻。

小唐很意外，小姐姐从此要与他各走自己的阳光道，他马上朝小姐姐走过去。小姐姐让他走过去一点，不能让人看见。小唐听从她的话。

就在这一刻，他头上中了一棒，一下子昏过去。几分钟他醒过来，发现是在一个暗暗的防空洞里，他坐在地上，背靠湿墙，洞子里全是女人，洞口外有男人在放哨。

"你们要干什么？"他的声音有些浑浊，听起来慌张。

"硫酸与老鼠药，选一种吧？"小姐姐说。

"你——你，不要乱来，你疯了？"

"我早就疯了。我说过我得不到的人，也不会让别人得到。"

"你赶快放开我。"

"我要放了你，我的家人不会放了你。"

大姐说："先灭这陈士美的眼睛或是他的下面那个东西？你作恶多端，玩弄女性，没想到会有这一天？"

小唐说："你们这是犯法。"

二姐说："犯法？休在此与我们谈法。你做的哪一件事是守法的。"

"假如你答应不跟那个女人……"小姐姐停顿了一下，"或你下跪求饶,得到我的宽恕,你就可以走。"

小唐一下子变了一个人,说:"你们动手吧,我不怕。若是你们母亲在世,她不会容许你们这样对我。"

"我妈若是知道你对我们家妹妹做的可怕事,绝对不会饶你。她会赞成我们把你碎尸万段,扔进江里。"

小唐说:"看来我是上了你的当,我后悔来重庆。看来你为报复我,谋划已久。我不会扫你的兴。你们松开我,我不会走,我是君子。你们要剐要杀,听凭你们处理。"他对着小姐姐说,"这样你的良心我的良心都会好受得多。"

她们看看他,互相用眼色交换。边上有一包装着东西的黑塑料袋,一小桶汽油、硫酸瓶子和老鼠药,还有一把西式切菜尖刀。小唐比谁动作都快,捡起刀来,说:"你们不要过来。"

"下他身上一个零件。"大姐手握木棒,叫起来,"我一个人就可打掉你手上的刀。"

小唐往身后退,几乎靠在石壁上:"我说话算数,我不需要你们动手,我自己动手好了。"

小姐姐停住讲。

我急切地追问:"结果呢?"

"六妹呀,我们放他走了。"她补充说。若他是个软蛋,可能会遭到一顿打,以解她心中之恨,像昨夜在二姐家,也只是叫了人来揍他一下,教训他而已。若是他连个软蛋也不如,那真就把他那到处惹事的玩意儿阉割了,让他余生当太监,风流不成。可他还真是个硬汉子,让她对他另眼相看。他走后，姐姐们都很压抑，觉得这件事做得窝火，把气发向小姐姐。小姐姐说："你们已够帮我了，下面的路是我自己走。"

谢天谢地，这个中国唐璜还没有去龙王那儿报到。我拿出手机，拨他的号码，里面有个声音在重复地说："你拨的号码已关机。"我眼睛盯着小姐姐："你没骗我？"

"你爱信就信。"

"那你刚才在江边怎么那样说？"

"我不是贱，欠你骂吗？"

小姐姐这种时候还能幽默，了不起。"那么他到底怎么样了？"我问。

"你从此能不能不再提到这个人。"小姐姐停了一下，接着说，"他去过他的幸福日子去了，他身上少一样东西多一样东西于他有何妨，只是想戴新婚戒指，心里就没那么得意了。"小姐姐又恢复她那种尖酸刻薄的样子。

这时姐姐嫂子侄女都上来了，小米手里握着一根木棒，挂了一个汽油塑料桶，在左端坡上对我们招手。她们烧了母亲的旧东西，江边还有几缕青烟。

小姐姐说："走吧，我们回家去，大家一起做一顿晚饭纪念妈妈吧。"她一把握着我的手，我的眼泪一下子就掉下来，好久，小姐姐也未对我这么亲热过。我们之间永远隔着千山万水，除了她朝我发泄痛苦和烦恼，把我当垃圾箱，她几乎没有一次像过当姐姐的。

小姐姐掏出手绢来给我擦泪，我拿过来自己擦。

她走在前头，我跟在她身后。小径上的野草有的地方齐膝盖，不时跳过蚱蜢。我看江对岸朝天门码头,那个隔在我和小姐姐之间的人肯定已到了那儿。

事到如今,不管小姐姐说的是真是假,她从小看文学书,那些情节说起来近乎荒诞,甚至可笑,完全是为了满足她内心的需求,有一点姑且信吧,我的姐姐们放他走了。我希望从脑子里释放出他,说到底,她们都是刀子嘴豆腐心肠的人,我们的父母从来没有做过任何坏事,我们这些儿女也不会。

再大的风浪,也有趋于平静之时。我感觉这一刻已到来,因为那个人在我眼里一下子变得遥远。

3

小米进屋来对我们说,她要走。外面走廊里站着两个同年龄的姑娘。大姐朝她们挥挥手,小米凑近我的耳朵:"六姨,不要忘了给我介绍男友的事。"

我点头。

三哥五哥送亲戚们去野猫溪轮渡口回来。"莫孃孃说,以后你空了,去她那儿玩。"五哥对我说。

三哥叹了口气:"说这些老辈子,我要留他们吃晚饭,他们都要走,说明年清明再去看父母。有一人要走,其他人都要走。不过,我真有些累了,我要去睡一会儿。"说着,他去五哥的卧室。

当我们四个女儿都聚在母亲的卧室里,外面飘起雨点。我把母亲的遗像放在老五抽屉柜上。大姐说:"我们何不现在一起清点母亲箱子里的宝贝呢?"

三嫂和五嫂在外屋听见了,也说好。

母亲的老式箱子一共三口,在床对面靠阳台的地方,搁在父亲做的两根长凳上,搭着一块乡下红土布。那可是禁区,母亲死之前,只有一个人趁家里没人时,撬开锁,打开过一口箱子。

大姐说:"哇,今天终于可以正儿八经打开妈的箱子了,看我都当外婆了!"她的话不打自招。屋子里本来神秘的气氛一下子变得活络起来,大家忍不住笑起来。

三哥拿出母亲的一大串钥匙。我能认出小时正屋的老式黄铜钥匙,还有阁楼的钥匙,小巧玲珑,虽不用了,母亲不扔。

大姐手快,说她来开。锁都是五十年代的锁,老化了,打不开。五哥拿来机油。大姐试了两把钥匙,就打到了。翻盖一看,第一口箱子是布料,还有父亲的毛巾长围巾,那是母亲为父亲手织的,包了樟脑。

大姐又打开第二口箱子,还是布料,有家里一些老照片,几床床单、一些红像章,毛巾包着一个硬壳红本子。第三口箱子呢,里面是布料、枕头套和绸缎被面。

布料有整段的,也有段段布,只够给婴儿做衣服,不过全是非常美丽的花色,母亲的眼光是有毒的,她的审美无疑是第一流的,绿色蓝色为底的最多,红花也多,可以从母亲选这些边角布料上看到她的心,一是便宜,二是美,那曾是她赶夜活给大姐二姐三哥四姐五哥的孩子们做衣服的原料来源。姐姐们的孩子穿在身上,经常有人羡慕地问,在哪里可买到这么漂亮的花衣裳。市面上买不到,那是封资修的东西,可是母亲不管,照常给孙子外孙们穿好看的自制衣裳。

大姐把布料抱到大床上。她对那些绸缎的被面感兴趣,翻起被面数数,说:"每个人都有份。"

枕头套是手绣的,有天安门城楼,有红太阳,还有红梅喜鹊。这些枕头套并非出自母亲的手。二姐说,是她绣的。大姐不相信:"你倒能天方夜谭?"

二姐说,"文革"后期复课闹革命,同屋是遥遥派,一直躲在宿舍绣花。送了二姐一幅青山绿水,二姐很是喜欢。后来也跟同屋学习,绣了好些枕头套。要拿给母亲,可是与母亲不高兴,有两三年几乎都不说话,就赌气全压在学校箱里。后来二姐结婚了,与母亲和解了,才把这些枕头套拿回来给母亲。母亲没舍得用,一直当宝贝。

小姐姐翻着硬壳红笔记本,递给我。这是我一直在找的那个生父送给母亲的本子。翻开一看,几乎全是什么家里开支、孩子得病看病的事。有些字是错别字,时间匆忙,写得潦草,不过看得出来母亲认真在记。到了七十年代后期记得少了,到了1980年,她退休回家后,一字未有,本子后部分大多页码被撕掉。

我问小姐姐:"我可以要这个本子吗?"

三个姐姐异口同声说:"当然。"

我把红笔记本收到挎包里。

二姐要了那些段段布,说可以给未来的孙子做百衲被。更多的布料给了大姐三哥,五哥喜欢那些枕套,三嫂也要。

家里的老照片摊在床上,有父母合影,全家福解放后仅有一张,那时我只有五岁,瘦瘦的小女孩缩在角落里,跟不存在一样。有好几张母亲解放前穿旗袍短裤皮鞋的照片,那皮鞋在六七十年前居然非常男性化,拿到现在也是时髦的。还有幺舅有大表哥二表哥和家人的合影,三个青年人站在后排,青春焕发。前排是父母,那时五哥还是一个婴儿,在母亲怀里。三个姐姐扎了绸花,梳了辫子,穿了最好的衣服,都在开心地笑。明显我还没有来到这世上。这个家即使穷,可是多么快乐。

还有一张父亲在船上的照片,他穿着制服坐在一堆船员中间,英气逼人,他的眼睛好得像雷达。也有生父的照片,身边站着两个少年。不知这照片是怎么到母亲手中,可以推断大致来自我的婆婆,我母亲去看她,她给母亲。从母亲一直收藏他们的照片这点看,说明母亲也喜欢生父的两个儿子。家里的孙子外孙照片最多。有一张照片居然是田田,不到两岁,站在六号院门前,仰脸看一个穿着红衣的姑娘。那竟然是我。

再仔细一看,不是我,当然是小姐姐,她年轻时与我非常相像,尤其是侧面。

每次回国我很少与家人合影,有一年国外的电视台跟着我到南岸拍,导演拍了几张我与母亲的合影,要么母亲闭眼,要么我闭眼,没一张照片令人满意。有一张是全家人,大家在和外国制片人和翻译说话,父亲像在船上一样,蹲在房门前,母亲在微笑,大姐也在微笑,二姐沉静。小姐姐呢,大笑,胖得不行。按时间推算,那是她抓了第二个丈夫与打工妹床上现行之后,她惩罚自己,吃成个大胖子。有一张是小米穿着婚纱和一个新郎官的合影,小米非常美,她有刀痕的一边脸因为化妆效果奇好被遮住。新郎官成熟，有气质，看上去是一个有责任心的男人。我相信这不是为照相而穿的婚纱，小米没有撒谎，他们的确结了婚，只是新郎官没有对她说实话。看来有必要把这照片公布在香港的大小报上，帮小米找到她儿子的父亲。

没有蓊伯伯的照片。倒是有一张好多亲戚在一起的合影，站在中间那人，依靠在母亲身边，是我。照片上写着1996年3月31日。我记起来是母亲的生日，守礼母亲该是五日后生日，决定提前与母亲一起过。我专程从英国赶回，包了城中心枇杷山公园的餐馆，请了所有的亲戚。我穿了一件灰色呢大衣，身边没有丈夫，母亲抱着一束鲜花。

就是那天有个亲戚对我说，小时母亲带着我到他家，我在他家自个走掉。母亲急坏了，到处找我，他们一家人也跑到街上找。后来，母亲在电影院门前的石阶上看到我，我若无其事坐在那儿看路人。她走上来抓住我的肩膀摇个不停："你有种走，走啊，你走得我一辈子都找不到才好！"我吓坏了，哭喊起来："妈妈，你弄痛我了。"她停住了，翻开我的衣服，一看双肩都是红了，她眼睛发红说："对不起，我的六姑娘，妈妈不是故意的。"

我突然发现没有我在外的照片，北京、伦敦、上海，其他欧洲城市的，一张也没有。我的记忆没有问题，我清楚地记得走一个地方，要么寄照片给母亲，有时照片来不及洗，就寄当地明信片给她，有电子信后，我把照片寄给姐姐的孩子信箱里，可是他们不会洗印下来，专门跑到南岸野猫溪母亲家中，给母亲。后来，我依旧给她寄照片。母亲把那些照片和明信片弄到哪里去了呢？

小姐姐细心,首先发现有好些照片是重复的,一数都是六套。

我吓了一跳,母亲把家里老照片送到像馆,做了复制,为我们六个孩子都做了一份。大姐说:"看妈多有心,若妈是个富婆,她会留给我们六个人一人一笔财产。"

二姐说:"妈留照片比钱好,我们每个人可以一代接一代传下去,记住那些一同度过的好时光。"

4

三哥拿着账本走进来。他说他睡不着。坐在旧藤椅上,他把这三天来的进账出账简单地念了一下,最后总结道:"这次红包不少,所以,不必用六妹的钱,也不必用妈的存款。"

二姐松了一口气,她最怕丧事花费超支。三哥清了清喉咙说:"还剩下两千多块,啷个办?"

二姐想了一下,说:"给五嫂吧,她最后一段时间服侍照顾妈妈,端屎端尿,有时亲闺女也不会如此做的。"

小姐姐赞同:"好呀,让五嫂自己买件首饰吧。"

三嫂没开腔。五嫂很高兴。五哥碰碰她的胳膊说:"不要。"

三哥没说话。我说:"二姐的想法好。"

听见我这么说,三嫂还是没说话。大姐一下子跳起来:

"凭啥子给这个没良心的东西?本来不想说,多少次妈跑到大佛段来说,在家里吃不饱饭受媳妇的气,要跟我过,我倒劝妈。一句话,妈就是被这个自私自利的狐狸精气死的。"

五嫂脸发白:"大姐,你不要血口喷人!"

"你天天跑到石桥舞厅去图自己的快乐,还想跟个什么野男人乱搞,哪会给我妈做饭,照顾一个生病的老人。以为我不知,我都亲眼看见过。给你钱,给你屁!"

五嫂一把抓住五哥的衣服:"你看你家里人当面欺负我,你不管。"五哥扯开她的手,走了出去。她气得一屁股坐在旧藤椅上。

大姐说:"你是个烂人,你不要对我五弟那样。你忘了还跑河南当人家的老婆。你忘了我们一家子如何对你的?"

我对大姐说:"妈妈以前说过不提那旧事。大姐这是你不对。"

大姐指着我说:"你也没资格指责我。当作家没有什么了不起,有支笔一叠纸就行了。大姐不屑于做作家。今天我偏要说个痛快!我已闷了好长时间。"

"今天就偏偏不能说。"

三嫂说:"六妹说得有理。"

二姐站起来:"这件事就这样定了,三哥你把钱给五嫂吧。"小姐姐坐在五嫂边上,叫她不要生气了,说我们家的姐姐还是讲理的。

三哥把一个红包递给五嫂。就在这时,大姐哇的一声大叫,然后就大哭起来,哭得死去活来。"妈妈呀,看到了吗,他们全部人来欺负我。叫你也不应,你活着死了都不管我。"

哭了好一阵子,她一边抽泣一边说:"可怜我的彩电儿呀,你也死了。"

屋子里的人一惊,以为大姐哭傻了,但是她开始说,说得不连贯,可是听得清楚。她为了与前一个当煤矿工人的丈夫离婚,答应他要求,把一岁不到的儿子彩电留下。生那个孩子就遭罪——没有生育指标,超生,被煤矿计划生育办公室罚了买一台彩电的钱,孩子因此得名。结果儿子长大,父亲一直反对儿子来看她,还毒打儿子。儿子长到十三岁,抄下父亲本子上母亲的地址,从煤矿偷偷逃出来,搭车,走路,靠沿街乞讨找到重庆,找到南岸,找到她十三年前的老地址,又从老地址找到新地址,找到大姐,投进她怀里已病得不轻,脏脸通红。

十三年没有见到儿子的大姐,来不及好好看儿子,赶紧把儿子送进医院,可是医院检查后,非要有一万元押金不让住院。大姐没法,只得带回家里,抓中药治他。不到一周,前夫找上门,把儿子接走,说大姐没有抚养权。回去没多久,儿子就死了。

"你们知道,他是啥子病吗?最后煤矿医院诊断出来,他才十三岁,居然得了脑癌呀!都是他那个王八蛋的父亲打出来的,气出来的。死了骨灰埋在哪里,都不肯告诉我,人心就是比毒蛇还毒!"

我们着实吃惊,我给大姐毛巾擦泪和鼻涕,小姐姐给她端来水。大姐也有泪往肚子里吞的时候,她把此事隐在心里十多年,是心里一直内疚,一直自责,更是不肯饶恕自己当初丢下小儿子不管,为了争取自己的自由,下半生的幸福。她说她是一个多么自私透顶的母亲。有意思的是,她和初恋情人结婚后,也并不像希望的那样幸福。老天睁着眼,用彩电的早夭惩罚她,她说她到今天都记得她的彩电与她分手那种装出来的笑容,说:"妈妈,我不后悔来重庆找你,我只想见你一面。"

她说,彩电死后,她信了上帝。

我给大姐道歉，说以前关心她不够。她马上说，她是心直口快人，只要你心里有大姐，就行了，钱不钱，你们要给那个妖精，就给吧。

二姐也对她说："大姐，救人一命，你当时就该找我们大家借钱，大不了，大家都去给你彩电儿卖血治他的病。"

大姐笑了起来，马上又哭了，说："二妹话说的让人心里温暖。"

血浓于水，我们都是从同一个亲妈肚子里钻出的孩子，是母亲的手心与手背，嫡亲姐妹，一点假也没有，不管吵得雷阵雨翻天，瞬间就会烟消云散。如同刚才在江边我朝她们吼叫，说那些含着杀伤力的话，彼此就像什么事也没发生一样。

大姐看看手表，已快六点了。她建议我们几个兄弟姐妹一人做一个妈妈，不，还有爸爸生前做过的菜。

5

人一多，厨房就显得窄小了，不过因为是姐妹，挤着就挤着，高兴打下手，理个菜，切个肉，剥个鱼。三嫂让她娘家来帮忙的小姑娘回家去了。二姐怕油烟，说起父亲不吃辣椒，不停地喝老坨茶。不过她之前就让厨房那姑娘帮了她，早早就做了腌笃鲜，用老柴鸡炖干竹笋，加了腊肉片，瓦罐汤锅小火炖。二姐说这是父亲教她做的汤。

大姐在客厅，往猪肉肉末里加淀粉盐和姜末蒜，在手中捏成丸子，按进切好的豆腐方块里。大姐有意卖关子，对三嫂五嫂说，这是母亲忠县乡下的秘传美味，过年才做。但是得自个推磨磨豆浆，点豆花，做老豆腐，味道才能纯正。

记得小时候家里做过一次点豆花，是幺舅的生日。也正好是当知青的三哥要回来，母亲和父亲忙了一夜一个早上，父亲推磨，母亲送豆子到石穴里。那磨从七号院子借来，用后清理干净。母亲和五哥小姐姐得到七号院子去。母亲还磨时送了一包豆渣。在那时可是好东西，放点青菜叶子丝，油盐，就是上好的下饭菜。

大姐按完一盘肉丸豆腐块，说："这道菜本来是要放好多新鲜的辣椒，但是妈专为不吃辣椒的爸爸，就做成糖醋的。"大姐动作飞快，十分钟就熟了。她自言自语："还是家里老传统，各一半吧。"说完就往盘上右边放辣椒粉。

江上轮船鸣笛，客厅窗子正对着朝天门码头，江北岸天边剩最后一抹光线。我们拉亮电灯，把桌子拉到客厅中间，安好凳子椅子。二姐夫摆了碗筷子，拿了餐巾纸。五哥端出他做的油酥花生，这是母亲的最爱。小姐姐做母亲最擅长的泡菜酸鲈鱼，这样父亲也能吃。我做母亲教的六丝凉菜：胡萝卜丝、海带丝、莴笋丝、粉丝、绿辣椒丝、豆干丝，说是她的六个孩子，<u>丝丝</u>不分离。

三哥做了凉面，放了绿豆芽。这是全家人最爱，轮到家里来客人，才能享有。

我们围着桌子坐下来，以绿茶代酒。刚举起杯，大姐说："我先来说几句，基督教和佛教不一样，基督教的歌好听，抒情，有时听得人直想哭，佛教音乐，让人脑子空净。还有呢，就是基督教的蜡烛香，佛教的蜡烛不香。好了，不扯了，我只是想要弟弟弟媳妹妹妹夫们原谅大姐一向不会为人。现在呢，我们的妈妈走了，我保证从今天起，大姐像个大姐。大姐要你们大家动筷子前，跟我一起向上帝祈祷。"她闭目在胸前画十字，并诵念：

"求主降福此食物及饮料，因父及子及圣灵之名。阿门。荣耀归于你上帝，我们的冀望，荣耀归于你！阿门！"

我们跟着她说。大姐有意思，把餐前餐后的祈祷词放在一块儿。我不相信她信主之后，每顿饭前都会如此做，不管她做了多少，有这份心就好。

三哥说起女儿在英国上会计学校，准备与做医生的男友结婚。五嫂说独生儿子会从技术学校毕业，说是守礼替他找到海尔公司当推销员的工作。二姐说，明后年靠近长江嘉陵江交汇处的乌龟石，本是个有神话故事的古迹，因为三峡水库修成，长江上游河道加宽，疏通河道，要被破坏炸掉的政府计划。大家听了，叹息不已。三哥说，从成都到西藏的铁路已经通车，以前去西藏只能坐很长时间的汽车或乘飞机。坐火车能逐步适应高原气候，还可沿途欣赏风景。

三嫂说，等女儿结婚后，她和三哥想去西藏度个假，他们快银婚了。"文革"大串连他什么地方都跑遍了，就是没去看布达拉宫。三哥说，大家听好，到时想赖账可不行。

汤鲜美极了，泡菜酸鲈鱼奇嫩无比，凉面辣麻恰到好处。可以说，每道菜都可口，我从心里称赞姐姐哥哥做菜手艺超群。可我胃口不佳，也没谈兴,一杯接一杯地喝茶水。每个重庆人说话都是高声调,抢着说话,我的家人也不例外。

我上卫生间。窗子开着,一片漆黑中有点点灯火。以前我也从这儿看过同样的风景,这一次却感觉不同,觉得那漆黑中透着寒气,侵入骨髓。

我洗了手,去拿墙上挂着的毛巾擦手,一愣。好多年前我回家时,母亲给我一条洗脸的墨绿色的毛巾。没想到母亲也有一条。我把毛巾放回原处。镜子前有母亲的牙刷,用得刷毛往左边倒。我拿在手里,往右边摸,想象母亲站在镜子前漱口的样子,她先把假牙取下,仔细刷牙后,再清理假牙,把假牙泡在水里。我放回牙刷,又把歪斜的牙刷扶正。

是呀,只要我拉开门走出去,就会看见母亲坐在那儿吃饭,听儿女们说话。母亲还在,没有死。

客厅传来他们的笑声,远比听到他们的哭声,让我感动。我期待好久,甚至从童年开始,就盼望有一天,家里出现如此的晚饭气氛,父母坐在中间,兄弟姐妹亲密无间。如今父母都走了,这一刻才来。

我看着这个不大的卫生间,每一寸地每一团空气都印着母亲的身影,充满母亲的气味和声音。洗面盆上端的镜子当年摔坏过一次,裂了口,我专门跑了一趟石桥百货公司,买了一面大一些的镜子。看看镜子里的我,是那样悲痛,压抑着胸中的不平!想一想母亲,她哪是母亲,还不如一个受气的小媳妇,不,她是整个家里的罪人。她从现实世界逃开,回到了过去年代,到江边捡垃圾。她从陡峭臭气熏天的垃圾堆摔下去,滚了好几圈摔到江边,一身是伤,右眼帘上的伤好后还留下疤痕。母亲躺在那儿,嗡嗡叫的苍蝇围着她脸飞,不省人事,隔了许久才被人发现。

家里人送她到医院。医院只是粗糙地检查了一下,给外伤消了毒,就让母亲回家休养。母亲脖子痛,胳膊筋痛。实在受不了时,她叫出声。

"你叫什么呀,自作自受!"他们骂母亲丢人现眼,让他们成了众人话柄,说是虐待老妈,没尽孝道之心,要遭天雷报应。他们找出母亲捡垃圾的袋子,统统扔掉。"你真是老不成气,越活越不像话,越活越自私,只顾自己,不晓得儿女感受!"

母亲咬着牙,不敢出声。她蜷缩着身体,不敢看人。母亲也许只能躲在卫生间这个小角落里哭泣。她的双肩在抽动,头发全遮住她悲伤的脸。我看见了,看得一清二楚。她在轮渡口,要找她爱的人,可是那人早就离开了人世,她怎么可以找到他呢?母亲迷失在长江大桥上的那种绝望,她都不敢求助于我,可以想象她的心有多么卑微!也许在她的意识里,我根本就是一个小胚胎,在她的子宫里,她怀着我,我还未出生,她得忍受一切,为了我能够来到这个世界上。

那天,那位记者不知靠了什么力量,启开了母亲的嘴。母亲说,在那个饥饿年代,她挺着一个大肚子,那是她的六姑娘,怀时,没啥营养的吃,动过好几次红,生怕流产,她战战兢兢数着天日过。最后一次是动红太厉害,她怕生在家里是个死胎,心一横,坐了轮渡去了城中心的妇产科医院。医生检查说,严重缺营养,母亲羊水不够多,不能延误了,否则大人小孩都可能没命。医生马上打催产针,让孩子生下来。

"她真是来之不易!"母亲喃喃地说,"她好可怜,从小得不到我的爱,我不是一个好妈妈。可我不得不那样做!若有来生,我与她成为母女，我会把这辈子不曾给过她的东西，统统给她。"

母亲可以习惯灾难，忍受灾难，甚至有时是逆着这个可怕的世界干，可是她不能对她亲生的儿女做任何让他们不高兴的事。多少年来，他们给了我一个母亲幸福晚年的版本，也何尝不是母亲的意思。那么我应该让他们明白我已知晓母亲不幸晚年的版本吗？起码可以还原母亲生活的真相，把每一桩她受虐待遭欺负的事，都摆出来，问个清楚？替母亲叫个屈，抱不平？

起码可以到客厅里，把我对他们的不满和愤怒亮给他们看？

不，我不能。如果我把母亲给我们每个孩子留的照片拿在手中，我更愿意撕碎全家福那张。这么做会将我所有的恨撕掉。我没有资格指责他人，因为我自己也是一个不孝的女儿，母亲养大我这些年，我几乎没有一个春节回家，我除了少得可怜的几个生日是和她度过，我自己的生日却从未和母亲度过，十八岁前不过生日，之后也不过。三十六岁之后，我开始使生日过得与以往不同，渐渐地，我庆祝生日了。可是一次也未想起该和母亲过，该向母亲表示感激，她给了我生命，养育我长大。相比哥哥嫂嫂姐姐姐夫们，我只是用写字得来的稿费，给母亲和他们。可是我人在哪里，母亲最需要的是我在她身边，和她说说话，揉揉背，带她吃西餐，看看戏，一起到江边散步，或到公园里坐坐，带她去名山大湖，读书给她听。可以想象他们是多么不屑我对家里的贡献，钱能表明你尽了力吗？我其实比他们更自私，我把时间留给自己，我用钱买到自己的自由，不必和母亲的生病年老性格变化等问题打交道，母亲住医院多少次，我一次也未在病床前服侍她。只有一次，我给母亲洗澡，我清楚她身上每一部位，每一处受伤的印记，哪怕是小时在老家乡下被蛇咬过的疤，如同她清楚我的身体一样。我扶她走到卫生间，替她洗澡擦背。那是她得了肺癌。我陪她吃陪她睡，给她配药，陪她喝药，听她讲从前事，母亲也因之痊愈。但之后呢，我就把母亲丢给了他们。

我不能就像个家里的法官一样来对他们审判，该审判的是我自己。

我有一年回重庆，记起来，不是太久，应该是在2005年10月，我从北京飞重庆参加一家杂志的讨论会，谈城市与规划，住在江北一个饭店里。那两天我没有回南岸，会议结束，我转道去一所大学演讲，为的是满足好奇心，看一眼在那儿教书的丈夫的新情人，再折回重庆，我就得飞走了。时间不够，二姐建议三哥带着母亲来城中心。我坐在二姐家里等母亲。一等二等都不见母亲影子，终于，三哥三嫂带着母亲来了，走得气喘吁吁，一身是汗。我埋怨他们来晚。结果三哥说，出租车过不了长江大桥，那儿有群众在桥上拉着横幅在请愿，交通堵塞。

他们没法只得从大桥上走过来，过桥也打不到出租，也坐不到公共汽车，沿途都有游行的人。母亲走不快，走走歇歇，走了四十多分钟。

母亲看着我，说我瘦了，怪我不多吃。

三哥讲了桥上闹事的缘由。区政府贴了告示，要征收地皮，进行旧城改造。居民觉得评估价格太低，很不满意，上书市政府，要求住宅补偿标准能提高。可是没有解决，遭到强制拆迁。居民们由此愤怒了，才到长江大桥上请愿。

母亲说，她很难过，但愿菩萨会保佑他们。

我嘴上叫母亲不要难过，心里不是太耐烦。坐了一会儿，看手表，说来不及，得去机场了。我就要走，母亲很不安，从沙发上马上站起来。"我的六姑娘，不管多远，妈妈都想看你一眼。下次你回重庆，一定得告诉妈妈。"

我说好的。

我连握她的手都没有，连说声抱歉都没有。我可以不去机场，可以去南岸看母亲，也可以留下来陪伴她。可我就是想一个人待着，因为一个男人伤了我。可母亲没有伤我，我就不能当着母亲的面舔自己伤口上的血吗？她是我母亲啊！

我甚至都没发现母亲也很瘦，八十二岁的母亲已临近生命的尾声，只剩下一年时间，她就要离开我了。

客厅那边大姐夫的声音，他在讲一个笑话，一屋子的人都在笑。

我该回去，跟他们一般高兴，完全有可能他们跟我一样，在尽力压制内心的悲痛，强作欢笑，故意忘掉自己的母亲死了，不在这个世界上了。作为儿女，谁不爱自己的母亲呢？

他们爱母亲，以他们的方式，我爱母亲，以我的方式，但都是自私自利的。从这一点上看，我们都是一种人。哪里能抵得上母亲爱我们这些儿女，全心全意，掏心掏肺，舍去自己性命而终生不悔不恨。弱水三千，只取那一瓢饮，一般专指爱情，可对我们的母亲而言，就是如此，我们就是她的那一瓢饮。

6

清晨我起床，梳妆完毕，准备提着我的挎包出门，这才注意到小姐姐并不在床上。我急忙在屋子找她。厨房卫生间没有人影。我敲五哥的房间，只有五嫂在里面，说是五哥早十来分钟出门，今天他要和渔友们去寸滩钓鱼，要感谢鱼友对母亲的丧事的帮助。昨晚吃完饭后除了小姐姐与我留下住母亲的房间，大姐二姐三哥他们都各自回家去了。小姐姐不会做什么傻事吧。

我拉开门，看到小姐姐站在空空的走廊，面朝江水。我松了一口气。

又一个没有太阳阴沉沉的天，如同昨日，江上船只在行驶。

小姐姐说："你不必和我告别，昨晚我们已说过再见了。"

我问她："怎么不多睡一会儿？"

"睡不着，我一夜未合眼。"

我站在她左侧，四年前的清明，我回到重庆给父亲上坟。从南山回家后，母亲也是站这儿，我站在她身边。母亲一直看着对岸没说话。我也没说话。我感觉得到母亲很悲伤，眉目锁着，看上去孤孤单单，我很想把母亲拥抱在怀里，可是我没有那样做。与母亲，我也是羞涩的，仍是不好意思。母亲也一样，除非在我幼小时，一两岁没有记忆前，她亲我，当然抱我。之后我记不得母亲亲过我脸颊。母亲对其他孩子亲过，就是对我不曾亲热过。她把对我的爱全压抑在心底，我无形之中也学会了如此。

小姐姐说："我以为会忘掉他，但是那伤害来自根，我现在很后悔那样饶恕他。"

我掉转话题:"你在家里会待多久?"

"等妈妈骨灰下土后,我就回伦敦。"

"你一个人在那儿,孤苦伶仃,还是回中国来吧。"

"不,那儿有他的影子,每一个地方都可找到他。"小姐姐转过身来,"我这个人没出息,恨他不够,命就如此差。看来余生我就在那儿等他,我相信,终有一天,他会重新想起我是真心爱他的,会来伦敦找我的。我会在那儿一直等他,直到我死。"

我眼睛一下子就红了。

"你哭什么?不要哭。一会儿你要去坐飞机。"她抓过我的挎包,要送我。

7

与小姐姐在中学街顶端分手。在岔路口上,我心里有些不安,但几乎只有几秒钟,我就做出选择,决定先不去机场。

我抄小路,往三十八中后面的山顶爬去,山腰有一个幼儿园,电子琴伴奏下,孩子们跟着老师唱歌。我走到山顶上。

母亲在船厂的好友王桂香阿姨住这儿。几排平房,堆了乱七八糟的东西,两棵苦楝树几十年过去仍是矮矮墩墩。

凭记忆找到王孃孃的门前,一把锁对着我。大姐的确打过电话,家里真没人。可我不信,非要亲自来找王孃孃。同排房子有一个大胖子跛着一双拖鞋走出来,背着人一侧身就在解小便。

我敲王孃孃的隔壁邻居的门,一个五十来岁的妇女应门。我说我找王桂香孃孃,因为我母亲去世了,想通知她。邻居说,王孃孃去遂宁女儿那儿住了。

我问她有无遂宁地址?

邻居不说。我马上明白了,便对她讲明我的情况。没想到邻居说,她认识我母亲,说小时母亲带我来这儿,似乎对我有点印象。她还抹了眼泪,说你妈真是好心眼的人。她让我等一下,进屋里。等了一会儿,邻居拿着一个字条。我接过来一看,上面是王孃孃的女儿在遂宁的地址。

我马上到重庆火车北站。查看火车时刻表,八点五十五分有一趟桂林开往成都的火车,中途停遂宁。我一看时间,才八点半,来得及。我买了硬座车票,才二十五元。我赶快上火车,找到车厢座位,并非节假旺季,偶有空位而已。与八十年代坐火车时大不一样,火车干净,设备也高级了,软卧居然每个床位有屏幕看电视和DVD电影。

没一会儿火车拉响汽笛行驶了。空调大巴走高速,得五十元,加保险四元。相比之下,火车便宜,又安全舒适,两个小时二十一分钟就到了。

火车有节奏地摇动,我马上就睡着了。听到有人在叫:"到遂宁了!"我猛地醒来。好快,仿佛只是打了一个盹而已,就到站了。

我出火车站,叫了一个出租车,告诉司机地址。"远吗?"

司机说,不远。他问我哪里人。

我说重庆。

他说:"相比重庆,遂宁是个巴掌大的小地方,你打的,从三元起价,一元一公里。就是你跑个通城,还超不出二十五元。"

未等我问他,他便骄傲地介绍起来:"你朝回头看,那是广德寺,可是唐代著名古刹,全是古迹。"我回头,只看到山和寺庙的一角。司机说我要去的地方,得经过灵泉山,那儿古树成林,温泉终年不涸,寺庙是隋朝的,摩崖造像是唐朝。他不无骄傲地说:"嘿,我们遂宁还出人物!我给你数数,唐朝诗人陈子昂,明代女诗人黄峨,清代名臣张鹏翮,清代诗人张问陶,你可好好看看。"

车子向东开,我从车玻璃窗看出去,这儿街道整齐,建筑都不是太高,民风朴素,女孩子打扮倒也时髦,但还未到很丑陋吓坏人的地步。小城平坦,几乎没有坡度,四周环山。按民谣里说,观音菩萨三姊妹,同锅吃饭各修行。大姐修在灵泉寺,二姐修在广德寺,唯有三姐修得远,修在南海普陀山。所以遂宁又有观音故里之称。有个故事,说这儿佛气灵,抗战时日本飞机轰炸广德寺,炸弹在寺庙上空拐了弯,统统掉到河里了。

出租车过了涪江桥后,朝北开了十分钟,又走了一段有起伏的山路,最后在一个镇口放下我。我依着地址找,发现走完石块铺的小街都没有王桂香女儿家的号码。打听边上一店铺,说在后山第一家。有他家小女孩引路,上了一小坡路,不一会儿来到一幢平房木门前。我敲开了门,里面有一个很年轻的女人的声音在答应。

紧接着,门吱嘎一声打开,开门的却是一个七十来岁的老太太,脖颈上吊了一根绳子,挂着老花眼镜,打量着我。我刚要开口,她说:

"六妹，进来吧！"

我同时也认出了她，就是母亲在船厂的连手、最好的朋友王桂香孃孃。

8

坐在屋子里，我手里端着一杯菊花茶水。王孃孃把眼镜放在桌子上，桌上还有几本花卉植物种植杂志，她坐在我对面说："我知道你会来。"

"王孃孃，你是说你——"我不知该如何表达惊讶。

王孃孃穿了一件深蓝棉布衣衫，套了个绒线衣，花白头发在脑后绾了个髻，圆圆的脸，脖子上皱纹比较多。

"不是我知道你要来。"

"那会是谁？"

王孃孃身上有一种镇定，她不回答我，却说想说的："你几乎都知道你母亲的事了，你只是想来告诉我她已不在人世了。"

"可我还有点疑问。"

她站起来："六妹，不着急，我先带你看看我这儿吧。"

如果我没看错，她的眼里有泪光一闪，她并非是要带我看什么房子，而是要暂时中断我们谈的题目。母亲以前说过："王孃孃呀，人家父母是喝过大墨水的，她也喝过一些墨水，可惜她轮到与我抬扛子的地步！"王孃孃待人接物，的确不同于没受过教育的人。

这个房子乍一看很不起眼，吃饭房间有些暗，长条。不过右手两个房间，倒是方方正正，一个房间是她的，不过里面搁了好些小孩子的玩具。有一只胖乎乎的花猫蜷缩在小孩的扭扭童车里睡觉。她说她当祖婆了，外孙女的儿子三岁了，不过白天进幼儿园。另一间是外孙女的卧室，她在城里开花店，丈夫是中学教师。女儿一家住在城中心，做些中药材生意。先前女儿要嫁一个遂宁的中专生，她不是太赞成，可那是独生女儿，她没有办法。女儿生了孩子，她马上来这儿照顾，就喜欢上这地方。虽说常回重庆，可待不长。厨房边上还有一小间，是外孙女婿的书房。过道用架子晾了一些洗干净的衣服。

王孃孃打开后门，居然面对一片山，竹林好几样果树，溪水在哗哗流过，真是世外桃源。虽不高，但空气也清新，成片的地。王孃孃带我看她种的薄荷、刺蒺藜、麦冬、红花和各色菊花。她说还种些自己日常用的蔬菜，以前帮女儿带孩子，现在又帮外孙女，一代又一代。

有一个加盖的房子，像是工具和杂物间。墙角，有三盆小桃红。这是我母亲最喜欢的花，王孃孃当然不会不知道，我母亲的小名就是小桃红。她当然是因此也种这花。

我走过去，蹲下来。王孃孃来到我的身边，把手放在我的头上，轻轻地摸着："是你妈妈对我说的，她死后，你就会来找我。"

我抬起头来，一脸是泪。母亲倒像长在我肚子里，就是她死了，她也把我脉搏把得准。

王孃孃说："小桃红，是你妈妈最喜欢的花，也是她的小名。"

"我外婆喜欢那样叫她。"

王孃孃说："这花很贱，容易长。它也是凤仙，很多人叫指甲花。宋朝有个皇帝老儿，皇后名凤，宫中忌讳，看花像母亲膝下儿女，就叫它好儿女花。"

我看着那花,第一次发现那花里有母亲和孩子们的模样,我想,那些孩子像我姐姐哥哥们,但母亲不在我们身边了。我发现自己非常嫉妒那花。

从杂物间里搬出两把竹椅和竹桌来,王孃孃让我坐在这儿,她拿来一碟自己做的咸菜,一碟胡豆和豆腐干炒花生米,稀饭加了绿豆。"简单吃个中饭吧。都是我一早起来就做好的。你多留两天,可以看看这儿的寺庙。"她说。

我说:"我还得赶回北京去。"

"那我这次不留你,可下次来就得听我的安排。"

那只花猫踱着步子,警觉地看着走出来。王孃孃给花猫盛了些干饭拌了鱼骨,猫马上低头专心地吃起来。

我饿坏了,马上把一碗稀饭吃完。王孃孃又给我一碗,我也吃完了,但是摆手,不再要了。王孃孃又给我倒了菊花茶水。我把相机拿出来,把竹椅移到王孃孃边上,让她看。四天前,我到重庆那个晚上,我拍的母亲的冰棺里,四周挂满祭幛堆满鲜花和花圈。我按键向前移动,把每一天的情况都展现出来,最后几张照片,是在火葬场。

"她好瘦啊!"王孃孃呜咽着说,"比一个多月前,我见她时瘦。"

"你见过我妈妈?!"

王孃孃说她心里有个感觉,夜里总梦到她跟母亲在船厂的事,就坐了长途大巴到重庆,直接去了南岸六号院子。她哭得更厉害了:"你妈妈这几十年跟我比亲姐妹还亲,我一看她,就觉得她神散了。果然她说,她的日子不多了,可她得等英国的两个女儿回来。"

算一下时间,看来是在我9月从意大利赶回北京前,王孃孃去看的母亲。我看过母亲后,小姐姐从英国回到中国,她先去找小唐,受挫之后,再回重庆看母亲。但她马上又去找小唐,再次受挫,又回到母亲身边,直到10月25日母亲死。

王孃孃说她与母亲告别后,都下到楼下院子空坝又返回,不肯走。母亲拉着她的手,说知道她会回来。"我俩都能控制,我们没有掉一滴泪水。知道吗,我俩的话没有说完,六妹。"王孃孃掏出手绢来,擦眼泪。她说,她这个人是硬心肠,一生只哭过三次。一次是得知父亲死,都说他最后是生病而亡,但是她知道父亲是决定自己走的,他有意为之,虽然她不能确定他是用何种方式放弃生命,但是父亲就是自己不想在这个世上活了。另一次是丈夫死,他是不是被冤枉,但是据狱友说,他的双眼未闭,她就没法止住自己的眼泪。这第三次,就是今天,她感觉自己好孤单,身体好空。

我把她面前的菊花茶水端给王孃孃。一阵风吹过花香,我深深地呼吸。从1960年她与母亲认识,共同在外做临时工,靠体力养活自己和一家老小,到现在,四十六年来几乎朝夕相处,半个世纪的光阴,在时间上王孃孃当然与我母亲近,胜过我们家里任何一个人。

沉默片刻,还是王孃孃转了话题:"六妹,你说还有点疑问?"

我点点头:"我的姐姐们认为母亲有许多情人。"

"你一定都弄清楚了吧,你是唯一能理解你母亲的孩子。我从小看到你长大，你的性格，除了你妈妈外，就我最了解。"

"是的，可是船厂人事科长，派性头头？"

"不要提这个人。"

我看见王孃孃脸色铁青。"这个人是个畜生。"她叹了一口气，"好吧，六妹，我只能告诉你，你妈妈受过一个女人受的最不能忘却的凌辱和摧残，她为了救……"

"蒉伯伯？"

"她为了救他。可是事与愿违。蒉伯伯一直被瞒着，你的父亲也被瞒着。她后来不见那人，他威胁要整蒉，她只得见。等蒉伯伯进牢后，她宁死不见那人，我陪着她。那人恨死我。其实她对我也不肯具体说。我能感觉到她的屈辱，她连和我说话，双眼也无光，像一架没有血肉的躯壳。"

我有思想准备，可是没料到如此情形。我有一个女友，曾被人用刀子强暴，从此之后，再也不让丈夫近身，情绪反常，有时披头散发，在家里摔东西。我去看她，她不开门，隔着门拼命骂我。母亲呢，不一样，她是送上门去的。她被派性头头压在身下那种任其宰割的样子，让他倒胃口。他停下，用残暴的手法，用烟头，用绳子，用利器，母亲跟一头动物一样。不，我必须停止想下去，要知道那个光着身子被摧残的女人是我的母亲啊！我哭了起来。

王孃孃给我擦去泪水，说："如果有一天你要写你妈，你要照实写，让姐姐们知道，她心里有蒉伯伯，并不是丢人的事。你妈知恩报恩，一生有情有义，这就是你妈。"

我不知道可不可以写母亲,如何写她。母亲习惯灾难,还不如说她始终陷落在灾难里出不来,她在那儿苦苦挣扎,跟自己过不去,并把她这内心的恐惧和黑暗,传染了我,影响了我一生。是呀,有那样的母亲,才会有这样的我,说到底,我身上流着母亲的血。

一般而言,失去自己一生最爱的人的悲伤,可以把这个人的命运彻底扭转,也可以把这个人永远推到悲伤之中,再也快乐不起来。我不能保证自己就会例外。

我喝了一口茶水,想起二姐对我说过,母亲后来一直借拿每月给我的抚养费与生父见面,于是我问王孃孃。

王孃孃说:"你二姐呀,一直是你妈的贴心小棉袄,可是她对你妈管她在'文革'中参与派性的事不满。她说你妈从未爱过她,相比大姐。借此拒收你生父的抚养费。你妈是没有办法。"

"那我妈见过他。并非等了我十八岁生日那天?"

"不,她之前没有见过他。据我所知,的确如此。不然她不会那么痛苦。"

"他不想见母亲?"

"他来找过我帮忙。"

"真的?"

"后来要么寄给我,要么与我见面交钱给我。一直到你十八岁。"花猫跳到王孃孃膝盖上,她抚摸着猫背,说,"我们仨几乎都是一起认识的。他帮你妈抬杠子时,有时是与我抬,我年轻,力气好。他知道我的话,你母亲听得进去。"

"结果呢?"

"你母亲不肯见,说是一见了,就怕管不了自己的心,那一家子怎么办?"

我们的谈话停了下来,因为有送燃气瓶的人来,他从前门敲门,没人应,于是就从后门来。王孃孃说,她忘掉与人约好的,直道对不起。小伙子把厨房里用完的瓶子取下,装上新的瓶子。王孃孃付小伙子钱。我想知道的情况,王孃孃都给了答案,看看时间已快两点,便站起来到屋子里找她。花猫没了那警觉的神态,很亲热地跟着我,舔我的鞋子。

王孃孃谢小伙子,他出了门,她关上房门。

我向她辞行。

"你再坐几分钟,我有东西给你。"

她进到卧室,隔了一会儿,她拿起一块围巾包好的东西,递给我。

我打开一看,硬壳里是一叠大透明塑料袋,里面竟然是关于我的报道的剪报,还有我的照片。"我妈妈给我的吧。"

王孃孃说:"我与她告别时,她要我亲手交给你。"

我一页页翻,大致从2000年开始,我在国内出什么书,做什么活动,什么书改编电影电视剧,到什么地方,包括我的自传一书由天津电视台改编成电视剧,在北京和重庆的所有宣传,之后两三年又有小说上法院之事,禁书罚款。去年夏天我去罗马领文学奖的消息,母亲全都收有剪报。我这六年到重庆多少次,她从报纸上也都知道。

这沓透明塑料袋,可直接把资料放入。还是我1996年回重庆写自传时买来装资料剩下的,没想到母亲派上了用场。她把历年我从各个地方寄给她的照片,也夹在里面。有一沓撕下的纸片。我打开挎包,取出母亲的那个硬壳红本子来。不错,是本子里撕下的那部分。我小心地把纸片夹回红本子里。母亲记着我生父寄到二姐那儿我的扶养费,还有王孃孃代她去见生父的时间和钱的金额。有一笔钱,好像是给生父,里面有一行字:她生病住院,要钱。经此推断,是生父的妻子病了,母亲那个月就没有要钱。

王孃孃说:"三个月,你妈妈都没收他的钱,还让我转给他一百元。"

零散的纸片上有些字,字迹模糊,我完全不知道母亲记的是什么。大概只有母亲自己清楚。

母亲每天买报纸,亲手剪下有关我的消息。我一直认为母亲不够关心我,母亲对我成为一个作家,并不是很在意。可是我错了,我根本就不了解母亲。在母亲心底,她是多么在意我,可以想象在那些我遭遇官司很压抑的时刻,母亲想必也一样,不然她不会在电话里对我说:"六妹呀,不要怕,太阳走,月亮出,月亮走,太阳出。"

一个多月前,我去看母亲,我要扔掉她抽屉里那些旧报纸、纸片和橡皮擦之类的东西。我的行为几乎是专制的。母亲不高兴,不要我扔。可我还是趁她不注意时全部倒掉。记得当时她紧张地看着我。

母亲的紧张,我现在都能感觉到。她紧张的绝非是那些旧东西。母亲心里装了多少秘密啊!多少白天夜里都不能安心的东西!于是我对王孃孃说出心里的想法。

"六妹啊,我想应该告诉你,你妈妈知谙你和小姐姐的事。"王孃嬢艰难地说。

我尖声叫出来:"不,不可能。"我和小姐姐一直对家人保守这个秘密,就是为了不让母亲知道。我感到手脚都在发抖,思维在这一瞬间停止。

"'两姐妹跟一个男人,可苦了我的两个女儿啊!'"王嬢嬢说,"这是你妈妈的原话。"

那个人,在1992年,跟我回重庆,在六号老院子里住过,1996年又跟我回去,住在母亲的新房子。母亲始终与他有距离,之后我再也未带他回去,直到这次他去给母亲奔丧。母亲心里端着一碗清澈如镜的水,照着他。作为母亲,她有预感,我这个男人会成为我命中一劫!

记得有一天我和小姐姐在厨房里准备晚饭,他在一边看着说:"你们两姐妹是多么了不起的女子,世人有一天知道,定会为之惊叹!"

那是小姐姐刚到伦敦不久,那个晚上树静云淡,一抹夕阳映在我们的脸上,一切都是那么美好。

他在母亲追悼会上,湿了眼睛。他是爱我的母亲的,当时他恐怕也想到他的身世,他的母亲,他这一生经历过的事,百感交集。他跟着我的亲友们,一步一步走下火葬场那个身影,仿佛又在眼前。我不止一次问自己,他与我错在哪里?他一面是一个大学问家,一面是一个让我想起就会心酸疼痛的人。他父母相继在"文革"时期惨死,弟弟也死因不明,只有一个妹妹与他相依为命。除此之外,他几乎没一个朋友。"他们这辈子不会用我。"这是他自己说的,他到煤井里做苦工有十年之久,十年面对黑暗,受尽白眼和训斥,夹着尾巴做人。那井下之黑暗,几乎是他漫长岁月的象征,看不到亮光,更没有欢乐,倍感压抑,他整个人格都扭曲了。他是一个牺牲品,无意之中,他也把身边的人当成他的牺牲品。

可是母亲怎么知道我们两姐妹和他呢?

王孃孃没说。我也没问王孃孃。

当然,母亲不笨。小姐姐一走伦敦那么久不回中国,而我一个人在中国。小姐姐从小并不让着我,在母亲眼里,姐姐做对不起妹妹的事,所以没有脸来见她这个当母亲的人。我们共侍一夫,不管最先是如何开始,中途如何波折,最后,我是无话可说。跟母亲一样,我也习惯灾难,多一个姐姐进来算什么。母亲看着我们两姐妹,她不能做判官。要么是小姐姐不幸,要么六姑娘不幸,绝大可能是两个女儿都不幸。又不是旧社会,这可是妇女当家做主的新社会。她说,她这个母亲真是没用透了,所以,两个女儿一个也没和她说这个真相。一个也没有告诉她,那个人离开了她们。可她这个当妈的能感觉到。

两个女儿都抛弃了她这个母亲,她恨自己,认为一切都是她的错,在她无尽的悔恨抑郁之中,又添了新伤。

如果母亲死了,去了天堂,那么相对而言,这人间就是地狱,母亲最后几年过的日子就是地狱的地狱。母亲内心有多少愤怒,多么屈辱,多少不平,母亲没有发泄过。尤其是近两年来母亲总以长途电话费贵为由而挂掉我的电话,她那种毅然决然,背后隐藏的是多么大的决心和委屈,现在回想起来,我的心就疼痛。

因为那个人,我的伦敦时代所有的辉煌都枯萎,只剩下失败,双眼望及之处，一片荒原。

"你妈妈要你不要恨他。"王孃孃说。

我说："我不恨他，可我不知道什么时候能做到原谅他。"

渐渐地，渐渐地，我会那样做，不得不那样做，原谅他，并请求得到他的原谅，假若我有什么事做错而一直隐藏在他内心，假若我从未发觉的话。小姐姐呢，她会继续爱他或有一天忘记他？但愿时间的子宫会让她痊愈。

不管是作为我的丈夫或是作为小姐姐的情人，他都不是一个坏人，从看见他的第一眼起，我以为他会爱我，永远不变，而我不会离开他，直到生命结束。现在呢？一切恍若隔世。

母亲是对的，这不能说是谁的过错。我、小姐姐和他，只是我们三个人遇在一起，悲剧就发生了，我们在不该遇见的地方时间遇见了。要说有罪，那就是我，我是罪的源头。

9

分手时，王孃孃把我拉入怀抱，她和母亲一般高。都说人老了，会缩短。可她不，比我高出一个帽头。她的胸膛是那么温暖，我多么后悔没有在母亲生前，靠在她的身上。王孃孃说她看出我有身孕，向我恭喜。我听了王孃孃的建议，还是不要坐大巴走高速，而是坐火车回重庆，这样对胎儿来说更好。

我靠在车玻璃上，火车开出站，开始加速。窗外的树林和房屋飞驶而过。

王孃孃能瞧出，那母亲也能看出来。在一个多月前我从意大利赶回重庆看她时，母亲当时给我一顶婴儿的红帽子。她还给我唱儿歌："小燕子，穿花衣，年年春天到这里，我问燕子你为啥来，燕子说，这里的春天最美丽。"我从不记得小时母亲给我唱歌，可她肯定给我唱过，只是我不记得。在她临死前，为了我肚子里的孩子，母亲又唱起儿歌。

我怎么会瞒过母亲的眼睛呢？母亲她尊重我，什么也没问我，孩子多大，父亲是谁？王孃孃半个小时前也是如此，我没说，她就不多言。

我真是个无孝女，如此大的事情不告诉母亲。可从另一个角度看，母亲也不怪罪于我，马上离开她，回到北京。不过有一点母亲未想到，我当时根本不知道自己怀孕，年轻时堕胎，之后也堕胎，近十年我都不怀孕，从没想过我会有孩子。在我生日前一天，我月经一向准时，已过了十天没来，我买来检查纸，发现是阳性，一下子呆住。第二天一早去医院，检查结果证实我怀孕了。

我吓坏了，不知道如何办。但马上决定要这个孩子，这是上帝最好的礼物，我要做母亲了。我全副心思投入其中，买来相关的书，上网，找最好的医院，咨询好些做母亲的人，怎么做母亲。那最好的母亲该是我母亲，孩子的外婆，我却忘掉了，我把正走向死神的母亲丢在脑后。直到四天前，我接到了母亲不行了的电话。

母亲看我的神情，有些忧虑，有些关切，更多的时候她不多言。真想母亲此时在这儿，坐在对面位置上，听我亲口告诉她怀孕的消息。我会拉过母亲的手来，放在我的肚皮上，感觉我腹中胎儿的心跳。

"我感觉到了小家伙。"母亲的声音变得快乐起来。

我回不到过去。无论我怎么做,都不可能了。

火车高声鸣笛,听着在钢轨上咔嚓有节奏的声音,一下子让我回到今年1月。

他的车子在意大利中部,沿着高速公路向北部威尼斯而来。途中有车向他打灯。他不懂。那车与他并行,朝他打手势,他才明白自己车子出毛病了。他将车停在急停车道上,下车来检查,发现轮胎扁掉,任何时候都有可能翻车。他取下替胎换上,继续朝北开来。

1月的威尼斯冰冷,吹着风,几乎没有游人,更没有卖假名牌皮货的黑人。我被出租车——在这儿是小艇,带到岛上。意大利出版社邀请我到这儿参加全意大利出版商与书店老板的会议,让我做一个与自己创作相关的演讲,最后与意大利一个著名记者对谈。还有一段时间才开会,摄影师跟着我,拍我在岛上的生活照。

我不知道怎么来修补自己破碎的心,我嗅到自己的尸体的气味,但我知道有两条路,一条是自暴自弃,到一个完全的陌生世界,用酒精迷醉自己,用性忘掉自己,不把生命和感情当一回事,成为一具行尸走肉;另一条路是自救,找回那个打不垮、毁不掉的自我。

我居然遇到了 W,他在意大利写书,开车到这儿来看我。我们是2004年深秋在一个住在北京的英国记者朋友的生日聚会见面的,我带了丈夫去。在英国人中,W 个子偏高,五十来岁,喜欢开玩笑,刚出版了一本家族在中国的历史小说,大谈如何写书才能在英国出版,他不知我已有多本书在英国出版，我告诉他赛门·拉什狄的书不错。离开聚会后，我们站在街上等出租车，天气很冷，飘着小雨。丈夫对我说，W是那个十九世纪把鸦片带到中国来的老牌英国公司在中国的总代表。他的家族从1880年来到中国传教行医修铁路。父亲是洋行大班和香港马会会长，母亲是公认的美人，二战后是伦敦著名的时装模特。他在香港出生，十岁前在日本，之后回英国受教育；W曾在一艘挪威商船上当水手，独自一人在南北美洲旅行，得过英国女王授予的OBE勋章，他居然能一边做生意一边写小说。这个人非常有意思。

他补充了一句："他对你有意思。"

我不以为然。可是我对丈夫是畏惧的。他说的任何话我都要想想。在他刚和小姐姐好时，我要他离开她，与他争吵，当时他开着车，我威胁要跳下车，他不说话。我要去扳车闸，他用手阻止，还是继续开车。我打开车门，要跳下。他马上踩刹车停下，他的惊骇也不亚于我，他惊恐地大吼："不要命了。"

我真是不要命了。四周的水向我而来，要吞没我，而W出现了，他正是一叶小舟。这世上大多数人会看不到，只见茫茫水天，可我见到了，就不顾一切地游过去。

第二年初夏，我与W第二次见面是在他的第二本书的新书会上。W发来电子信，我去时，他很吃惊，他妻子走过来，与我寒暄。9月他家有个晚宴，为远道而来的英国朋友，请中国作家与之见面。晚宴之后，再也没有音讯。没准他在什么地方旅行，进行冒险。

在这座每日下陷的水城相遇，是我与他的第四次见面。与之前不一样的是，是我写信给他，告诉他我在这儿。意大利出版社安排我住在著名的丹涅尔总统套间，所有落地窗都临河，面朝Lagoon岛，听着旅馆隔壁叹息桥的叹息声，我丝毫感觉不到贡多拉荡出的醉人波光。

我做完演讲，出版社带着我去参加一个意大利出版家、也是出版集团老板的晚宴。那是在大运河几所最著名的别墅之一，天上墙上有古老的画。那天我喝了很多酒，接到 W 的电话，说到了威尼斯时，我要与他见面。当我坐着水上出租回到丹涅尔旅馆大堂时，我看见了他——穿着厚大衣，一脸疲惫，不止这些，从他眼睛看进去，他是多么不快乐。

当我们步出旅馆，去找一个咖啡馆时，我告诉了他。

"你怎么知道我不快乐。"

"你不快乐已好久。"

轮到他吃惊了。当我坐下来，开始喝葡萄酒时，我们谈最近看的小说，写书时的感受。他在香港大学学中文，做过一段时间记者，之后经商。之后他组建了一支骆驼队，远征塔克拉玛干沙漠腹地，寻找一个一千七百多年前消失的城市。在2000年，他驾着老爷车，用了四十天从伦敦开到北京。也是那之后，他用周末和假日开始他的作家生涯。谈到去年圣诞节我在什么地方度过？我说在慕尼黑。他奇怪。于是我对他说了离婚之事。他说，他的婚姻也走到了尽头。

万丈深渊出现了新世界，这么说，并非我一人是不幸之人。

圣马丁广场因运河涨潮，海水齐膝深，水手们把贡多拉划入。水退后，柱子留有痕迹，石间仍有水洼。夜里就我和他走在广场，毛毛细雨湿了头发衣服。我突然感到害怕,想找理由逃走。可越是如此我靠他越近,站在桥头,他吻了我。我带他回到旅馆。

第二天一早我们出威尼斯到阿索罗,虽是下过雪,但他开得很快。本是一个半小时的车程,因为我们说话,走了四个小时。中午时分,我们来到一个美丽古老的小镇。我们去看当年英国诗人勃朗宁与伊丽莎白从英国私奔到意大利的房子,好几层楼,关着百叶窗,爬满干枯的藤蔓。门前的街很窄小,店铺开着,生意清淡,靠墙有个安琪儿的小喷水池。我们喝了里面的泉水。女诗人靠了爱情,瘫痪多年的腿奇迹般站起来。相比他们,我以为自己与W就是一夜情,或可算作一桩私情。

我想他也会这么认为。孤男寡女,睡一觉算什么?尤其是在冬天的威尼斯,一次艳遇能说明什么?

我回到伦敦。来威尼斯之前,我与P见了一面,我们分别了整整六年。在慕尼黑城中心那个朋友借我住的小房间里,新年那天,我给他写了一封信,简单地说了我的现状,他来信说等我回到伦敦,要与我见面。他在我们从前经常见面的SOHO广场等我。我们去附近一家改良的日本料理西吃的餐馆吃午饭。他比以前瘦多了,也显老了,专门把头发剪短,跟以前我俩在一起的发式一样,他说经常google我,包括我的照片,他的孩子都长大,但是与他妻子的离婚还在进行,他与那位女朋友住在一起。谈话之中他对她并不是很满意。

六年的时间并没有使我们变得陌生,网络是一个好东西,就像与他不曾分开过。

这顿午饭吃得匆忙,我们的话未尽,我们朝餐馆门口走去,那是一坡较长的台阶,突然我们拥抱在一起,亲吻在一起,说我们得在一起。我们站在台阶上开始约好到他家里去,有好几天他的女友不在伦敦。他对我说,不要轻易决定,要我等他安排好,我们可以重来。既然上帝让我们再次相遇,我们仍是爱着对方,为什么不给我们自己一个机会?

我答应他。

我答应他时,并不知道我会在威尼斯见到W。

算了吧,W会忘掉我的。浩渺的海水,怎会同时出现两艘小舟,来救我这个落水人?他们早在住宿学校时认识,P高他一个年级,而且都是牛津大学毕业。别自作多情了,相比W,P一直在那里,他爱我,如同我爱他。

就在我忐忑不安时,W发来电子信,告诉我,那次到威尼斯,他从南部山里开车四个小时,轮胎突然坏了,被及时发现换掉,他捡了一命,上帝给了他一次活的机会,他要选择一种新生活,那就是爱我。威尼斯之行决定他下半生的命运。他回到北京,就和妻子谈离婚。虽然两个孩子都在英国上大学,离婚之难,超过他的想象。他被赶出家门,在外租了一个房子。但是他不会改变决定。

到了与P见面这一天,我取了电脑和随身衣物,来到SOHO广场。我提前到了,我绕着广场走,广场不大,我在英国的出版社就在对面。沉下冰底的往事在翻腾,我摇摇头。我看见P来了,他等在那个雕像前。

相爱的人怎么可以在一起,老天也不允许的,若在一起就要付出大代价。这个想法马上占有了我的心,我想朝他走过去,可是我的脚迈不动。我需要一个人完完全全,没有保留地爱我,他爱我比我爱他更多。这么些年过去,我不可以保证P是这么个人,但我可以打赌W是,他好像一个新世界,是一个真正的男人,果断有力,以行动向我表示他的感情。我不再年轻了,爱情怎么可以重来呢? 更何况W是出自本身对中国文化历史有兴趣,他会中文。P呢,是因为我才对中国发生兴趣,他一生只到过香港,如同许多西方人一样,对中国文化和历史只来自书本知识。

我在远处看着P,他拿出手机打,我赶快关了手机。他等在那儿已经过了半个小时,显出不安、担心来。

我脑子也在想,这两个人呀,谁才是今生之伴侣,我不能错,再也不能错。我抬起头看天,伦敦的天一如以往的阴暗,风刮在脸上,刺痛刺痛。我充满了矛盾,犹豫难决。可我必须选择一个人。我一跺脚,转身离开,泪水马上流了下来。对不起,P,我最亲爱的人,我让你失望了,永远让你失望了。

那天深夜,我发了一个电子信给他:"都是命运。"

他像等在电脑前,马上回答了:"是的,亲爱的。"随着时间的逝去,他会理解和原谅我的。

现在,这些事都是讲给母亲听的。我相信她的魂伴着我走这一程。W就是我肚子里孩子的父亲。经过这么多生命和情感的死亡,我好想拥抱一个孩子,这是多么自然而然的念头!

我对母亲说,这一次,我只想找个爱人,而不是一个父亲。失去母亲后，我终于长大。他要跟着我来重庆，可是他尊重我一个人来。每回给你烧香，我都算了他和肚子里的孩子的。因为他要我那么做。

从背包里取出母亲做的那个大夹子，看那些过去的照片，与P在一起的照片，我看上去是那么开心，周身上下的打扮，那么不经意，随随便便，就是那么好看，眼睛那么美，充满甜蜜。我随口成诗，想象奇特，文字也美轮美奂。那不是我，一定不是的，若是要形容那种快乐，我都难找到恰当的词，我知道我这一生无法再有第二次能有那样的时刻。这么说，就是非常不真实，那些人和事，那些天气和周围的一切，都没有存在过，谁能不爱那个自己，谁能不爱那个使自己变成那个样子的人呢？我爱他，以一种不食人间烟火的爱情，这种爱情终归是经不起世俗，经不起考验的。好比繁花，一春又一春，终会殆尽。第二次我们相遇，有那么一刻，我这一生都够了。

而我丈夫呢，和他在一起的照片，我几乎很少笑，喜欢暴露身材，曲线毕露，很浓烈的口红，妖艳放荡，故意像个十足的荡妇，甚至是个小娼妇，小婊子。他呈现我的另一面，或把另一面夸大。可我害怕，成天担忧着什么。

遇见W之前，我悲伤，随时准备与这个世界说再见。见过W后，我变得沉静，眼睛里有一种火焰，在不为人察觉地燃烧。

我对母亲说了好久好久。在火车上，火车咔嚓咔嚓地向我出生的山城重庆驶去，我仍是同样的姿势，看着窗外。当我坐在飞机上，我还在和母亲说话。那些断裂开的记忆，被痛苦击碎的岁月，都在与母亲的这种交谈中呈现出来，它们排列成序，相互佐证，紧密相连。

10

当晚十一点,我回到北京。

两天后,母亲的骨灰下葬,与父亲合墓。母亲这下可以好好睡觉,休息了。

第三天,一个我和 W 的妻子的共同朋友打来电话,说 W 的妻子不会离婚,要拖三载五年,甚至十年,就是离婚,她要让他以失去全部财产为代价。朋友劝我放弃 W,更不要有孩子。我谢谢朋友的电话,并告诉她,就算他形式上不得自由,会成为一个穷光蛋,我也不会改变心意,有情人难成为眷属,但我相信奇迹会发生。

七个月后,我在北京一家私立医院生下一个女儿。她的父亲守护在我身边,从护士手里接过一个正在呱呱啼哭的初生婴儿到我面前,让我看。她一触及我,就止住哭,身体自动地靠过来,她的脸好像我的母亲,她的外婆,有着高高的额头、妩媚的嘴唇。是啊,她跟母亲一样属相猪。眼泪顺着我的脸颊哗哗往下流。医生说,不要激动,血压升高。他们抱走她,给她清洗干净,包裹好。

我要平静,我对自己说,一切都会好起来的。

他们在做手术后的工作,隔了一会儿他们把我推回我的房间,我的女儿睡在床边上的婴儿箱里。感觉一个漫长而辛苦的旅途结束,我终于放心地睡过去。

我好像在自己为母亲买的重庆长江边的新房里,两套房子打通,空空的几个房间，一件家具也没有。母亲站在窗前，向我招手。我说，这么大的一个个房间，完全够我们家里所有的人搬来一起住了。我再看她时，她已不在了。我走到窗前，下面是滔滔东逝的江水，船在行驶，汽笛鸣叫，远远的山峦若隐若现。

一个小蝌蚪在水里游，一个大蝌蚪跟在小蝌蚪身后。她们在宽阔无比的江里，努力游向对岸。小蝌蚪对大蝌蚪说，真好，前一世你是我女儿，这一世你是我母亲！我们俩永远在一起，永远不分离。

我醒了，清楚地记得那蝌蚪的声音，和母亲一模一样，她的脸，当然也和母亲相同。

2009年5月3日初稿　北京

2009年5月21日二稿　北京

2009年6月17日三稿　北京

2012年底修订　北京

2015年修订　北京